구보 씨의

더블린

산책

구보 씨의

더블린

산책

황영미
소설집

솔

차 례

모래바람

무심코 길을 걷다가 문득 눈앞이 아뜩해지는 것을 경험해본 적이 있는가. 마치 뜨거운 사막의 모래바람을 맞고 서 있는 듯한 느낌 말일세. 바쁜 틈을 비집고 이런 생각이 몰려오면 사방에서 나를 옥죄고 있는 기분이 든다네.

오늘 아침엔 바람 때문에 눈에 모래가 들어갔을 때도 마치 회오리바람 속에 있는 것으로 착각했지 뭔가. 출근길이었네. 용인터미널 사거리에서 우회전해 병원 옆 모퉁이에 차를 세웠지. 한번에 꽂듯이 세우기는 어렵지 않더군. 어쩌다 조금이라도 빗나가 후진을 시켜서 한 번 더 시도해보는 날은 영락없이 찜찜한 기분이 된다구. 마치 곡예사가 외줄을 타기 전에 첫 한 발로 줄을 눌러보며 팽팽한 정도로 그날의 운을 가늠해보듯이 말일세. 차문을 닫고 돌아서려는데,

쿵 하는 묵직한 굉음이 귀를 때렸네. 그 소리에 가슴이 덜컥 내려앉았어. 고개를 돌려 보니, 길 건너 아파트 공사현장에서 파일 박는 소리더군. 곳곳에서 건물을 짓는 터라 온통 희뿌연 먼지가 시야를 가렸네. 미간이 저절로 찌푸려지더군. 병원 옆 건물은 건축 중이었어. 철근과 콘크리트 기둥만 있는 건물은 엑스레이 필름의 뼈대를 연상시키더군. 뼈만 남은 그 모습이 나 자신의 실체가 아닐까 하는 생각이 들었네. 병원 쪽으로 몸을 돌리려던 순간 갑자기 메마른 바람이 획 불어왔네. 모래 알갱이가 눈을 덮쳐왔어. 손이 눈언저리까지 올라갔지만 부비지는 않았네. 눈물이 그렁 고인 눈을 치떠 시선을 하늘로 향했지. 아내가 잘 다려 넣어준 손수건을 바지 뒷주머니에서 꺼내 눈을 가볍게 찍어 누른 다음 눈까풀을 두어 번 깜박거렸을 때였어. 실눈 사이로, 그것도 눈물 너머로 보이는 하늘은 무척 평온해 보이더군. 땅 위에서 일어나는 일쯤은 아무것도 아니라는 듯이 구름 몇 점이 한가로이 떠 있었어.

병원 유리문 앞에 서는 순간 밤새 이상은 없었을까, 야간 당직선생이 잘 처리해놓았을까? 걱정이 엄습해 들어오더군. 문을 밀려던 손을 내리곤 곧바로 응급실 쪽으로 발걸음을 돌렸네. 문제가 생겼다면 허리에 찬 무선호출기가 울려

댔을 터인데도 응급실부터 확인해야 마음이 놓이거든.

응급실에는 침대마다 깨끗하게 깔린 매트리스가 잘 정돈되어 있었네. 아침 일찍 들이닥친 환자는 없었던 모양이야. 크레졸 냄새가 마음이 가라앉히더군. 아침에 옷을 건네주면서 하던 아내 말이 떠올랐어. "으음, 이건 당신 냄새예요. 갓 다려놓은 와이셔츠에도 배어 있잖아요……." 아내의 갸름한 얼굴이 얼핏 스치더군.

산소호흡기를 닦던 김 간호사는 내게 고개를 숙였어.

"모닝."

내 인사에 그녀는 입가에 미소를 짓더군.

"환자 없었지?"

반드시 확인하는 내 습벽은 스스로 편하기 위해 터득한 행동방식이지. 그녀의 대답을 뒤로 흘리며 원장실로 통하는 문을 열었네.

원장실 바로 안에 있는 일자식 소파와 조그만 티테이블 앞에서 발을 멈추었어. 벽에 부착된 옷걸이에는 흰 가운이 목매달린 채 축 늘어져 있더군. 입고 있던 쥐색 양복 윗도리를 벗어 던지듯 걸고는 가운을 집어들었지. 굳이 급하게 갈아입어야 하는 것은 아니었어. 하지만 난 계단을 오를 때도 두 계단씩 훌쩍 뛰어올라야 직성이 풀린다구. 계단을 왜 이렇게 오르는가에 대해 생각해 본 적이 없진 않네. 습관일 거라는 생각이 들더군. 다시 생각해보니 늘 바쁘기 때문이 아닐까? 그러면 왜 나는 바쁜가? 열심히 사니까. 왜 열심히 살아야 하는가 하는 의문에는 도리 없이 속마음을 내뱉어야 하더구만. 그건 허무감의 위장이라고. 모든 것이 다 애매한 상태에서 확실한 것이라고는 열성밖에 달리 뭐가 있겠는가? 뭐든지 뛰면서 하는 것, 그건 내게 있어선 신앙과 같은 것이네.

나는 매사에 완벽해야 마음이 놓이는 편이어서 어떤 땐 잘 치료되는 약이나 주사 따위도 의심스럽거든. 제약회사에서 어느 정도까지 정확하게 만들었는지, 특이체질 환자에게 쇼크를 일으키진 않는지 모든 것이 미지수가 아닌가. 그리고 약을 사용하는 데도 따지고 보면 허술한 점이 없다고는 할 수 없지. 어린아이들 약은 갈아서 짓잖나. 하루나 이틀분의 양을 갈아서 잘 섞은 다음, 한 번 먹을 양만큼 나누어 담는다구. 그런데 만일 그것이 섞이면서 조금이라도 그 배합이 달라지는 경우를 생각해보라구. 이를테면 항생제와 진통제와 소화제를 처방 내렸다고 할 때, 어떤 봉지엔 항생제가 과량으로 들어가 있고 다른 봉지엔 그 대신 진통제가 잔뜩 들어가 있게 되는 걸세. 그 생각만 하면 머리끝이 쭈뼛 솟는다구. 그래서 약사에게 단단히 주의를 주고 있지만 늘 불안하지 뭔가. 살아가는 것도 마찬가지라는 생각이 드네. 골목길을 운전할 때 갑자기 누군가 튀어나온다면 그 사람을 칠 수밖에 없지 않겠나. 그래서 내가 살인자가 될 수도 있겠지. 그 반대로 내가 교통사고로 오늘 저녁에 인생을 끝마칠 수도 있지.

김다혜. 그 아이 사건이 없었을 때에는 그런 생각을 하지 않았네. 그 아이는 내가 최선을 다해 처치를 했는데도 결국은 죽고 말았네.

그 일이 있었던 날은 아침부터 환자가 많아 무척 바빴어. 수술을 세 차례나 했었지. 퇴근 무렵에는 힘이 쭉 빠지고 속도 비릿해서 독한 술 한잔이 간절해지더군. 마취과 박 선생도 힘들었던 터라 우린 눈짓 한 번으로 약속을 정했어. 병원 앞 까페에 들어서자 박 선생이 내게 손짓을 하더군. 우린 마주 앉아 하루의 회포를 풀 참이었지. "요즘 참 살맛이 안 나는군." 박은 담뱃불을 붙이면서 말하더군. "마흔이 넘는 동안 나 뒤도 한번 돌아보지 않고 달려왔어. 지금 난 뭐지? 외과 전문의, 의학 박사, 용인병원 원장…… 그 외는 나는 아무것도 없어. 인간 김형태는 어디로 가버렸지?" 나는 소파 등받이에 몸을 깊숙히 파묻으며 고개를 떨구었네. "김 원장 개똥철학이 슬슬 나오시는군. 술이나 마시자구." 박이 내 잔에 술을 채웠지. 양주 한 잔을 겨우 입에 물었을 때였어. 응급 호출기가 삑삑대더군. 둘은 얼굴을 찌푸리면서 자리에서 일어났지. "터지는 날은 이상하게 계속 터지더라구." 박은 담뱃갑을 주섬주섬 챙기면서 중얼거리더군. 어떤 급박한 상황이 날 기다리고 있을까? 응급 호출기가 울릴 때마다 내 수명이 줄어드는 것 같단 말일세. 응급실에 도착할 때까지 서로 아무런 말이 없었지.

응급실 문을 열자 침대 위에 축 늘어져 있는 아이가 보이더군. 간호사들은 혈압을 재고 있었어. 야간당직 이 선생은 아이의 복부를 진찰하고 있었어. 모두들 긴장한 표정이더군. 난 순간 간단하지 않은 케이스라는 걸 직감했지. 정신이 번쩍 났어. 이 선생에게 얼른 환자에 대한 소견을 물었지.

네 살배기 여자아이의 교통사고였어. 오른쪽 옆구리에 심한 타박상을 입어 복부가 팽만해 있었고 헤모글로빈과 혈액 수치가 떨어지는 상태였어. 장기 출혈이 의심되더군. 아이는 반혼수 상태였으므로 검사나 진찰로 소견을 내리는 수밖에 없었어. 이런 경우 여간 조심스러운 것이 아니었지. 하지만 그동안의 임상 경험에 따라 간호사에게 수액水液 하트만 1000cc와 비콤을 주사하고 환자의 맥박이나 체온 등 바이털 사인을 수시로 체크하도록 지시했지. 일단 상태를 관망하기로 결정했던 거야. 섣불리 복강 천자腹腔穿刺나 시험 개복試驗開腹을 할 수도 없으니까. 어린아이에겐 그것 자

12

체가 오히려 상태를 악화시킬 수도 있거든. 그날 새벽녘에야 나는 원장실 소파에서 눈을 붙일 수 있었지.

그 아이 생각에 빠져 있는데 전화벨이 울리더군. 요즘은 전화 오는 것도 별로 달갑지 않네. 윤 간호사가 원장실 문을 두드렸어.

"원장님, 어떡할까요? 그 김다혜 보호자한테서 온 전환데요."

가슴 한구석에서 뭔가 무너져 내리는 것 같았네. 재판에 패소한 그들이 가만히 있을 리 없었어. 아무리 내 잘못이 없다 하더라도 그들은 딸을 잃은 피해자임에는 틀림없으니까.

"알았어. 안에서 받지."

소파에 앉아 전화기를 들자마자 대뜸 심한 욕설이 달려들었어. 돌팔이란 말에도 살인자라고 해도 나는 담담하기로 했네. '할 수 있는 것은 다했는데도 그렇게 된 걸 어떡하겠소' 하고 말할 배짱이 내겐 없네. 듣고만 있는 내게, 아이의 아버지는 그 병원 망하는 꼴을 보고야 죽겠다고 고함을 지르고는 전화를 일방적으로 끊어버리더군. 그는 그렇다 하더라도 아이 어머니만은 그런 태도를 보이지 않을 줄 알았어. 그 아이가 살아 있던 이틀 동안 그녀는 여느 보호자 이상으로 나를 무척 신뢰했지. "잠도 못 주무시고 수고가 많으십니다. 박사님만 믿습니다"라고 말하곤 했어. 그런데 아이가 죽으니 소송을 걸더군. 내가 환자를 위해 애쓴다는 것을 너무나 잘 아는 그들이 갑자기 돌변했어. 배반감이 크더군. 그녀가 아이 시신을 부여안고 발버둥치며 울 때 내 눈에서도 눈물이 흘러내렸지. 가쁘게 숨을 쉬며 작은 눈망울을 깜박이던 아이가 서서히 부패하고 있다는 사실이 내 가슴을 치더군. 그 아이가 우리 병원이 아닌 딴 곳에 갔었다면 혹 살 수도 있지 않았을까 하는 생각이 나를 괴롭혔네. 내 진료가 성실하지 않았다고는 생각지 않지만 최악의 경우를 대비하지 못한 것에 대해선 변명의 여지가 없게 되어버렸다구.

재판이 시작된 날은 벌써 육 개월 전이지만, 시간의 담을 넘어 지금 내 눈앞에 명료하게 서 있네. 내 생애에서 가장 초라하고 부끄러운 모습으로 가슴 속에 각인된 채. 사건번호 90 다카 4321.

민사 재판을 하는 소법정은 자그마했어. 재판장과 판사들이 들어오자, 법원서기가 모두 기립을 시키더군. 나는 대기실에서 나와 피고인석에 앉았지. 난 왠지 죄인이 된 심정 같더군. 원고 측 변호사는 한 마디 한 마디에 힘을 주며 천천히 말하더군.

―생후 3년된 여아 김다혜가 1990년 11월 12일 18시 30

분경 용인 시내에서 오토바이에 치이는 교통사고로 19시 20분경 피고 경영의 용인병원 중환자실에 입원하였지요?

─그렇습니다.

─당시 당직 의사인 이갑식은 장기 파열임을 감지하고 병원 원장이며 외과 과장인 피고에게 김다혜의 진료를 인계했다는데, 그때 외과의로서 어떤 처치를 하셨습니까?

─간호사에게 수액 하트만 1000cc와 비콤을 주사케 한 다음 환자의 상태를 감시하도록 지시했습니다. 다음날인 13일 오전 10시경 다시 혈액 검사를 실시한 결과 헤모글로빈 수치가 더 떨어져 있고 복부에 공기가 차 있어서 간 파열로 인한 복강내출혈腹腔內出血이 의심되었습니다. 그리고 소변검사 결과 적혈구가 30개 정도 발견되어 신장 출혈의 가능성도 의심하게 되었지요.

─그래서 어떤 처치를 하였습니까?

─혈액 400cc를 수혈하고 지혈제를 주사했습니다.

─환자를 구하시려고 무척 애쓰셨군요. 그렇지만 환자는 죽었고 오열하는 부모만 남았습니다. 복강내출혈을 확인하기 위한 복강 천자나 시험 개복술은 왜 하지 않으셨습니까?

─복강내의 혈액을 뽑아보는 복강 천자는 시행하는 도중 장의 천공穿孔을 초래하여 복막염을 유발하게 되면 환자를

더욱 중태에 빠뜨릴 위험이 있습니다. 더구나 시험 개복이란 확실한 진단명을 알지 못하고 수술을 받게 되기 때문에 환자 상태는 더 어렵게 될 수도 있습니다. 그래서 일단 대증요법對症療法으로 치료하면서 관망한 것입니다.

말하는 동안 몇 번이나 식은땀을 흘려야 했어. 나를 지키기 위해 변명하면서도 한편으론 말할 수 없이 부끄러웠지. 그날의 내 몰골이 어떠했는지는 지금 생각만 해도 끔찍해. 아이가 죽은 뒤 아이 부모에게 시달리면서 이미 지칠 대로 지쳐 있었어. 아이의 아버지는 원장실까지 쫓아들어와 내게 칼까지 휘두르는 소동을 피웠지. 그의 완력에 아무 힘도 쓰지 못하고 멱살을 잡힌 채 질질 끌려다녀야 했어. 게다가 송사까지 치러야 했으니 나는 버틸 마지막 기력조차 없었어.

그때 생각을 하면 지금도 한없는 모래 구덩이 속으로 빠져들어가는 것 같네. 아무리 둘러봐도 온통 뜨거운 모래뿐, 잡으려 할수록 손가락 사이로 빠져 달아나는 허탈감 말일세. 허탈감을 극복할 수 있는 길은 어떤 절대가치에 매달릴 수밖에 없다는 생각이 드네. 그 약은, 그 시술방법은 절대적으로 이러하다, 현대의학으론 이 방법밖에 달리 없다는 절대가치를 신뢰하도록 자기최면을 걸어야 하지. 컴퓨터의 헤드와 같은 눈으로 환부를 찾아내고 정확하게 단 한 번에 메스를 써야 하며 신속하게 봉합하는 기술. 이 태도에서 흔들리거나 다르게 할 수는 없을까 하고 망설인다면 그 순간에 환자는 점점 위험하게 되질 않은가. 의사의 판단력 하나에 한 인간의 생명이 그대로 연결되어 있음은 물론 그의 인생, 가치, 모든 것이 줄줄이 달려 있는 것이지. 그래서 바쁘게 움직여 진료하고 책임을 다해야 한다는 생각이 들었지. 난 소파에서 일어섰네. 그리고 마치 그 유희를 즐기려는 것처럼 가운의 마지막 단추를 꿰었다네.

진료실 문을 열고 내 책상으로 갔네. 언제든 다시 일어날 자세로 슬쩍 의자에 걸터 앉으면서 말했지.

"입원 환자 이상 없나?"

개업한 후, 아침마다 빠뜨린 적이 없는 말이지. 무심히 하는 이 말에도 긴장감이 담겨 있네. 당신은 키만 크지, 살거죽에 기름기라고는 찾을래야 찾을 수도 없다고 아내는 말하곤 하지. 그녀 나름대로 고단백 식단에다 여러가지 건강식품을 내 앞에 갖다 놓지만 내가 마른 것은 예민한 내 성격 탓인 것 같네. 입원실이 열 개, 삼십 베드 규모여서 이상 유무를 확인하고서야 모닝커피 한 잔이라도 마실 여유가 생긴다네. 어제 저녁 수술한 환자 상태가 궁금해지더군. 오늘 새벽 집에서 확인 전화를 했었지만 걱정스러웠지. 복막염이 되어 하마터면 생명을 잃을 뻔한 상태였어. 수술할 때엔 간호사가 내 이마에 땀을 훔쳐내기 바빴지. 더구나 빈혈까지 있는 노인 환자여서 마취를 시킨 박 선생은 깨어날 때까지 얼굴이 파죽이 되도록 걱정했다네. 그는 대학 병원을 그만두고 몇 군데 병원에 적을 두고 마취를 하고 있지. 깨어날 때의 처치 또한 그의 책임이어서 내 불안을 나눠 먹는 신세라고나 할까.

책상 위에 놓인 의협신문 귀퉁이를 말아올리려는데, 윤간호사가 커피잔을 신문 옆에 내려놓더군.

"209호실 환자 상태는 지금 어떤가?"

"삼십 분 전에 체크했는데요, 혈압, 체온 모두 정상이에요."

일단은 커피를 마셔도 되는 상황이군. 커피향을 맡으며 눈을 지긋이 감았어. 모래가 들어갔던 왼쪽 눈이 스멀거렸어. 나도 모르게 입술 사이로 한숨이 밀려나오더군. 메스로 한번 갈라놓으면 뱃속의 장기가 꾸역꾸역 밀려나올 때처럼 불쑥 그 생각이 치밀어오르는 데는 도리가 없네.

공판이 시작되면서 거의 3주에 한 번씩은 피고로 재판정에 서야 했어.

—피고는 간 파열 내지 간 출혈과 동시에 신장 출혈을 의

심한 경우, 신장 출혈만으로는 사망하는 경우가 드문 일이므로 그 증세는 일단 무시하고 간 파열 내지 간 출혈 기타 복강내출혈에 치중하여 대응 조치를 취하여야 하며 환자로 하여금 절대 안정을 기하도록 해야 하고 응급 수술 등 적절한 대응 조치를 취하여야 함에도 불구하고 막연한 의심만 가지고 수혈과 지혈제 및 영양제 주사로만 치료에 임한 과실이 있습니다. 그렇지 않습니까?

— 김다혜는 복강내출혈腹腔內出血이 의심되었기 때문에 출혈의 진행 상태를 판단하기 위해 환자 옆에 간호원을 항상 배치해서 맥박을 비롯한 생명 현상을 자주 측정하게 했습니다. 이학적 검사와 엑스레이 촬영 등을 반복하면서 출혈의 진행 여부를 주의 깊게 관찰했지요. 응급수술의 필요시를 대비해서 환자를 금식시키고 있었습니다. 치료를 계속한 결과 복부 팽만도 소실되고 환자는 의식이 매우 좋아지게 되었지요. 그래서 복강내의 장기보다는 신장의 손실이 더 심하지 않은가 하는 의심이 생겨 신장 특수 촬영을 한 것입니다.

대답은 하면서도 가슴 속에선 내가 한 조치가 과연 최선의 방법이었나를 자문하고 있었지. 그 아이한테서 내가 등한시한 것이 있었던가.

사실 의사의 판단은 의사에 따라 다를 수는 있지. 간단한 화농성 염증 같은 것도 항생제를 미리 써서 화농을 방지하자는 의견이 있는가 하면, 초기부터 항생제를 쓰면 곪지도 않고 그렇다고 낫지도 않는 상태에서 기간만 길어지기 때문에 자연적으로 화농할 때까지 관망하면서 완전히 곪은 다음에 제거해야 한다는 의견도 있거든. 심지어 의심이 나면 시험 개복을 해서 아무것도 없으면 그냥 덮어서 봉합해 버리는 경우도 있다구. 그것이 개복하지 않는 것보다 위험성이 적다는 주장이야. 하지만 그 당시 내 소견으로는 상태를 더 악화시키지 않을까 하는 생각으로 시험 개복을 안 한 것이 그만 아이를 구하지 못하게 되고 말았지.

우리 측 변호사는 나의 조치를 잘못이라고 하기 위해서는 환자의 상태가 응급 수술을 요할 정도로 출혈이 진행되었다든지 간 출혈이 의심되는 환자에게 해서는 안 될 치료 방법이라는 등의 사실이 전제되어야 하는 것인데, 이 건에 있어서는 필요한 조치는 다한 것이라고 말하더군.

아이는 죽었고 내가 결정적인 살인자가 아닐 바에는 이따위 입씨름은 어느 누구를 위해서도 이롭지 못한 것만은 분명한 사실이었지. 재판을 위해서 아이의 시신은 갈갈이 찢겨져 해부되었고 검시의들까지도 시신의 부위를 놓고 판명한 사인死因을 증거로 증인으로 불려나왔지. 송사가 몇 달이나 끌었기 때문에, 어떤 때는 결과가 어떻게 되든지 빨리 끝나 지긋지긋한 재판정에 나가지 않게 되길 바라는 심정이 되더군. 하지만 내 문제만으로 끝나는 것이 아니라 다른의사에게 미치는 영향도 무시할 수 없기 때문에 간단한 일이 아니었지. 의사 협회에서도 증인으로 나서는 등 적극적이었지. 하지만 이기건 지건 간에 그동안 성실하게 살아온나는 자존심에 말할 수 없는 타격을 입었어. 수련의, 전문의, 그리고 병원 개업으로 하나도 거칠 것이 없던 내 인생에커다란 오점이 찍힌다는 사실이 견딜 수가 없었던 거야. 그러면서도 한편으론 죽은 아이에 대한 죄책감보다는 내 문제에만 연연해하는 내 자신이 초라해지더군. 나는 유능하고 실력 있는 의사라는 말을 듣곤 했지. 적어도 이런 골치 아픈 의료 분쟁에 말려들기 전까지는. 그런데 만일 내 잘못으로 아이가 죽었다면 하는 생각 때문에 정말 입맛이 쓰다네.자신에 대한 신뢰감을 잃는 것처럼 가슴 아픈 일이 또 있겠나. 아무리 우리 병원이 용인에 있어서 큰 병원으로 즉시 호송할 형편이 안 되었더라도 꼭 죽음에 이를 수밖에 없었던가? 심장 박동이 갑자기 느려지고 숨을 할딱이던 그 아이의마지막 순간, 아이는 동공에 초점을 잃어갔어. 곧 심장 박동이 멎고 호흡이 끊어졌지. 심장 마사지도 하고 인공호흡, 전기자극으로 소생술을 시행했지만 호전될 기미는 없었어.이삼십 분 동안 반응 없는 시도만 해보다 가망 없다는 판단을 내렸지. 절벽에서 떨어지는 듯한 느낌이었어. 모든 생명 활동이 끝난 그 아이의 창백한 얼굴이 선연히 떠오르는군.

손끝이 따가워지는 바람에 상념에서 깨어났지. 내 손가락 사이에서는 담배가 타고 있었네. 나도 모르는 사이 담뱃불을 붙였던 것 같아. 진료실에선 되도록 담배를 피우지 않으려고 했거든. 담배를 종이에 싸서 휴지통에 버리려는데, 벽에 걸린 '仁術濟世'라는 휘호가 눈에 들어오더군. 장인이 개업할 때 써준 것이야. 무엇을 위해서인지도 모르는 채 바쁘기만 한 우리와는 다른 삶을 살고 계신 분이시지. 그분을 대하면 왠지 편안해지더군. 우리가 잊고 있던 근원적인 삶을 새삼 생각하게 한다네. 그분이 서재로 쓰는 작은 방에 처음 들어갔을 때가 떠오르는군. 벽엔 '중심이 없으면 흔들리고 표준이 없으면 방황한다.'는 힘있는 필치로 쓴 횡액이 걸려 있었고 그 옆에는 태극기와 우리나라 지도가 붙어 있었지. 세상 욕심과 명예를 버리고 시골에 파묻혀서 그야말로 무위자연無爲自然을 실천하는 분이라고나 할까? 그분은 노자에 관해 가끔 말씀하시곤 하는데, 그릇의 비유가 생각나는군. 그릇을 볼 때 그릇 자체에 물건을 담는 것으로 생각하지만 정작 물건을 담는 것은 그릇 안의 빈 공간이라는 걸세. 사물의 본질은 공空이라는 거지. 우리 의사들처럼 시각적인 세계에 머물러 있는 사람들은 보이지 않는 것은 별로 인정하려 들지 않거든. 그런데 그 말이 지금 가슴 깊은 곳에서 울려오는 것 같더라구. 일을 시작할 원동력을 찾았다고나 할까. 의자에서 일어서 진료실 한쪽에 있는 세면대로 갔네. 진료를 시작하기 전엔 항상 손을 씻지. 나야 좀 너무 자주 씻는 편이긴 하지만 말이지. 세면기 옆에 걸려 있는 수건에 손을 닦으며 이렇게 말했네.

"윤 간호, 회진 준비."

209호실에 들어서자, 옆에 서 있는 윤 간호사가 차트를 내게 넘겨주더군. 혈압, 체온은 정상이었어. 그렇다고 수술 후유증의 가능성이 없다고 할 수는 없겠지. 요즘은 어쩐지 내 수술에 확신이 서질 않는다네. 사실상 잘 회복되는 것 같다가도 일주일이나 열흘 후에 후유증으로 사망하는 경우도 있으니까 안심할 수 없질 않나. 모든 것이 살얼음을 딛는 기분이야.

"어젯밤 잠은 잘 주무셨습니까?"

노인은 침대에 누워 얼굴을 잔뜩 찌푸린 채, 간간이 신음 소리만 내뱉더군. 간병하는 딸이 조심스럽게 말했어.

"밤에 배가 아프다고 하셔서 간호사한테 말했거든요. 그랬더니 주사만 한 대 놔주던데요."

수술은 잘 되었는데 통증이 심하다니, 무슨 문제가 있는 것은 아닐까 하는 생각이 들더군. 수술한 곳을 만져보았지. 복부가 부어 있는 상태로 보아 수술 부위에 다소의 출혈이 있었는지도 모른다는 의심이 들더군.

"윤 간호, 모래주머니 있죠? 그거 가져다 복부에 얹어드리세요."

노인은 눈을 가늘게 뜨고 내 표정을 살폈어.

"좀 불편하시더라도 배에 얹어놓으시면 가라앉는 데 도움이 될 겁니다."

"언제쯤 되면 아프지 않을까요? 혹 수술이 잘못된 것은 아닙니까?"

간병하는 딸이 병실 문을 닫으려는 나를 뒤따라 나오며 묻더군. 그녀의 눈은 불안해 보였어.

"곧 좋아질 것입니다. 걱정하지 마세요."

환자나 환자 보호자에게 병세의 가능성을 다 알리고 불안을 나누어 지는 것은 치료를 위해선 전혀 도움이 안 되네. '만일 통증이 계속될 경우에 조영제照影劑를 투입해서 엑스레이 촬영을 한 후, 수술 부위 중 터진 부분을 찾아낸 다음 재수술과정을 거쳐 봉합하는 경우도 있습니다. 하지만 연로하신 분들은 조영제 투입이 위험할 경우도 있지요. 조영제를 주입할 때 주로 쓰는 카테타 팁은 조영술照影術을 실시하는 도중, 장기에 자극을 주어 장의 천공으로 사망하는 경우도 있곤 합니다. 극히 드문 일이지만요. 하지만 드문 경우가 늘 문제를 일으키지 않습니까?' 이런 말을 다 해버린다고 치세. 그 말을 들은 환자나 보호자들은 어떤 심정이 되겠나. 그냥 안심되는 쪽으로만 말할 수밖에 없겠지. 만일 우리가 세상 일을 모두 다 확연히 알아버린다면 살맛이 안 날 것같네. 세상 구석구석이 문제가 아닌 것이 없잖은가? 환자보호자들이 한마디라도 들어보려고 조심스럽게 다가와서물을 땐 그들의 심정과 사실상 일치된다고 할 수 있지. 이십년 동안 책과 임상 경험에서 보고 배운 것이 한 인간의 삶에절대적인 영향을 끼친다는 생각을 해보면 숙연해지지 않을수 없네. 하지만 어떤 땐 그들이 알아든든 말든 간에 이런 말을 다 해버리고 싶을 때가 있네. 최악의 경우 살아난다 하더라도 죽느니보다 못한 경우를 각오하셔야 할 겁니다 라고. 사실 내가 무엇을 확실하게 말할 수 있단 말인가. 0.1퍼센트도 안 되는 가능성이 실제로 일어나고 있는 바에야. 그동안내가 아는 지식이 최선이라고 생각했던 자신만만했던 시절이 그립네. 하지만 이 길을 위해서 나로선 수많은 불면의 밤들을 거쳐야 했지. 학창 시절, 수련의 시절 동안 수없는 밤을밝히면서 스펀지가 물을 빨아들이듯 지식을 흡수했었지. 그때 가졌던 희망은 이제 변질되고 퇴색해버린 것 같네. 가망이 없다고 포기할 수밖에 없는 경우도 생명 현상이 끝나고 나면 허탈감은 이루 말할 수 없지. 내 능력의 한계, 지식의 한계를 자책하게 되지. 독한 술로 내 속을 달래지 않으면 끝도 없는 모래 언덕에서 구르는 듯한 참담한 기분에서 헤어날 수도 없어.

윤 간호사가 다급한 목소리로 말하더군.

"원장님, 209호 환자가 복부의 통증이 계속된다고 하구요, 혈압이 조금씩 떨어지는데요. 어떻게 할까요?"

"그래요? 그러면 조영제 투입하고 엑스레이 촬영하세요."

현재 환자의 상태를 보아서는 어쩔 수 없이 재수술을 해야 될 것 같더군. 조영제 투입에 이상이 없어야 할텐데. 사진이야 엑스레이실 변 기사가 잘 찍을 테니까 판독해보면 알게 되겠지. 송사 때 내게 불리한 증언을 한 것이 미안해서 사표를 썼던 일이 있었지만 겨우 붙들어놓았다네. 사람이란 누구나 급하면 저 살 궁리부터 하는 것이니까.

증인으로 선 변 기사는 불쌍하리만큼 초라해 보이더군. 원고 측 변호사의 위압적인 어투에 질려버린 것인지도 모르지.

─증인 변성배에게 묻겠습니다. 신장 특수 촬영 시에 압박 벨트를 복부에 매는 방법으로 삼십여 분간에 걸쳐 촬영했습니까?

―그렇습니다.

―압박 벨트는 조영제가 방광 부분을 타고 내려가는 것을 막고 신장 부분의 사진이 선명하게 나오게 하기 위해 신장 밑부분을 조이는 것으로 어린이의 경우 상당한 압력을 받게 된다는 것을 알면서도 간 출혈을 조장시키는 방법으로 촬영했습니까? 아니면 피고가 시키는 대로 했을 뿐입니까?

―원장님이 시키는 대로 했습니다.

―압박 벨트를 매면서 조이자 망인이 발버둥치며 울면서 고통을 호소했다는데 그래도 강행했습니까?

―네.

우리 병원에는 어린아이용 압박 벨트가 따로 없기 때문에 어린아이의 경우 배꼽 부분까지 벨트가 올라오는 것은 사실이야. 하지만 신장과 간은 바운더리가 다르기 때문에 신장 특수 촬영 시에 간 부위를 압박하지는 않지. 재판이 진행되면 될수록 본래의 사건은 어디론가 사라지고 원고 측과 피고 측 두 변호사의 두뇌 플레이만이 남는 것 같더군. 양쪽 대리인 모두가 일방적으로 자기 입장에서만 변론을 했어.

―김다혜는 중환자로서 쇠약한 상태에 있었고 간 손상의 의심이 있었는데도 간에 영향을 줄 수 있는 방법으로 신장 특수 촬영을 하게 함으로서 간 출혈을 조장시켜 간 파열에 의한 복강내출혈로 인한 쇼크사를 가져오게 한 것으로 봄

이 상당할 것이고 진료상 치료상의 과실로 인하여 망인 및 원고가 입은 손해를 배상할 책임이 있는 것입니다.

　—생후 3년밖에 되지 않은 어린아이가 몸의 일부분을 압박받으면서 울었다 하여 그것이 간 부위의 통증으로 인한 것이라고는 할 수 없을 것입니다. 의사는 의학 전문 지식과 임상 경험에 따라 진료를 하는 전문인이므로 결과만을 중시하고 법이 일일이 개입하는 것은 환자에 대한 의사의 적극적인 진료를 막는 일일 것입니다. 이 건에 있어서 피고는 충분한 대응 조치를 취하면서 치료에 임했고 환자의 상황에 합리적이었습니다. 원고는 과실에 대한 법리오해 위법이 있거나 채증법칙 위반이 있는 것입니다.

　아이의 죽음은? 나의 진실은 어디에도 없었어. 난 더 깨졌어야 해. 바닥에 피를 흘리고 쓰러질 때까지. 난 재판에서 패소했어야 한다구. 공판 마지막 날, 그저께 오후였지. 재판장은 드디어 판결을 내렸다네.

　—장기 출혈의 정도를 확인할 수 있는 방법이 개복 수술밖에 없는 피고 경영의 병원에서 당시 환자의 경과가 수술을 할 수도 있고 관망을 할 수도 있는 상태였다면 관망하던 중 환자가 사망하게 되어 혹시 수술을 하였더라면 살릴 수 있었을지 모르겠다는 판단이 사후에 일어났다 하더라도 그때의 처치는 의사의 재량에 속하는 행위, 혹은 의사로서 피

하기 어려운 오진의 범위에 속하는 것이며, 손해 배상 책임을 져야 할 과실 행위는 아니라 할 것입니다.

판사가 판결문을 낭독하던 때였어. 구석자리에서 김다혜의 어머니의 흐느낌이 들리더군. 그 소리는 묘하게도 그 아이가 신장 특수 촬영을 할 때에 울부짖던 소리와 겹쳐져서 내 귀에 들려왔지. 두 모녀가 함께 우는 환청 때문에 난 그날 밤 한숨도 자지 못했어. 의료 사고 재판에서 패소해 이민을 가버린 친구에게는 차라리 이런 고통은 없었을 거네.

쓸쓸한 기분으로 창밖을 보고 있는데, 변 기사가 진료실 문을 급히 열고 들어오더군. 바짝 긴장이 되었지. 변 기사 손에서 엑스레이 필름을 얼른 받아서 뷰박스에 꽂았네. 조영제가 빠져 흘러내린 부분이 체크되더군. 간호실로 인터폰을 눌렀지.

"209호 이정길 환자 재수술 준비 빨리 시작해. 마취과 박 선생한테 곧 연락되겠지?"

난 급히 수술실로 달려갔네. 손을 씻은 다음 탈의실에서 소독된 수술복으로 갈아입었어. 아무리 간단한 수술이라고 하더라도 얼마나 많은 위험이 도사리고 있는지 알 수 없는 일이잖나. 혹 이 환자가 잘못되기라도 한다면……. 첫 번 수술에서 완벽하게 되어야지 한 번 더 하게 될 때는 간단한 수술일지라도 불안하다구. 수술 장갑을 낀 손을 들여다보았네. 이 손으로 얼마나 많은 사람들을 째고 꿰매고 했던가. 거의 기계처럼 움직이던 손이었지. 내 솜씨 아직 쓸만해. 심호흡을 하고 수술대 앞으로 갔네. 수술 도구가 모두 준비되었더군. 환자의 마취 상태도 좋았어. 환자를 인공호흡시키고 있는 박 선생과 눈인사를 하고는, 간호사에게 수술 가위를 지시했어. 가위를 손에 잡고는 어제 꿰맨 부분의 봉합사를 자르고 아직 아물지 않은 복부를 열었네. 수술한 장기를 끄집어내었지. 수술 부위 중 조그맣게 터진 곳이 체크되더군. 재빨리 꿰매고 식염수로 세척했지. 그리고는 다시 봉합했네. 손을 씻고 가운으로 갈아입었지. 현관 쪽에서 왁자지껄한 소리가 들려온 것은 수술실 문을 열고 복도로 한 발 내딛었을 때였어. 난 그 자리에 서서 무슨 일인가 보았네. 듣던 목소리더군. 김다혜의 아버지였어.

"원장 어디 갔어? 남의 딸 죽여놓고 무죄 판결이 났으면 살인자가 아니야? 이놈의 엉터리 같은 병원을 내가 가만 놔둘 줄 알아?"

그의 고함 소리에 접수창구 앞에 있던 사람들이 웅성거렸어. 그는 접수창고 앞에 있는 집기들을 마구 발길질해대더군. 사무장이 뛰어나와 그의 팔을 잡았네.

"이거 놓으라구. 원장 나와. 나와서 얘기 좀 하자구. 원장 나오라 그래."

"이러시지 마시구요. 저하고 얘기합시다."

사무장이 그를 막더군. 난 그의 앞으로 천천히 걸어 갔네. 그는 취해 있었네. 그의 충혈된 눈이 분노로 타는 것 같더군.

"안으로 좀 들어오시죠."

난 그가 원하는 액수의 보상금을 주고 싶었어. 어쨌든 난 그들에게 빚진 사람이니까.

"안에 가서 무얼 쏙싹 하려는 거야? 사람들 보는 데서 얘기하라구. 그렇게 떳떳하면. 재판이고 변호사고 다 안 믿기로 했다구. 다 있는 놈 편인 줄 내 모를 줄 알구? 당신은 내 딸을 죽였어. 살 수도 있었던 아이를……."

그는 갑자기 내게 달려들었네. 예상 밖이어서 나는 힘없이 뒤로 나동그라졌지. 그는 내 넥타이를 낚아채더니 잡고 흔들더군. 그 바람에 가운 윗단추가 떨어져 바닥으로 튕겨 나갔지. 나는 그가 하는 대로 가만 놔두었어. 변 기사가 뛰어나와 사무장과 함께 그를 잡았네. "원장님은 들어가 계십시오. 제가 해결하겠습니다." 사무장은 내게 나직히 말하고나서 변 기사와 함께 그의 팔을 붙들고 현관문 앞으로 가더군. 그는 나가면서 내 쪽을 향해 침을 퇵 뱉었네.

"이 병원 망하지 않으면 내 손에 장을 지져. 장을."

그는 혀꼬부라진 소리로 울먹이면서 계속 소리치더군. 난 그들이 나가는 모습을 보고 있었어. 차차 정신이 멍해졌네. 다리가 후들후들 떨려왔어. 원장실까지 걸어가는데도 허공을 딛는 것 같았어. 피로가 몰려오더군. 문을 열기조차 힘들었지. 눈앞에 보이는 소파에 쓰러져버렸어. 천장이 빙빙 돌기 시작하더군. 방 안에 있는 모든 것들이 꺼져가는 것 같아. 난 눈을 감아버렸지. 온몸이 하나하나 떨어져나가는 느낌이야. 어디선가 가느다랗게 흐느끼는 소리가 들려왔어. 아이의 우는 소리 같았어. 모래 언덕이 끝없이 펼쳐졌어. 뭔가가 내 의식의 밑바닥으로부터 올라와 내 눈앞에 넘실대고 있었어. 난 조그맣고 발가벗은 아이였지. 태양이 머리 위에서 이글거리고 있었어. 낯선 얼굴들이 날 에워싸고 빙글빙글 돌고 있었어. 안간힘을 다해 그들을 뚫고 나가려 했지. 발이 모래 속으로 푹푹 빠져 들어갔어. 난 꺼억꺼억 울먹였어. '도망가야 해. 엄마……' 목소리가 나오질 않았어.

난 눈을 번쩍 떴어. 온몸에 식은땀이었어. 한동안 눈을 뜬 채 가만히 천장만 바라보았네. 귓속이 먹먹해졌지. 내가 아주 가벼워져서 허공에 떠 있는 것 같아. 방 안의 물건들이 하나하나 눈에 들어오더군. 왜 지금 어릴 적 길 잃었던 일이 떠올랐는지 모르겠어. 하지만 머릿속은 개운해지더군. 크게 심호흡을 했지. 뭔가 충전되는 것 같아. 의식이 아주 또렷해졌네. 난 이마에 땀을 쓸어내리며 창문을 활짝 열었어.

갑자기 재수술한 환자의 검사 결과가 불안하더군. 원장

실 문을 열고 나가려다 문 옆의 거울을 힐끗 보았지. 가운의 윗단추가 떨어지고 없더군. 입고 있던 가운을 벗고 장에서 새 가운을 꺼내 입고는 엑스레이실로 달려갔네. 나는 변 기사가 진료실까지 가져올 시간을 기다리지 못할 만큼 초조했어. 나라는 인간은 조그만한 타격에도 깨지는 연약한 질그릇일 뿐이네.

"209호 이정길 환자 것 나왔나?"

변 기사는 내 눈치를 보는 것 같더군.

"원장님 괜찮으세요? 아직 현상을 못 했습니다. 십 분 후에나 되겠는데요. 제가 갖다드리겠습니다."

"괜찮아, 밖에서 기다리지."

엑스레이실 문 옆 복도에 있는 환자 대기용 나무의자에 철퍼덕 앉았네. 멀리 우람하게 자리잡고 있는 산봉우리가 보이더군. 문득 장인이 주신 『산은 산, 물은 물』이란 책이 떠오르더군. "자연이 우리의 본질과 가장 닮았다는 걸 잊지 말게" 하시던 장인의 말씀이 스쳐갔네. 의자는 군데군데 흠집이 나 있었어. 개업할 때 제약 회사에서 기증해준 것이지. 개업한 지 십 년이나 되었지만 한 번도 이 의자에 앉지 않았다는 생각이 들더군. 이 복도는 엑스레이실에 오거나 입원실 회진을 갈 때 외엔 지나다니지 않았었거든. 더구나 여기에 앉아서 뭔가를 기다릴 필요가 없었지. 이 의자에 앉아보지도 않은 사람이 어떻게 환자의 고통을 내 것으로 할 수 있겠나.

변 기사가 엑스레이실에서 나오며 의아한 표정을 짓더군.

"원장님, 여기 계셨습니까? 다 됐습니다."

"엑스레이실에도 뷰박스 있지? 좀 볼까?"

엑스레이실에 들어가서 필름을 재빨리 뷰박스에 꽂았어. 필름은 깨끗하더군. 방을 나와 바로 병실로 향했네. 그리곤 209호실 문을 조심스럽게 열었네. 윤 간호사가 노인의 혈압을 재고 있었어. 난 노인이 누워 있는 침대로 다가가서 말했지.

"이제 통증이 좀 가셨습니까?"

노인은 이제서야 안심하는 표정을 짓더군. 난 유리창으로 눈길을 주었지. 밝은 햇살이 눈에 꽂혔네. 구름이 점점이 박혀 있는 하늘은 무척 인상적이더군.

전람회의 그림

짙은 회색 파커 주머니에 손을 찔러 넣은 채, 그는 좁아터진 시장통을 걸어가고 있었다. 하늘은 음울한 잿빛이었다. 잔뜩 찌푸린 구름은 손에 닿기라도 할 듯 나지막하게 내려앉아 있었다. 그는 며칠째 무엇엔가 짓눌린 기분에서 헤어날 수 없었다. 별다른 일이 있었던 것도 아닌데, 머릿속은 멍해지고 의욕은 남김없이 속속 빠져나가는 것 같았다. 그저 눈으로 사물을 보고 있을 뿐, 아무것도 느낄 수 없는 지경이었다. 빈 속이 울렁거리기 시작한 것은 시장 입구에 늘어서 있는 음식점에서 물씬물씬 풍겨나는 비릿한 냄새 탓이었다. 더운 김이 바깥으로 뿜어져 나오는 그 음식점 유리문에 써 있는 '닭똥집', '염통'이란 글자들이 눈에 들어오는 순간, 그는 또 한차례 속이 메슥거린다.

화랑에서 온 전화 때문에 아침도 거른 채, 휑하게 집을 나와버렸던 것이다. 아내는 도대체 왜 그림을 팔지 않느냐는 거였다. "여봐, 팔리는 그림은 이미 사람들의 입맛에 맞다는 거야. 진정한 예술작품이란 사람들에겐 맞지 않게 돼 있다구." "대가들 작품은 값을 매길 수도 없는 고액이라던데 뭘." 당신 그림이 그만 못하니까 그런 거 아니냐고 아내는 그를 힐난했다. 고흐나 세잔이 어떻게 살았는가는 결혼한 이후 오 년 동안 너무나도 많이 울거먹어서 통하지도 않는 터였으므로 오늘 아침엔 책에서 읽은 구절까지 들먹여야 했다.

"에티엔느 베케가 쓴 『푸른 손수건』 들어본 적 있어? 그 작품이 당대에는 큰 성공을 했지만 스탕달은 오랫동안 이름 없는 소설가였다구. 당신 어떤 사람의 아내가 되고 싶은 거야?"

아내는 커다란 눈을 위로 치켜올리는 듯하더니 아래로 내리깔았다. 그리고는 절망적이기라도 한 듯 한숨을 폭 내리쉬었다. 아내에게 미안하지 않은 건 아니지만 그렇다고 미술관이라면 또 모를까, 싸구려 시장판에서 물건 팔듯 화랑에 작품을 내놓는다는 건 그에겐 용납되지 않았다. 이런 면에서 그는 자신이 무척 이기적이라는 생각도 했다. 가족에 대한 부양책임 문제는 그에겐 언제나 작품보다 뒷일이었다. 그래서 아내가 유치원 교사 노릇을 그만둘 수 없는데도 말이다. 작품 외의 일에는 그는 정말 젬병이다. 남보다 잘

할 수 있는 거라곤 애오라지 그림 그리는 것뿐이 아니던가. 그것마저 자신할 수 없는 지경이 된 지금 그는 아내에게 죄책감이 들지 않을 수 없다.

"바나나가 키로에 천 원, 천 워어언……."

바나나를 잔뜩 올려놓고 파는 손수레장수가 한껏 소리 높이 외쳤다. 그는 잠시 인파 속에 파묻혔다. 월세가 싼 곳을 찾다가 흘러 들어온 곳이긴 하지만 이 골목의 모습 어느 하나도 그는 놓치고 싶지 않다. 삶이라는 주제를 캔버스에 담을 땐 어느새 이곳을 그리고 있는 자신을 발견하곤 했다. 처음엔 서울 사대문 안에 이런 곳이 있던가 하는 놀라움으로 새겨졌고, 이 거리가 익숙해진 다음에도 여전히 삶의 구석구석을 생각하게 하는 골목이었다. 그는 휘적휘적 걸어갔다. 어쩌면 작업실에 가는 걸음을 늦추고 싶은지도 모른다. 그의 손길을 기다리고 있는 작품들이 그에게 부담스러워진 것이다. '무엇을 그릴 것인가, 왜 그리는가'는 늘 그의 머리 한쪽 구석을 차지하고는 간단없이 그를 쏘아보곤 한다. 어디서든 뭔가 가슴에 와닿는 자극이 필요했다.

다리 없는 장애자가 파충류처럼 땅바닥을 기어나와 그의 앞으로 좌판을 바싹 들이밀었다. 좌판엔 때밀이 타올, 나프탈렌 몇 봉지가 주검처럼 누워 있었다. 쇳소리가 간간이 섞여 나오는 흘러간 가요가 땅바닥에 질질 끌려다니는 검은 고무바지 속으로 빨려 들어갔다. 고개를 돌려 장애자를 쫓는 순간 갑자기 그의 발부리에 뭔가 채이는 듯했다. 벌건 합성수지통이었다. 머리에 흰 수건을 쓴 할머니가 꾀죄죄한 차림새로 그 앞에 쪼그리고 앉아 있었다. 통 안에는 봄 냉이가 수북하다.

"죄송합니다."

그는 고개를 숙여 인사했다. 하지만 할머니는 아무런 표정도 짓지 않았다. 깊게 패인 주름살, 검버섯이 잔뜩 핀 움푹 들어간 볼은 그의 내부로부터 잔잔한 울림을 일게 한다.

"사실려우?"

할머니가 눈으로 냉이를 가리키며 물었다.

"아닙니다."

그는 괜스레 파커의 앞 지퍼를 목까지 바싹 끌어올린다. 문득 노인의 얼굴을 화폭에 담고 싶은 충동을 받은 것은 바로 그 순간이었다. 그는 서둘러 작업실을 향해 걸었다. 콧속으로 스미는 공기가 차가웠다. 왠지 오늘은 뭔가 그릴 수 있을 것 같았다. 그는 며칠째 작업실에 가서 앉아있을 뿐, 그리진 못하고 있었던 것이다. 아무도 생각하지 못한 자신만의 표현을 찾지 못한 채, 마구잡이로 붓을 휘둘러대긴 싫었다.

다방 '종점' 앞에서 그는 담배를 꺼내 물었다. 한쪽 모서리가 떨어져나간 다방 간판은 늘 그렇게 걸려 있다. 이곳은 사람들의 그러저러한 삶의 모습 그 자체를 보여준다. 내일을 위해 희생된 손때 묻은 과거의 모습 그대로인 것이다. 처음의 놀라움과는 달리 그는 지저분하고 지긋지긋해 보이기조차 한 이런 분위기에 묘한 서정성으로 젖어든다. 늙음이나 쓰레기 더미까지도 마찬가지였다.

변호사인 아버지는 그가 그림 그리는 것을 허락하지 않았다. 그가 자란 유복한 환경을 거부하는 수단으로 그는 그림을 택했던 것이다. 가난한 삶에 대한 막연한 안쓰러움이 그를 이곳에 집착하게 하는지도 모른다. 봉제공장 안에서 윙윙거리는 재봉틀 소리가 들려왔다. 그는 소리가 나는 쪽을 향해 그 안을 들여다보았다. 안에서는 석유난로가 활활 타고 있었고, 재단을 끝낸 원단 더미가 한쪽 벽면에 수북히 쌓여 있었다. 머리에 수건을 두른 여공들이 천을 박음질을 하고 있었다. 매일 같은 일을 할 터인데도 조금도 지쳐 보이지 않는 그네의 얼굴이 그에겐 어떤 아름다움으로 다가왔다. 문득 공단에 자료 사진을 찍으러 갔을 때의 기억이 스쳐갔다. 그 시절엔 위장 취업을 한 친구도 있었고, 그 역시 아픔을 함께 나누고자 그들의 일상을 형상화시킨 작품을 하지 않았던가. 그땐 정말 그림에 열정적이었다. 어떤 사명감, 흥분 같은 것들이 그에게 그런 작품에 빠지게 한 것이 아닐까? 하지만 지금 그는 막연하다. 뭔가 손에 잡힐 듯하다가 힘이 빠져나가버리는 것이다. 주린 개가 코를 쿵쿵대듯 새로운 착상을 위해 몸부림쳤다. 하지만 절망은 상상력을 차단해버린다.

건물 벽은 타일 조각마다 먼지가 쩌들어 있다. 자신의 그림이 왠지 무력해져간다고 생각한 것은 그것을 본 때였다. 그늘지고 습한 곳이면 어디든 번져가는 곰팡이 같은 무기력에 그가 잠식당해가고 있는 것 같았다. 그의 입가에 옅은 한숨이 새어 나온다. 새시 출입문 앞에서 그는 잠시 긴장했다. 아귀가 틀어져 잘 열리지도 않는 데다가 무심코 밀었다가는 영락없이 쇠붙이 가는 소리에 소름이 돋곤 했던 터였으므로 조심스레 문을 밀었다. 그는 사다리처럼 좁고 가파른 계단을 한 발 한 발 힘들여 올라갔다.

5층 계단을 올라서면 '환경보전운동연합'의 간판이 보인다. 그는 그것을 습관처럼 힐끗 쳐다보았다. 「미나마따 공해사진전」포스터가 눈길을 끈다. 그는 환보련 사무실 문 앞으로 다가가 포스터를 읽는다. 말라 비틀어지고 병적으로 꼬부라진 어부의 손을 확대시켜놓은 사진이었다. '…… 가난했기 때문에 공장폐수에 오염된 바다 근처에 살았고, 가난했기 때문에 그 생선을 잡았고 그것을 먹고 살 수밖에 없었다 ……'가 어부의 삶을 설명해주고 있었다. 판화 전시를 보러 갔던 전시장 옆에서 공해사진전이 열렸던 터라 본 기억이 났다. 기형으로 변한 환자들의 모습도 섬뜩했지만, 환자 가족들이 국가에서 받은 보상금으로 잘산다는 사실에 참담하지 않을 수 없었다. 잘 꾸며진 집 앞에서 미소까지 머금고 찍은 가족들의 사진은 그의 코끝을 찡하게 만들기에 충분했다.

"선배님, 지금 오십니까?"

대학 후배 성길이었다. 성길은 환보련 의장으로 일하고 있다. 청바지에 점퍼를 입은 성길은 언제나 활달한 음성이다.

"참, 선배님 오늘까지 하실 수 있으시죠?"

"뭐 말인가?"

"『환경과 우리』 책자 표지 그림 말입니다. 전에 부탁드렸잖습니까?"

성길은 대학 다닐 때 운동권 핵심 인물이었다. 그와 알게 된 것도 성길이 그의 동아리로 찾아와서 걸개그림을 부탁하면서였다. 그 동아리는 투쟁에 동참하는 소위 민중미술 계열은 아니었다. 지식인으로서 부조리에 무관심할 수 없다는 소극적인 입장이었다. 그런 동아리에 찾아와서는 걸개그림을 그리게 할 만큼 성길은 남을 설득시키는 데는 타고난 재능이 있었다. 물론 어려운 시대를 외면하는 소시민적인 그룹이라든가, 개인주의적 모더니즘 성향이라는 비판

을 받고 있었던 터라 동아리 내부에서도 탈피를 모색하고
있긴 했다.

"오늘이 이십 일이었던가?"

"선배님도, 참. 오늘은 이십일 일이잖습니까? 날짜 지나
는 것도 모르시니 바쁘신 모양인데, 죄송합니다. 이따 오후
에는 조판 들어가야 하는데요."

"시작만 하면 오래 걸리진 않으니까 오후까진 하도록 해
보지."

그의 말이 끝나기가 무섭게 성길은 뛰다시피 계단을 내
려간다. 몇 달 전 이 계단에서 성길과 마주쳤을 때 그의 대학
시절이 파노라마처럼 성길의 얼굴 위로 흘러 지나가는 것
같았다. 사실 성길의 사무실과 같은 건물에, 그것도 같은 층
에 작업실이 있다고 해서 성길과 연관되어야 할 필요는 없
다. 그럼에도 그는 성길의 일에 연민을 느끼고 있었고, 그것
이 마치 그의 살아있는 양심을 확인하는 양 순수한 마음으
로 돌아가는 것을 그 자신도 어쩔 수는 없었다.

작업실에는 동굴 속처럼 차고 탁한 공기가 가득 고여 있
었다. 여기저기 나뒹굴어진 채 널려 있는 물감통과 붓들은
그의 복잡한 머릿속을 보는 듯했다. 이젤 위에 얹혀 있는 그
리다 만 캔버스가 아픔처럼 눈에 다가온다. 어제 그가 작업

실에서 어떻게 나갔던가. 작품 앞에서 손도 대지 못하고 몇 시간을 그렇게 바라보고만 있다가 뛰쳐나가버렸던 것이다. 그는 주머니를 뒤져 담배를 꺼내고는, 소파 위에 털썩 주저 앉았다. 발 바로 앞에 붓이 떨어져 있었다. 붓을 집어올려 만 져본다. 딱딱하게 굳어버린 붓은 그의 고갈된 상상력만큼 이나 말라 있었다.

마음만 조여들고 작품이 마음에 들지 않게 된 것이 언제 부터였는지는 확실치 않지만, 다음번 개인전을 열 전시장 을 계약하고 나서부터 심해진 것은 분명했다. 개인전의 회 를 거듭할수록 뭔가 다른 변화를 표현해야 한다는 부담감 이 그를 옭아맸다. 하루 종일 한 작업이 헛일이었다고 생각 되는 날은 싸다고 얻은 작업실 세도 부담스러웠다. "도대체 어쩔 거예요?" 아내의 말이 귓전을 맴돈다. 그는 어쩔 수 없 이 아내를 악처로 만들고 있었다. 동창들 대부분은 대학이 나 중고등학교에 적을 두고 있었다. 하다못해 미술학원이 라도 하고 있었다. 하지만 몇몇 직장을 전전긍긍하다 속시 원하게 때려치운 후론 직장에 대한 미련은 그에겐 없다. 아 버지와 의절한 채로 사는 그는 아버지 몰래 주는 어머니의 도움을 계속해서 받기도 싫었다.

전업 작가랍시고 작품에만 매달려 있는 자신은 뭔가? 뭘 생각하고 뭘 그리고 있는가? 얼마나 절망해야 일어설 수 있을까? 대학 시절 지도 교수님의 얼굴이 떠올랐다. "…… 고통 후에 이르는 끝없는 생성이 존재하는 곳이 창조의 원천이다. 화가를 지망했다가 그곳에 이르지 못하고 좌절하는 것은 참 유감스러운 일이다. 작품 하다 어려울 땐 난 독일의 화가 파울 클레가 한 말을 생각한다 ……" 그 선생님은 예술가가 어떻게 살아야 하는가를 몸소 보여주었다. "바위산을 우리가 한꺼번에 뚫을 수는 없지만, 하루에 일 센티를 뚫을 수는 있지 않은가. 하루에 일 센티면 일 년엔 삼백육십오 센티, 그것을 십 년 동안 계속하면 삼 킬로미터 육백오십 센티를 뚫을 수 있지. 우리네 인생이 뭘 많이 하고 가겠어? 그저 딴 데 눈 돌리지 않고 한 가지만 오랫동안 꾸준히 하고 있으면 그 방면엔 대가 소리를 듣게 되더구만." 그는 선생님의 예술혼을 생각하면 자신이 자꾸만 왜소해지는 느낌이 든다. 전화벨이 울린 것은 그가 한쪽 손을 머리에 대고 소파에 몸을 깊숙이 파묻었을 때였다.

"민기냐? 나 근형이다."

근형의 더부룩한 턱수염이 떠올랐다. 근형은 탄광촌에서 광부들과 생활을 같이 하면서 그들을 그린다. 그와는 고등학교 때부터 화실 친구였다.

"어디야? 문경이냐?"

"아냐, 어제 올라왔어. 얼굴 좀 보자."

근형의 어투엔 늘 정감이 느껴진다. 근형과 대하면 자신이 너무 냉정하지 않나 하는 자책이 생길 정도로 근형은 만나는 사람마다 정을 쏟아붓는다.

"작업실로 와라. 난 여기가 편해. 할 일도 밀렸구."

"자식아, 너 앓는 소리하는 건 여전하구나. 알았어. 오후에 그리로 가지. 이따 보자."

근형의 목소리가 자극제라도 된 듯 그는 소파에서 몸을 벌떡 일으켰다. 그리곤 캔버스 앞으로 다가간 순간, 성길의 부탁이 생각났다.

일주일 전이었다. 성길은 같이 점심을 먹는 자리에서 환보련에서 매달 발간하는 『환경과 우리』 책자의 표지 그림을 맡아달라는 것이다. 자신의 작품 방향을 모색하는 것만도 힘겨운 마당에 다른 일거리를 맡는 것이 그에게 반가울리 없었다. 하기 싫어서라기보다 다른 작품을 할 여력이 남아있지 않은 것이다. 더구나 선전 선동적인 작품이라면 그는 피하고 싶었다. "선배님, 학교 다니실 땐 사회성 짙은 작품을 하셨잖습니까? 반핵을 이슈로 작품 하나 만들어보세요. 너무 부담 가지시지 말구요. 컷 정도로 생각하시면 안 되겠습니까?" 선뜻 승낙하지 않는 그에게 성길은 꽤나 끈질기게 대답을 강요했다. 그것이 성길의 추진력이기도 했다. 회원들의 얼마 되지 않는 회비로 모든 사업, 이를테면 소그룹 교육이랄지, 홍보 계몽 소책자 만들기 등을 하고 있는 그들이 다른 사람에게 돈을 지불하고 부탁할 처지가 못 되는 건 주머니 속 사정처럼 뻔한 일이었다. 그런 사정을 알면서 못 본 척 눈감는다는 건 그로선 못할 노릇이었다. 그는 결국 청탁을 수락했다. 성길은 밝게 웃으며 다음 주까지라고 말했고 『저주받은 체르노빌의 아이들』 책자를 그의 손에 넘겨주었다.

그는 탁자 위에 놓인 그 책자를 집어 들었다. 첫 장을 넘기자, 체르노빌 핵 발전소 사고 이후에 태어난 기형아들을 찍은 화보가 눈에 띄었다. 다리는 없고 가느다란 목에 몸통만 있는 아기가 유모차에 앉아있는 사진을 보는 순간 놀라움으로 온몸에 소름이 쫙 끼쳤다. 바로 옆에는 한쪽 팔이 팔꿈치까지만 달랑 달려있는 아이를 안고 있는 모녀의 모습이 있었다. 그는 또 한 장을 넘겼다. 동공이 들러붙은 아기의 사진 아래에는 눈을 뜨지 못해 항상 졸고 있는 것처럼 보인다는 설명까지 곁들여 있었다. 그는 책장을 앞으로 다시 넘겨 그 화보들을 다시 한 번 본다. 괴기 영화에서 끔찍한 장면을 본 것 같은 느낌이었다. 그는 책자를 남김없이 훑어 내려갔다. 핵에 대한 공포를 골자로 하는 글들을 읽던 그는 이건 선동적인 글이 아니라 빛이 있음으로 그림자가 생기듯, 문명이란 화려한 앞 얼굴과는 동전의 앞뒷면 차이가 있을 뿐이라는 생각이 들었다. 그는 뭔가 그려야겠다는 의욕이 가슴 한구석에서 솟구치는 것을 느낀다.

　스케치북을 놓고 연필을 그러쥐었다. 팔 없는 아기를 안은 어머니의 모습이 먼저 떠올랐다. 옅은 선으로 구도를 잡고 아이의 팔 부분을 강한 선으로 자른다. 손의 움직임이 빨라지면서 에스키스*의 선이 점점 진해져 간다. 안쓰러운 표정의 어머니, 나무토막 같은 아이. '에스키스의 이미지를 살려 목판 위에 밑그림을 만들어야 해.' 그는 밑그림을 끌로 파내기 시작한다. '아기의 형상은 터치가 날카롭게 나타나는 세모 조각도를 사용하자. 어머니의 모습은 아이와 대비되도록 둥근 조각도로 부드럽게 표현하자.' 파낸 나무 찌꺼기를 입으로 후후 불어가면서 눈으로는 에스키스를 다시 한번 본다. '검은색 물감은 약간 갈색이 나도록 하는 게 좋겠지.' 그는 검은색에 황색을 적당한 비율로 섞어 롤러에 묻혀낸다. 파낸 목판 위로 롤러를 문지르면서 나타날 그림에 대한 기대를 해본다. 그는 물감을 칠한 목판 위에 화선지를 올려놓고 꼭꼭 눌러가며 정성껏 찍어냈다. 대학 시절엔 이런 터치의 표현에서 그는 동아리 선배들과 자주 대립되는 의견을 보였다. 주제가 확실한 작품이라고 해서 터치를 반드

---

* **에스키스esquisse** 큰 작품 제작의 준비단계에서 작품 구상을 정리하기 위한 초벌 그림.

시 강렬하게 나타낼 필요는 없다고 그가 말하면 선배들은 자기네 식으로 표현해주기를 강요하는 것이다. 사실 걸개 그림 같은 공동 작업에서 그의 의견이 다 수렴되기는 어려웠고, 그는 동아리 내에서도 또 다른 이질감을 느껴야 했다. 이를테면 그들이 청바지에 운동화 차림으로 농촌운동과 민족주의에 열을 올릴 때, 그는 약간 귀골스런 차림에 반골 기질을 가진 창백한 지식인 유형이라고나 할 수 있을 것이다. 그런 그가 의식화된 표현 방식에 만족하지 못하는 건 어쩌면 당연한 일일지도 모른다. 미술은 색깔 놀음이라고까지 하지 않던가. 시대와 역사의 흐름에 무관하지 않으면서도 좀더 자유롭고 예술적인 표현이 달리 없을까 하는 생각은 그의 의식 밑바닥에서부터 그를 쫓아다녔다.

환보련 사무실 문을 조심스럽게 몇 번 두드리던 그는 손잡이를 돌렸다. 몇몇 책상은 비어 있었고, 제자리에 앉은 사람들도 전화를 받거나 원고를 써내려가는 등 바쁜 모습들이었다. 문 바로 앞 책상에서 신문 스크랩북을 뒤적이며 타자를 치고 있던 더벅머리 여자가 그를 보고 목례를 한다.

"의장님 만나러 오셨죠? 안에 계십니다. 들어가시죠."

검정 스웨터를 입은 그녀는 부리부리한 큰 눈이 정열적임에 틀림없어 보일 만큼 끓고 있었다. 전화벨이 연이어 울려댔다. 조그만 사무실 안은 달리는 기차바퀴처럼 빠르게 움직이는 것 같았다. 한쪽 벽면을 차지한 철제 캐비닛을 제외하고는 벽면마다 온통 대자보 같은 전지가 붙어 있었다. H 신문, M 방송이라고 하단에 써놓은 환경문제에 관한 기사 특보도 눈에 띄었다. 그 옆으로는 '지구의 날' 행사 개요라든가, 온산이 죽어간다, 산천이 울고 있다 등으로 주제별로 집중조사해서 써놓은 것도 있었다. 그에겐 이 분위기가 낯설진 않았다. 오히려 대학 시절 동아리방에 와 있는 것 같은 착각마저 들었다. 불현듯 그 시절 아픈 기억이 가슴을 아르르 떨리게 한다. 가슴 깊이 파묻어둔 상처 하나가 살을 찢고 튀어나오는 것 같았다.

「미술과 발언」창립전 때 일이다. 학생회가 학도 호국단으로 둔갑하고 모든 집회가 금지되었음에도 그는 동아리 사람들 중 몇몇과 소그룹 활동을 하고 있었다. 탄압이 심해질수록 억압된 현실을 캔버스에 담고 싶은 욕구들이 서로를 부추긴 셈이었다. 관념의 유희라는 한계에 부딪친 모더니즘에 대해 식상한 학우들은 이웃의 현실과 호흡하는 것만이 진정한 자아 발견이라고 토로했다. 무리가 따르더라도 전시회를 강행하는 쪽으로 의견이 모아진 것은 자연스러운 결과였다.

그날은 전시회 전날이었다. 회원들은 작품을 전시하느라

정신없이 바빴다. 전시실이 지하였으므로 채광은 신경 쓰지 않아도 되었지만 조명이나 작품의 흐름이 연결되게 진열하느라 모두들 골몰해 있었던 때였다. 총무를 맡은 이연수가 갑자기 헉헉대며 뛰어내려오면서, 밖에 경찰 두 명이 와 있는데 혹시 우리 때문에 온 거 아니냐는 것이었다. 게다가 연수가 두 손을 모두 잡고 비벼대고 있었으므로 모두들 불안해지기 시작했다. "눈치빠른 개코에 알려지 생겼나 왜 그래. 과민반응이라구. 우리가 뭐 죄진 거 있냐?" 한쪽에서 그림을 걸던 근형이 특유의 걸걸한 목소리로 말했다. 모두들 표정이 굳어지고 있었다. "재수없으면 걸려들어가는 거지." "윤 선배는 무슨 잘못 있었냐? 한번 들어가보자, 야. 예술을 위해서 그 정도는 각오해야지, 자식들이 쫄기는." "각오 같은 소리 하고 있다. 빨리 철수하는 게 좋겠어." "고만한 간으로 전시회 하잔 놈 누구였어?" 의견이 분분한 틈을 타 연수는 자신의 작품을 챙기기 시작했다. 분위기는 점점 살벌해졌고, 누군가 뒤에서 그의 어깨를 잡았다. 고개를 돌리자 경찰이 버티고 서 있었다.

경찰에 연행된 후 그 이틀 동안은 그들의 생애에 있어서 리트머스 시험지와도 같았다. 빨간색이냐 파란색이냐로만 우리의 산도와 알칼리도가 측정되었고, 소위 복합색은 존재하지도 않았다. 심문을 하는 사복 경찰이 눈에 핏발을 세울 때마다 그는 마치 아버지의 권위에 반발하듯 경찰에게 반항했다. "너네들 그림이 뭔지나 알고 그리는 게야? 그런 건 어디서 배웠어?" 그는 대답 대신 주위를 둘러보았다. 어두침침한 형광등 불빛이 방 안을 떠다니고 있었다. 너네들 겁주는 것쯤이야 하는 듯한 경찰의 다부진 입을 보는 순간 괜한 오기가 생겼다. "배운 게 아닙니다. 창조라는 것이 배운다고 되는 겁니까?" 그가 고개를 돌리며 냉소적으로 말하자 경찰은 "건방진 녀석. 어디서 조둥이만 살아가지고. 임마, 까불면 어떻게 되는지 몰라서 그래? 늬들 다 용공분자라고 써버리면 그만이야. 지하조직하고도 다 통하는 모양이던데, 본때 보여주기 전에 어느 조직인지 말햇" 하고 소리를 질러대면서 책상을 쿵 하고 내리쳤다. 얼마나 자주 내리쳤는지 책상은 군데군데 움푹 들어가 있었다. "우린요, 이 땅에 사는 누구라도 공감할 수 있는 소재로 작품을 한 것이라구요. 조직은 무슨 조직입니까?" 그도 눈을 치뜨고 당당하게 대답했다. "그래, 너 말 한번 잘했다. 이 땅이라고 했나? 군인 세 명을 이상하게 그려놓은 것도 이 땅이냐? 그리구 신문쪼가리를 오린 것이 무슨 그림이냐, 또, 뭐? 사람을 엎어놓고 '잊으면 안 될 순간'이라나. 그게 무슨 순간이냐고오. 조직에서 교육을 받지 않고서야 뭐하러 그런 걸 그리겠나. 안 그래? 이 봐, 우린 말이야. 자네들을 구제하는 입장이라구." 경찰은 그에게 얼굴을 바싹 들이대면서 말했다. "우린 조직과는 상관이 없습니다. 그냥 작품 전시회를 한 것뿐입니다." 그가 지칠 때쯤 심문하는 목소리도 점점 낮아졌으나 경찰은 프로였다. "좋게 말할 때 들어. 조직은 모른다고 해두지. 학교 허락 없이 집회를 할 수 없다는 건 알았겠지?" 사실 학생과에 가지 않은 것은 아니었던 것이다. "학생과에서 왜애 허락을 안 해주었느냐, 이 말씀이야. 좌경의 기미가 있으니까 안 해준 거 아냐?" 경찰의 입가에 쓴 미소가 머무는 것을 그날 그는 똑똑히 보았다.

그는 고개를 가로저었다. 이젠 그 기억에서 놓여날 때도 되지 않았는가. 지난날의 상처는 그 상태로 족하다. 갑자기 누군가 그의 손을 덥썩 잡은 것은 그가 회의실로 가려고 막 몸을 돌렸을 때였다. 성길이었다.

"선배님 오셨습니까? 회의 중이라 오신 줄 몰랐습니다."

성길의 눈길이 그가 들고 간 작품에 잠시 머무르는가 싶더니 이내 반색을 한다.

"아, 역시 선배님은 대단하십니다. 언제 또 작품을 완성하셨습니까? 안으로 좀 들어오시지요."

원탁으로 된 탁자 주위엔 몇 사람이 심각한 표정으로 앉아 있었다. 성길은 창가 쪽에 있는 소파에 먼저 가서 자리를 권했다. 소파 한쪽 옆엔 잡다한 물건 박스들이 천장까지 쌓여 있다. 성길은 그가 상자를 쳐다보자마자 말을 꺼낸다.

"무공해 농산물 직거래 상품들입니다. 우루과이 라운드로 인한 농민들 걱정을 좀 덜어드리자는 취지에서 하는 일입니다. 선배님도 뭐 하나 사가시죠."

그는 고개를 끄덕이며 판화 작품을 내밀었다.

"작품이 쓸 만한지 모르겠다."

성길은 거의 채가다시피 그림을 가져갔다. 성길은 두 손으로 작품을 쫙 펴서 본다.

"음, 멋진데요. 계속 신세 좀 져도 되겠습니까?"

"글쎄, 나도 도움이 된다면 좋겠지만, 개인전 준비로 바빠서 말이야. 솔직히 내 작품 하는 것도 힘든 지경이야."

"하지만 선배님, 개인적인 일을 제쳐놓더라도 사회를 위해 일하는 게 보람된 것이 아닙니까? 전 미술은 잘 모릅니다만 미술도 온실에서 사는 것이 아니잖습니까? 정치나 사회 모순 때문에 일어나는 억울한 일들을 알면서 가만히 있으면 죽은 사람이 된다구요. 선배님의 그림을 필요로 하는 곳이 많습니다. 좀 동참해주십시오."

그는 성길의 말이 틀린 것이 아니라는 생각이 들긴 했다. 차라리 성길처럼 열심히 아무런 회의도 없이 빠져들 수 있으면 기쁘기도 할 것이다. 하지만 그의 그림을 그런 이데올

로기나 사회 문제에 꿰어 맞추어야 한다는 사실이 싫을 뿐
이었다. 시대를 바라보는 시각이 어느 쪽으로든 고정된다
는 것은 자유로움에 대한 또다른 억압일 수 있었다. 그는 어
디까지나 그이다. 그만의 어떤 개성을 지키고 싶었다. 다른
것으로부터 방해받는 건 그가 원하는 것이 아니었다.

"시간이 나면 생각해보기로 하지."

그는 아쉬워하는 성길을 뿌리치고 사무실을 나왔다.

작업실에선 그는 갑갑했던 심정이 다소 편안해짐을 느낀
다. 왠지 사람들에게 휘말리는 것은 체질적으로 힘들다. 깊
은 산사라도 들어가서 도 닦는 심정으로 작품에만 정열을
쏟아 붓고 싶은 마음이 간절했다. 하지만 생활 속의 삶을 그
리는 그에겐 그것도 맞지 않았다. 창틈으로 햇살이 나른히
스며들고 있었다. 창문을 활짝 열었다. 빛살이 와르르 밀려
들어 떠다니는 먼지를 토해냈다. 그는 갑자기 작업실을 정
리하고픈 마음이 생겼다. 얼마만이던가. 먼지가 가득 쌓인
채로 끙끙거리고만 있지 않았던가. 붓과 물감통을 우선 이
젤 옆에 나란히 놓았다. 바닥에 널려 있는 목판 찌꺼기들, 스
케치하다 구겨버린 종이들을 모두 모아 쓰레기통 속으로
쑤셔박고 나니 마음이 한결 가벼워졌다. '자 이젠 나를 방해
할 것은 없지.' 그는 캔버스 앞에 가서 앉았다. 노크 소리가

난 것은 그가 그리다 만 작품의 이미지 속으로 빠져 들어갈 때였다. 그는 팔에 힘이 빠짐을 느꼈다. 문 앞에는 까맣게 그을린 근형이 초췌한 모습으로 서 있었다.

"반갑다."

근형은 그의 손을 왁살스럽게 잡으면서 악수를 청했다. 그리고는 제집처럼 소파로 가서 앉는다.

"야, 소주 없냐?"

근형은 작업실을 휙 둘러본 후, 턱수염을 쓸면서 말했다. 근형과는 고등학교 때부터 같은 화실에 다녔기 때문에 어느 누구보다도 부담없는 사이였다. 그들은 선생님이 없으면 화실에서 소주를 홀짝대곤 했었다. 작품의 톤이나 터치가 근형이 더 강렬한 편이긴 했지만 감각 하나는 잘 통했다. 대학 시절에 그와 그룹전도 같이 몇 번 한 적이 있었고, 색감도 비슷했다. 그는 소주와 안주를 접시에 담아 탁자 위에 내려놓았다.

"너 요새도 문경에 있지?"

그는 소파에 슬쩍 걸터앉았다. 근형은 소주 한 잔을 벌컥 들이키고는 숨을 한 번 크게 쉬었다.

"문경에선 두 달 전에 나왔지. 산재 보상금 때문에 말썽난 적도 있구. 수지타산이 안 맞다고 벌써 폐광됐어. 지금은 삼척 탄좌에 가 있어."

"너 그러다 아주 광부가 되어버리는 거 아니야?"

그는 걱정스레 물어보았다. 순간 근형은 허공을 응시하는 것처럼 눈에 초점을 잃는다.

"민기야, 내가 처음 탄광촌에 들어갔을 땐 말이다. 단순히 그 사람들을 그리는 것만으로도 뿌듯했지. 막장의 삶이 주는 어떤 절박함이 얼마나 나를 끌었는지 모른다구."

근형의 지금 심정은 폐광이 될 지경에 있는 그들의 절박함을 훔치는 것 같다고 한다. 그들의 삶이 어떤지 너무도 잘 알고난 후여서 그들의 문제들과 무관하게 그림만 그리고 있을 수 없다고 한다. 근형은 광부들의 보상 문제를 두고 당국과 협상하는 일까지 나서고 있는 모양이었다.

"그림쟁이가 뭘 안다고 나서느냐고 말들이 많지."

"그림만을 위해서가 아니라면 말이다. 너 거기 있을 이유가 없지 않냐? 물론 네 생각도 이해되지 않는 건 아니다만 우린 어디까지나 그림을 위해 생각하고 행동해야 하는 거 아닐까? 주객이 전도된 건 아닌가 생각해봐."

"웃기는 소리 하지 말어. 넌 말야, 소극적이라서 맘에 안 들어. 그림 그린다고 방구석에 처박혀서 인상이나 쓴다고 좋은 그림이 나오는 거냐? 사람들이 어떻게 살고 있나 뛰쳐나가서 좀 봐. 사람들이 흘리는 땀이나 고통이 어떤지 느껴보지도 않고서 어떻게 인간을 그린다는 거냐?"

근형은 냉소적인 표정으로 담뱃갑을 끌어당겼다. 근형은 강렬한 이미지를 추구하는 편이었으므로, 여러 가지 요소를 복합해서 강한 인상을 주었다. 하지만 그는 이미지를 단순화시키려고 애썼다. 어딘지 모르게 순수하지 않은 이미지가 느껴지면 내던져버렸다. 하지만 요즘은 이상하게도 단순화시킨 선만으로는 허전했고, 덧붙여놓고는 조화되지 않아서 맘에 들지 않았다.

"사실 요즘 난 한계를 느끼고 있어. 넌 그런 거 느낀 적 없어? 내 감수성이 형편없다는 걸 인정해야 하는 때 말이야."

그는 맥이 풀리는 느낌이었다.

"넌 그 정도는 아니잖냐? 자식 또 앓는 소리야. 지난 번 민전에서 대상 받은 그 작품 좋던데, 뭘. 자책하는 건 아마추어나 하는 거라더라. 참, 너 내년 봄에 개인전 한다면서? 준비는 잘 되고 있어?"

근형의 말에 그의 가슴이 쿵하고 내려 앉는다. 근형의 입을 통해 개인전이라는 말을 들으니 개인전에 대한 부담이 더 커지는 것 같았다. 지난 번과 마찬가지 수준을 보여준다면 전시회란 아무 의미도 없는 것이 아닌가.

"잘 안 풀려. 그림이……."

"맨 정신으로 눈 똑바로 뜨고 달려드니까 그렇지. 살짝 돌아봐. 스스로도 돌았는지 모를 광기가 필요하다구. 넌 대체로 색조가 약해. 왜 그런 줄 아냐? 너 그 힘아리 없고 뜨뜻미지근한 샌님 성격 말야. 그래가지고는 강한 인상 표현하긴 힘들다구."

"그래, 그건 네 생각이지. 내게 강요하진 마. 내가 그렇게 생긴 걸 어떡하냐?"

그는 자신도 모르게 소리를 높였다.

"야, 술이나 따러 봐. 하여튼 너랑 만나기만 하면 이 지경인데, 왜 꾸역꾸역 찾아오는지 모르겠단 말이야."

근형은 실소를 했다. 그는 근형의 잔에 마지막 술을 따랐다.

"다르니까 재밌잖냐. 그동안 좀 막막했었는데 너랑 떠드니까 뭔가 좀 확실해지는 것 같다. 너 언제 갈 거냐?"

"왜? 안 가면 쫓아내려고? 이따 4시에 김해성이하고 홍은표 알지? 평론하는. 만나기로 했거든. 올라온 김에 다들 만나고 가야지. 너도 안 갈래?"

그도 김해성을 알고 있었다. 콜라주 등으로 현실 비판적인 내용을 담는 작가였다. 언젠가 그룹전에서 「숨쉬며 살고 싶다」는 제목으로 작품을 냈었다. 공장 폐수와 임산부를 그려놓고, 그 윗부분에 대기오염을 상징하는 구름을 표현했던 작품이었다. 현실 문제를 작품에서 표현할 때, 예술성을 놓치는 일이 허다했는데, 「숨쉬며 살고 싶다」도 그런 경우였다고 생각했다.

"작품 해야 돼. 난 이제 다 끊고 내 속으로 침몰해 들어가고 싶다구. 번잡스러운 거 싫어하는 거 알잖아?"

"자식. 작품 안 될 땐 좀 덮어두고 쉬는 게 나아. 가서 요즘 화단 동정도 좀 알아보구 그러자구."

근형의 권유에 못 이기는 척했지만, 그도 속으로는 가고 싶은 마음이 없었던 것은 아니었다. 사실 그의 눈앞에 막힌 벽을 뚫을 수 있는 뭔가를 찾을 수 있을지도 모른다는 기대를 하고 있었던 것이다.

술집 미네르바에서는 존 레논의 〈이매진〉이 흘러나오고 있었다. 그는 근형을 따라 안으로 들어갔다. 어둠침침한 조명 끝에서 김해성이 손을 흔들고 있었다. 갓등 속의 백열등이 내리비치는 테이블은 그리 어둡지는 않았다. 김해성과 홍은표는 먼저 와서 한잔씩 한 모양이었다. 그는 그들과 맞은편 의자에 앉았다.

"조민기 선생님 반갑습니다."

홍은표가 먼저 아는 체를 한다. 그는 전공이 서양사여서 서양의 미술사조에 우리 것을 꿰어 맞춘다는 말을 듣고 있었다. 월간 미술지에 실린 홍은표의 글들은 그런 오해를 낳을 여지가 있었다. 그들은 낮술을 시작했다.

"조 선생 얼굴 보기 힘듭니다. 미협 행사에도 통 참석을 안 하시두만요."

김해성이 그에게 술을 권하면서 말했다. 김해성처럼 모이기 좋아하는 사람도 드물 것이다. 작품이란 혼자 고민하며 자신과의 투쟁 끝에 나오는 것이질 않는가. 김은 미술계 사람들과 어울려서 친분으로 작품성을 인정받으려고 하는 것처럼 보인다. 그는 평론가들과의 친분이 두텁기로 소문이 나있는 데다, 시상식이나 전시회 오픈파티엔 빠지지 않고 참석하는 걸로 알려져 있다. 그런 사람이 그를 볼 땐 '얼굴을 좀 알려야지, 처박혀서 작품만 한다고 누가 알아주나? 그림 그리는 사람이 어디 한둘이야?' 할는지도 모를 일이다.

"이 친구, 내년 봄에 있을 개인전 준비하느라구 작업실에만 처박혀서 얼굴이 누렇게 떴더라구요. 오늘도 겨우 끌고 나왔습니다."

근형이 그에게 곁눈질을 해가며 설레발을 쳤다.

"아하, 그럼 이번 전시회가 다섯 번째던가요? 외람된 말씀이지만 이번은 어떤 변화를 보여주실지 무척 기대가 되는데요."

홍은 눈을 반짝이며 그에게 바싹 다가왔다.

"은표야, 평론가 입장에서 보면 솔직히 현태 작품이 어떠냐? 아까도 작업실에서 한바탕 티격태격하고 왔는데 말이지. 확실한 리얼리티를 가지려면 주제 설정이 좀 더 강해야 되지 않겠냐고 하니까, 부득부득 그게 개성이라고 우기잖냐?"

근형과 홍은표는 보통 친한 사이가 아니었다. 근형은 술을 단숨에 들이켰다.

"조민기 선생님 작품은 어떤 경향을 따르지 않기 때문에 어떤 기준으로 평하긴 좀 힘들긴 해요. 대신 독특하잖습니까?"

"그렇지만 작품이 자아실현에만 머무는 것이라고 생각하는 게 불만이야. 우리 이웃의 아픔을 외면한다면 미술은 속물근성에서 벗어날 수 없다는 생각이 든다구."

근형은 술이 들어가면 곧잘 흥분하는 편이었다. 늘 그런 줄 알면서도 예술에 관한 한 그도 양보할 수 없었다.

"사실 그동안 우리의 현실이 불안했기 때문에 현실을 외면할 순 없었어. 하지만 그전에 비하면 민주화된 거 아냐? 나도 의식화된 작품을 안 해본 건 아니잖아. 그건 바람에 불과해. 난 우리 자신이 누군가, 난 어디에 있는가 하는 실존 문제로 돌아가야 할 것 같다구."

그는 말하는 순간 예술이 입으로 떠들어서 되는 것이 아니질 않는가. 작품 앞에서 하는 고뇌에 비하면 말하기야 얼마나 쉬운가, 하고 생각한다.

"너 민주화라고 말했냐? 아직 멀었다, 멀었다고……. 난 그런 소리 들으면 가슴이 미어진다. 술 좀 더 시켜라, 술 좀 더 마셔야겠어."

벌집을 쑤신 셈이었다. 근형은 정치에 관한 한 약간만 비춰도 참지 못했다.

"조 선생님, 그 순수 형식주의 예술이란 이름으로 미술이 무슨 일을 했나요? 사회는 썩어가고 사람들은 아우성치고 있는데, 점잖게 서양의 실존 흉내만 내는 것이 서양화입니까?"

김해성까지 갑자기 거든다. 그는 김해성과 예술 원론을 왈가왈부하고 싶진 않았다.

"조금 전이었던가요? 〈이매진〉이 나왔잖습니까? 이매진 데얼즈 노 컨추리Imagine there's no country라는 가사 때문에 한동안 금지곡이었죠. 금지시켰을 때는 그 노래가 무척 듣고 싶었죠. 그리고 들으면 좋았구요. 이상하게도 해금된 후로는 그렇지 않더군요."

그는 '모든 것은 머물러 있지 않습니다'라는 말을 하고 싶었지만, 속으로 삼켜버린다. 스스로가 진보적이며 혁신적이라고 생각하는 사람들 앞에서 자신의 생각을 말한다는 것조차 부질없이 느껴졌다. 그는 그들에게 바쁘다고 말한

다음 먼저 일어섰다.

미네르바를 나온 그는 혼자 터덜터덜 걸었다. 자신도 모르는 사이 어느새 작업실을 향하고 있었다. 갑자기 골목 안쪽에서 불자동차의 사이렌 소리가 귀를 때린다. 좁은 골목에 양쪽으로 주차된 차를 치우느라 사람들이 왔다갔다 했다. 그는 둘러싼 사람들 틈 사이로 불이 난 곳을 들여다보았다. 봉제 공장이었다.

"거 다친 사람 없능가 모르겠네. 좌우지간 겨울엔 조심혀야 혀어. 봉제 공장 원단이 다 타부렀응께, 뭐."

사람들이 두런거리는 소리를 뒤로하고 그는 공장으로 다가가보았다. 불은 거의 꺼진 것 같았다. 열을 못 이겨 터진 유리조각들이 여기저기 널려 있었다. 그곳은 검은 폐허였다. 심한 그을음으로 벽이며, 천장이 새까맣게 변해 있었다. 가까이 갈수록 탄내는 지독하게 풍겨왔다. 아침에 보았던 곳이 잠깐 만에 이토록 망가질 수 있을까? 다 타버린 공장을 보는 순간, 이상하게도 그의 가슴이 푹 하고 터지는 것 같은 느낌이 들었다. 가슴속 응어리까지 모두 재가 된 듯한 느낌이랄까. 그가 원했던 것이 바로 이런 충격이었을까? 그는 불탄 공장을 뒤로하고 골목 안으로 들어갔다. 좁은 골목에 늘어선 난전을 보는 순간 무언가 사고 싶어졌다. 그는 냉이를 파는 할머니 앞에서 발을 멈췄다. 추운 겨울에도 질긴 잡초 같은 생명력을 닮고 싶었던 것인지도 모른다. 비닐 주머니에 냉이를 담는 할머니의 머리에는 마지막 힘을 다하는 저녁 햇살이 살포시 내려앉아 있었다.

작업실에 들어오자마자 그는 캔버스 옆으로 가서 앉았다. 그리곤 물감통 옆에서 그의 손을 기다리고 있는 조그만 라디오의 스위치를 돌렸다. 알토 색소폰의 어둡고 조용한 음이 작업실에 잔잔히 깔렸다. 무소륵스키의 〈전람회의 그림〉 '고성古城' 부분이었다. 이 곡을 듣고 있으면 곡에 서린 사연만큼이나 화가 할트만의 정서가 느껴졌다. '고성' 부분에서는 점차 음산한 분위기의 성으로 다가가는 듯한 느낌마저 들었다. 조금 전부터 가슴속에 끓고 있던 감정들이 서서히 타오르는 것 같았다. 음악은 '사무엘 골덴베르크와 쉬뮐레' 부분으로 점점 웅장해지고 있었다. 그는 음악 속에 빨려들어가기 시작했다. 그를 한계에서 번번이 끌어내리던 악령을 불태우고 싶은 심정으로 그의 눈빛이 타오르기 시작했다. 이제야말로 그림에 힘을 쏟아부어야 할 순간이었다. 그는 그리다 만 작품을 가만히 들여다본다. 화면이 불안정하게 분할되어 불안한 이미지가 느껴졌다. 근경 오른쪽엔 찢어진 돛대만 펄럭이는 폐선이 바람에 흔들리고 있었다. 원경으로는 어둑한 바다가 침침한 분위기를 자아내고 있을 뿐이었다. '아냐, 더 짙은 푸른색을 써야겠어.' 그는 팔레트를 왼손에 그러잡고 더욱 축축하게 젖어드는 색을 만들기 시작했다. '더 강렬한 터치로 바람을 나타내야겠어.' 그는 미친 듯이 이미지 속으로 빠져 들어간다. 잿빛 이미지, 밤을 맞는 폐선, 달빛마저 숨죽이는 고요…….그는 붓을 잡은 손을 늦추지 않았다. 칙칙한 잿빛 하늘을 깊은 보라색 톤으로 정리한 다음 그는 심호흡을 했다. 그가 붓을 놓은 것은 이마에 한 줄기 땀이 흐르는 것을 느꼈을 때였다. 그때 '키예프의 대문'이 힘차고 당당한 금속성 굉음으로 들려왔다. 음악은 사원의 종소리가 울려 퍼지면서 장려한 클라이맥스를 향해 전진해가고 있었다.

바다로 가는 막차

"승객 여러분 안녕하십니까? 이 열차는 바다로 가는 마지막 열차로서 잠시 후 정각 0시에 출발하겠습니다. 편안한 여행되시길 바랍니다."

안내 방송이 끝나자, 천장 한구석 스피커에서 슈만의 〈트로이메라이〉가 나즈막히 흘러나온다. 플랫폼으로 허연 입김을 내뿜던 기차는 서서히 미끄러져간다. 열차 안은 술렁대기 시작한다. 여자는 의자 깊숙이 몸을 기댄 채, 기차에 탄 이후 줄곧 시선을 차창에 고정시켜놓고 있다. 여자가 앉은 좌석은 출입문 바로 옆칸으로 사람들이 문으로 들락거릴 때마다 기차가 덜컹거리는 소음과 함께 찬 기운이 밀려들어오곤 한다.

실내는 혀가 바싹 말라붙을 정도로 건조하다. 의자 밑에서 뿜어 나오는 후끈한 스팀의 열기가 연신 발목을 훑고 지나간다. 그럴 때마다 여자는 사지가 후줄근하게 풀어져 내리는 듯한 느낌이다. 열차는 어둠 속을 질주하고 있다. 여자는 열차가 달리는 방향을 등지고 앉아 있어서 차창 밖 풍경이 앞으로 달려가는 것처럼 느껴진다. 거꾸로 향한다는 사실이 다소나마 여자를 안심시킨다. 훌쩍 기차를 타버린 여자로서는 정신없이 서둘러 어딘가로 가야한다는 것이 어쩐지 부담스럽기 때문인지도 모른다. 여자의 초점 없는 눈이 한순간 흔들린다. 차창에는 눈꼬리도 입술도 아래로 처져 있는 일그러진 얼굴이 비친다. 무슨 일이 있었던가? 아직 신혼임에도 불구하고 여자의 남편이 매일 새벽에야 들어온다는 것뿐 다른 일은 없다. 하나가 더 있다면, 그것은 여자에겐 아직 앙금으로 남아 있는 시어머니와의 사이에 씌워진 올가미다.

　남편이 늦게 들어오기 시작한 처음 몇 달 동안은 여자도 남편의 목소리를 그리워했다. 거실에 나와 앉아서 엘리베이터가 멈추는 소리가 날 때마다 토끼처럼 두 귀를 쫑긋 세우고 들었다. 하지만 여자의 집엔 초인종 소리가 좀체 나지 않았다. 고통스런 긴 밤을 보내면서 여자는 새벽을 기다렸다. 새벽이 되면 어김없이 떠오르는 마알간 해에게 감사했다. 그렇게 다섯 달을 흘려보냈다. 하지만 얼마 전부터는 남편의 목소리를 듣게 된다는 사실조차 두려워졌다. 여자는 이제 남편을 사랑하지 않게 된 것 같았다. 밤마다 무슨 의식을 행하듯 해왔던 기다린다는 행위 자체가 무의미해지기 시작했다. 누구를, 아니면 무엇을 기다리고 있는가? 여자는 남편을 기다리고 있지 않았다. 바로 여자 자신을 기다리고 있었던 것인지도 모른다. 그는 남들이 말하는 꿀맛 같은 신혼에 왜 새벽이 되도록 들어오지 않는 것인가? 어쩌면 그는 여자의 사랑을 선물로 생각지 않고 부담스러워했을 수도 있을 것이다. 혹은 결혼 자체가 그를 옭아매는 속박으로 여겨서인가? 남편은 여자가 어느 정도까지 인내할 수 있는가를 잔인하게 시험하고 있었다. 그가 게임을 하고 있는 것이라고 여자는 생각했다. 그 게임은 여자를 향한 것이었지만, 그 자신에 대한 게임일 수도 있었다. 형벌 같은 게임에 패배하고 싶진 않았다. 하지만 지난 밤은 뱀의 꼬리처럼 너무나 길었고, 무겁고 탁한 밤의 공기가 여자를 짓누르는 것 같았다. 무작정 외투를 걸치고 나설 때만 해도 어디로 떠나겠다는 생각은 아니었다. 택시기사가 "어디로 모실까요?" 하는 바람에 역전이라고 말했고, 주문에 걸린 듯 바다로 가는 기차표를 샀다. 물론 여자가 태어난 곳도 자란 곳도 바다였다.

쏴아 하는 파도소리가 들려오는 것 같다. 소리는 상상 속에서도 얼마든지 들린다. 그렇지만 바람에 섞여오는 싱그러운 짠 냄새는 다가오지 않는다. 여자는 바다 내음이 몹시 그립다.

누군가 여자의 곁에 와 앉는다. 여자를 바라보는 시선이 느껴진다. 이런 심정으론 타인에게 신경을 쓰는 것이 상당히 피곤한 일이었으므로 여자는 눈을 질끈 감아버린다. 철저히 그녀 속으로 파묻히기로 한다.

"날씨가 꽤 추워졌죠?" 갑자기 달려든 그 목소리는 피곤에 지친 듯한 쉰 음성이다. 언뜻 목을 많이 쓰는 직업 같다고 여자는 생각한다. 게다가 이상한 향수 냄새가 여자의 후각을 자극한다. 주위에 애써 무심하고자 한 결심은 여자의 호기심 앞에서 발목을 감춘다. 여자는 눈을 살짝 뜨고 쉰 목소리의 주인을 본다. 차르르 흘러내리는 올곧은 머리칼이 어깨까지 내려온 그녀는 머리와는 어울리지도 않게 주름살이 많아 보인다. 얼굴은 화장이라기에는 너무 진해 분장을 한 것처럼 분이 발라져 있었다. 분칠 속에 박힌 새까만 눈알은 휑뎅그렁하게 큼지막하다.

"그래요, 밤엔 더 춥더군요." 여자는 무심을 가장해서 한마디 던져놓는다. "어디까지 가세요?" 쉰 목소리의 주인은 자못 궁금한 표정이다. "글쎄요, 표는 바다까지로 돼 있군요." 여자는 더 이상 입을 열고 싶지 않다. 하지만 쉰 목소리가 여자에게서 눈을 떼지 않아서, 하릴없이 말이 이어진다.

"나도 바다에 가죠. 담배 한 대 피울게요." 쉰 목소리는 팔찌 세 개가 찰랑거리는 손목을 여자에게 내밀어 담배 한 개비를 권한다. 여자는 고개를 가로젓는다. 쉰 목소리는 깊숙이 빨아들인 담배 연기를 내뿜는다.

"바다에서 멀지 않은 곳에 내 딸이 살고 있어요. 올해 네 살이죠. 얼마나 이쁘다구요. 난 그 오동통한 뺨에 소올소올 난 노오란 솜털을 보면 정말 미칠 지경이예요. 그리고 그 비릿한 냄새 말예요. 아이가 있으신가요? 아, 죄송해요. 요즘은 겉으로 봐선 모르잖아요. 난 딸을 보러 가는 날이 다가오면 잠까지 설쳐요." 쉰 목소리는 눈을 위로 치켜뜬 채 달뜬 표정이다. "사실 내가 딸하고 떨어져 사는 것도 다 딸을 잘 키우기 위해서라구요. 돈을 벌어야 잘 키울 것 아녜요?" 쉰 목소리는 재떨이 뚜껑을 열고 담배를 비벼 끈다. 그리곤 대답을 강요하듯 여자의 얼굴을 빤히 쳐다본다. 여자는 고민스런 표정이 된다. "아이와 함께 산다고 잘 키우는 건가요, 뭐." 여자는 자신의 대답이 맘에 든다. 전 같으면 여자는 이렇게 말하지 않는다. '돈 때문에 아이와 멀리 떨어져 살다니요. 그건 말도 안 돼요. 돈이 아이를 키우나요?' 하지만 결혼 후 다섯 달이라는 시간이 여자로 하여금 그렇게 말하지 않을 만큼은 지혜롭게 했다. 쉰 목소리는 다소 마음이 놓이는 듯 차창으로 눈길을 돌린다.

출입문이 열리자 검표용 펀치를 손에 쥐고 있는 역무원이 나타난다. 역무원은 검표를 하면서 다가오고 있다. 여자는 차례를 기다리며 가방 지퍼를 연다. 역무원이 가까이 오자 쉰 목소리가 입술에 연신 침을 바르면서 역무원과 눈을 맞춘다. 역무원의 얼굴은 꽤 긴 편이다. 그는 좌석 확인철을 들고 있는 왼쪽 팔을 의자 등받이에 걸친다. 그리곤 쉰 목소리에게 얼굴을 바싹 들이밀고 속살거리기 시작한다. 일단 이 좌석으로 해놓았으니 됐다구. 쉰 목소리는 불안스레 눈을 굴리다 주머니에서 입장권을 꺼내 그에게 내민다. 그것은 재빨리 차표로 교환된다. "다음 검표 땐 어떡하죠?" 쉰 목소리가 모깃소리만 해진다. 역무원은 웃음기 없는 입을 조금 벌린다. 그리곤 눈을 한번 찡끗하더니 다른 좌석으로 가버린다.

"친구야. 실은 우리집 고객이라고 해두지." 쉰 목소리는 이제 볼 거 다 봤다고 생각했는지 이쯤에서 말을 놓아버린다. '어쩐지 뭔가 다른 분위기였어. 다 드러난다니까.' 여자는 고개를 끄덕인다. '뭐가 드러난다는 거야? 그건 겉모습이라구. 속단하지 말어. 너도 별수 없이 그렇고 그런 인간이군, 그래.' 여자는 자신을 뒤엎어보는 것이 조금은 재미가 있다.

"우리 딸을 매주 보러오는데 차비로 돈을 다 쓸 순 없잖

아. 난 도와주는 친구가 많아. 법조계에도 있고, 의사도 있지. 내가 손만 내밀면 그들은 도와주고 싶어서 안달을 한단 말야. 결혼했수? 오 그러시구먼. 새댁은 남편 밖으로 나돌겐 안 하겠는데 그래. 하기야 모르지. 신혼인데도 우리 가게에 와서 죽치는 남자들이 얼마나 많은데. 우리 가겐 점잖은 손님들만 와. 애들한테 추근대거나 오바이트 하는 사람들두 없어요. 근데 새댁, 손님들 이야기 들으면 안방마님들은 왜 그렇게 멍청한지 모르겠더라구. 남편 말 고분고분하게 들어주는 척 좀 하고 애교도 좀 떨구 말야, 그게 뭐가 어려워? 밖에 나와 고생하는 거에 비하면 아무것도 아니지. 남자들이란 단순하기 짝이 없거든. 좀 치켜세우기만 하면 어쩔 줄 모르고 있는 거 없는 거 다 주려 한단 말야." 쉰 목소리는 긴 머리칼을 손가락으로 쓸어내린다. "새댁, 내가 한 수 가르쳐줄까? 남자들이 무척 외로워한다는 거 알구 있어? 이 허망한 땅에서 얼마나 자기 확인을 하고 싶어하는지 말야."

여자는 남편을 생각한다. 건축설계사인 남편은 아침엔 늦도록 잠을 자고 오후쯤 출근해서 새벽까지 야간작업을 하는 날이 가끔 있었다. 그것도 결혼한 처음 한 달뿐이었지만 말이다. 한 달이 지난 다음엔 매일 밤 야근이었다. 지혜롭지 못했던 여자는 밤에 먹을 간식을 만들어 남편의 사무실에 찾아갔었다. 사무실 직원 모두가 먹을 수 있을 만큼 많은 양을 들고 갔지만 그곳은 이미 불이 꺼져 있었다. 졸고 있던 건물 수위는 여자를 보고 의아해했다. 사무실엔 직원들이 모두 퇴근한 지 오래되었다는 것이다. "어제는요?" 묻지 않았으면 좋았을 걸. 여자는 곧 후회했다. 그는 요즘은 야근이 없었다고 사무적으로 말했다. '어딜 갔을까? 술 마시나?' 여자는 어이없는 생각을 빨리 지워버렸다. 남편은 술을 즐기지도 않을 뿐더러 취해 들어온 날도 없었던 것이다. 하릴없이 집에 돌아와 남편을 기다려야 했다. 여자는 시어머니 몰래 들어오느라 도둑고양이가 되었다. 그날 남편은 정확히 새벽 4시 30분에야 들어왔다. 여자는 내색하지 않으면서 조금씩 지혜로워지는 것을 느꼈다. 단지 사냥개처럼 그의 몸에서 나는 냄새를 추적할 뿐이었다. 밀폐된 공간에서 나 몸에 배는 지독한 담배 냄새였다. 여자는 결혼 전 남편이 했던 말이 생각났다. "천 다마야, 난. 그 정도면 당구로 밥 벌어먹고 살 수도 있지." 세 번째 데이트에서 그의 도톰한 입술이 냉소적으로 말했었다. '맞아, 당구장엘 가는 걸 테지. 아냐, 당구장에서 밤샌다는 말은 들어보지 못했는 걸.' 여자는 누군가 네 마음이 원하는 바를 행하라고 한 말이 생각나서 캐묻기로 결심을 했다.

"당신 사무실에 갔댔어요. 열두 시에요." 여자는 돌아누워 자는 척하는 남편에게 이불깃을 올려주며 슬쩍 말을 건네 보았다. "미쳤군. 날 찾아다니는 거야? 찾으려면 제대로 찾아야지, 안 그래?" 여자가 올려놓은 이불깃이 내려갔다. 여자는 그것을 다시 끄집어올렸다. "여보, 난 당신이 어딜 가든 상관하고 싶지 않아요. 하지만 이런 생활이 정상이 아닌 것은 분명하지 않아요?" 여자는 이불깃을 아예 꽉 잡고 있었다. "오호 선생님 또 설교하십니까? 정상이라……. 좋지. 하지만 어떤 게 정상인지 몰라서 대답할 수 없는데, 그래. 어디 선생님이 좀 가르쳐주시지." 남편은 여자가 교사 출신임을 빈정대기 시작했다. 평소엔 말수가 적었던 그였다. 여자는 남편이 아닌 것처럼 느껴졌다. 여자가 사랑해서 결혼한 남편이 이런 말을 할 리가 없었다. 이건 마치 신들린 사람이 귀신의 입으로 말하는 것이 아닌가. 다른 목소리와 말투로 말이다. "여보, 솔직히 말해줘요. 당신 요새 밤에 뭘 하죠?" 남편의 매서운 눈빛이 희번덕거렸다. "뭘 하냐구? 내가 뭘 했나? 그건 나도 잘 모르겠는데……. 그래, 내가 뭘 할 것 같은가?" 남편은 내뱉듯이 말했다.

"당신 딴 여자 있어요?" 여자는 짐짓 찔러보았다. 남편의 대답은 의외로 간단했다. "허어 딴 여자? 바람이라도 피우는 줄 알았어? 난 여자라면 당신 하나도 귀찮을 지경이라구. 당신 정말 나를 그렇게 모르나? 도박이 재밌더군. 포커 말이야. 놀랐나? 원래 내가 그런 거 좋아하는 줄 몰랐다면 재색을 겸비한 선생께서 인생 도박판에서 크게 진 거로구만." 남편은 신경질적으로 담뱃불을 붙였다.

결혼한 지 얼마 되지 않았을 때, 저녁마다 시어머니와 남편, 여자 그렇게 셋이서 화투를 치던 일이 여자는 떠올랐다. 평소 말이 없던 남편은 화투를 칠 때면 딴 사람이 된 듯 웃고 떠들고 즐거워했다. 여자는 화투나 치면서 시간을 죽이는 것이 싫었지만 남편이 즐거워하는 모습을 구경하느라 끼어서 치곤 했다. 그러면서도 뭔가 다른 느낌이 들었다. 저녁마다 이러는 건 좀 문제가 있지 않은가. 남편이 가끔 복권을 사서 맞춰보던 기억도 났다. 여자가 복권은 뭐하러 사느냐고 물으면 "스릴이지. 딱 맞을 때 그 기분 말이야. 안 맞더라도 맞출 때 긴장하는 맛에 사는 거라구"라며 남편은 여자를 오히려 감각이 둔하다고 몰아부치곤 했다.

"여태 고상한 척 묻지도 않고 있더니 왜 이러는 거지? 정나미 떨어지게. 자꾸 이러면 아예 집에 안 들어오는 수가 있어. 난 누가 이래라 저래라 간섭하는 건 딱 질색이야. 그건 당신도 알잖아?" 남편의 목소리가 점점 커졌다. "어머니 방에 들리겠어요. 좀 살살 말해요." 여자는 어머니한테 알려지는 건 싫었다. "어머니라구? 웬일로 갑자기 효부가 됐나 그래? 어머니 비위 하나 못 맞추는 주제에. 난 집에 들어오기 정말 싫다구. 이건 뭐 날 샌드위치 만들어놓고 어쩌란 말이야. 결혼? 그거 드럽게 재미없는 거더군. 차라리 맘대로 하자구. 난 한번 회까닥하기 시작하면 나도 못 말려. 당신도 더 후회하기 전에 아예 갈라서는 게 어때? 초장부터 이게 뭐야? 깨가 쏟아진다는 신혼에 안 그래? 나도 재미없고 당신도 괴로운 생활 계속하면 뭐하겠어?" 남편의 눈동자는 허공에 떠 있었다. "당신 날 이렇게 고문할 수 있어요? 정말 실망스럽군요." 여자가 말을 끝내기도 전에 남편의 손이 여자의 뺨을 후려쳤다. "고문? 정말 고문해볼까?" 남편은 여자의 목을 조르기 시작했다. 여자는 남편의 팔을 밀치고 거실로 뛰쳐나갔다. 시어머니가 잠옷 바람으로 후다닥 뛰어나왔다. "밤중에 도대체 이게 무슨 일이냐?"

"어머니 저이가요, 매일 밤 도박판에 다닌대요." 여자는 떨리는 목소리로 말했다. "어이구, 니가 오죽허면 그러겠냐, 쟤가 집에 들어올 재미가 하나도 없다잖냐? 올 거 읎어. 바람피우는 남자도 허다한데 도박 좀 했다고 밤중에 이 난리냐? 남자는 여자 할 탓이야. 누구더러 하소연 하는 게야?" 시어머니는 눈썹 하나 까딱 않고 말했다. 여자는 더 이상 말하는 것이 부질없다는 것을 그제서야 깨달았다. 어떤 사람에 대해 잘 알게 된다는 것은 참 불행한 일이다. 타인의 심장, 내장 심지어 오물까지 다 보게 되면 상처를 입는 것은 그 사람이 아니라 들여다본 사람이다. 억울하다고 흥분할 일도 없었다. 사람이 갖는 나름대로의 행동 방식, 그 방식이 다르면 표현도 다르고 그것 때문에 상처받지는 말아야 할 일이었다.

자신만만했던 여자의 얼굴에 드리워진 그늘은 친정어머니의 가슴을 아프게 했다. 낳아서 키운 어머니 눈을 속일 수는 없었다. 그렇지만 어머니는 걱정을 겉으로 드러내진 않았다. "시어머니나 남편, 너를 대하는 모든 사람들이 네게 단점을 드러낼 기회를 주지 마라. 그건 현명한 일이 못 돼. 다른 사람의 단점을 보게 되면 단점이 나오게 만든 너의 언행과 단점을 읽는 네 눈을 조심해야 해. 누구든 네 편으로 만들어라. 그게 네가 상처입지 않고 사는 유일한 길이란다." 어머니의 말은 지키기 힘들었다. 일상의 사소한 부딪침에서도 여자는 깨지고 있었고, 자신의 흔들림에서 이기기 위한 싸움 또한 쉽지 않았다.

"잠시 안내 말씀 드리겠습니다. 선로 보수 관계로 간이역에서 20분간 정차하겠습니다. 양해하여주시기 바랍니다."
"양해 좋아하시네." 졸고 있던 쉰 목소리가 눈을 번쩍 뜨면서 한 말이다. "밤에 무슨 공사고, 으이?" "뭔 일이 났나 배유." "일은 무신 일이당가?" 열차 안이 웅성대기 시작한다.

여자는 바깥공기라도 좀 쐬면 기분이 달라질까 반갑기까지 하다. 쉰 목소리는 껌을 짝짝 소리나게 씹고 있다. 여자에게도 껌 하나를 건네준다. 여자는 받아든 껌을 외투 주머니 속에 넣어버린다. "씹으라구." 쉰 목소리는 여자에게 눈짓을 한다. 여자는 껌을 꺼내 입속에 밀어 넣는다. 꼭꼭 씹어 단물을 빼고는 짝 소리를 내본다. 짝 소리와 함께 여자에게 떠오르는 얼굴이 있다. 초등학교 때 일 도와주던 코가 유난히 오똑한 언니가 있었다. 그 언니에게 껌을 소리나게 씹는 법을 배우느라 하루에 껌 열 통은 족히 없앴을 것이다. 일주일을 씹었지만 픽 하며 바람 빠지는 소리 밖에 나지 않았다. "언니이, 난 잘 안 된단 말이야. 자세히 좀 가르쳐줘." 여자는 코가 오똑한 언니를 졸졸 따라다니며 졸랐다. "오메 미치건네. 야가 와 이런다요. 기냥 씹어부아. 응……. 있잖혀, 요로코롬 아래턱을 한쪽으로 밀었다가잉 싹 제자리로 옴시롱 이빨을 빠드득 소리나게 글거부러." 언니가 내는 소리는 정말이지 손뼉처럼 명쾌했다. 여자는 처음으로 짝 소리가 났을 때 너무 기뻐서 볼 안을 깨물기까지 했다. '옆으로 살짝 갔다 다시 제자리로'를 수없이 되뇌이면서 겨우 소리를 내기는 했지만 그때 이후로는 여자는 껌으로 소리 내는 거라면 자신이 있다.

코가 오똑한 언니 생각을 하던 여자는 갑자기 쉰 목소리가 정답게 느껴진다. '당신은 어떤 운명으로 그리 되셨나요.' 여자가 별 어려움 없이 자란 것도 여자의 운명 탓이 아니었던가. 행복했던 시간은 다 끝나고 이젠 불행해지는 시간만이 여자에게 배당된 것이 아닐까? 여자는 운명에 대해 처음으로 진지하게 생각해본다.

"밖에 안 나가실래요?" 여자는 쉰 목소리의 손을 살며시 잡는다. 보기보단 가는 손이라고 여자는 생각한다. "그럴까?" 옷걸이에서 외투를 빼들며 쉰 목소리는 희미한 미소를 짓는다. 밖으로 나가는 열차 출입문으로 사람들이 하나씩 다가간다. 사람들은 무척 여유로워 보인다. 어둡고 무거운 표정을 벗어던지고 '뭐 좀 도와드릴까요?' 하는 표정이다. 냉랭하고 상쾌한 공기가 코끝에 닿는다. 사람들 입에선 바람에 날리는 낙엽처럼 허연 입김이 날아간다. 달빛이 환한 터라 사람들은 여기저기서 서성대고 있다. 대학생으로 보이는 무리가 그새 한쪽에 옹기종기 모여 기타에 맞춰 노래 부르고 있다. 밤하늘엔 별이 거짓말처럼 총총하다. 먼 마을에선 한두 개 불빛이 어른거린다. 간이역이 있는 마을에서는 어떤 사람들이 살고 있을까? 여자는 문득 아득해진다.

여자는 외투 깃을 세우며 뒤를 돌아본다. 쉰 목소리가 여자에게 손짓을 한다. 그녀는 어떤 남자와 함께 서 있다. 아는 남자를 만난 모양이다. 남자의 시선이 잠시 여자에게 머문 뒤 목례를 한다. 그 남자는 쉰 목소리의 어깨를 손으로 한 번 툭 치고는 기차로 향한다. "반가운 사람을 만났지 뭐야. 은행 지점장이거든. 아쉬운 소리 좀 했더니 가게에 한번 들르겠대, 호호. 멋쟁이지?" 쉰 목소리는 뭐가 좋은지 연신 웃어댄다. 여자는 그녀의 웃음이 좀 서글퍼 보인다. "기차 출발하겠어. 이제 그만 돌아가자구." 쉰 목소리의 머리칼은 벌써 기차를 향해 있다. "기차 떠나면 여기서 쉬죠, 뭐." 여자는 장난스럽게 한마디한다. "새댁은 괜찮겠지만 난 딸애를 만나야 한다구. 내 몸과 같은 딸을 말이야." "그래요. 돌아가요. 저 기차가 마지막이니까요. 나도 바다를 봐야 해요." 둘은 기차로 총총히 다가간다.

안내 방송을 한 것도 아닌데 이제 바깥에 남은 사람은 하나도 없다. 기차는 서서히 꿈틀대기 시작한다. 간이역의 희미한 불빛이 멀어져간다. 쉰 목소리는 피곤한 듯 하품을 늘어지게 하더니 고개를 떨군다. 그녀의 윤기 나는 머리칼이 와르르 앞으로 무너진다. 여자는 쉰 목소리의 긴 머리를 자신의 어깨에 살며시 올려놓는다. 그녀는 깊은 잠에 빠져 든 것 같다. 꿈이라도 꾸는 듯 눈가를 잠시 찡그리기도 했으나 이내 옅은 코고는 소리를 낸다. 열차 안의 사람들도 갖가지 표정으로 잠들어 있다. 열차는 덜컹거리며 끊임없이 달린다. 여자는 기차의 미동에 몸을 내맡긴다. 열차는 어둡고 긴

터널 속으로 들어가고 있다.

"아노미 현상이야." 심리상담사인 여자의 친구는 자신의 지적인 면을 드러내길 좋아했다. "점점 개인화 되어가는 사회 속에서 사는 현대인들은 자아를 잃고 소외감을 느끼게 된다구. 그래서 이런 정신적 무규범 상태에 빠져들기 쉽지. 이 아노미에 걸린 사람들은 말이야. 도덕심 같은 것은 없어지고 대신 분열적인 충동으로만 살게 된다는 거야. 오로지 부정의 철학으로만……. 미래도 없고 과거도 없이……. 가냘픈 감각의 맥락을 따라 살아갈 뿐이라는 거지." 여자가 친구에게 가족들 이야길 하면 거의가 사회병리학적 구조로 되돌아오곤 했다. 실제로 친구가 일하는 정신병원엔 그런 증상으로 입원하는 환자들이 늘어나고 있다는 것이다.

"늬 남편 요새도 늦게 들어오시니?" 독신인 친구는 결혼에 대해 부정적이었다. 이조 시대도 아닌 요즘 세상에 인고의 미덕도 아니고 왜 그렇게 참고 사는지 모르겠다며 여자를 이해할 수 없다고 말하곤 했다. "그는 올빼미고 나는 달님이거든. 올빼미가 아무리 어두워야 활동을 하는 야행성이지만 시력이 나빠 달빛이 있어야 살 수 있잖니? 남편에겐 나 같은 여자가 필요해." 여자는 살포시 미소를 지었다.

"넌 참 이상해. 어떻게 그런 남잘 사랑할 수 있니? 난 백마 탄 왕자님이 날 안아주기만 기다리다 여태 결혼도 못 했지만 말이다." 친구는 여자완 성격이 달랐다. 대학교 때 그룹 미팅을 할 때도 친구는 듬직하고 포용력 있는 남자를 좋아했고, 여자는 어딘지 모르게 모성애를 불러일으키는 창백한 남자에 끌렸다.

"그 정도로 매일 도박을 하는 건 충동 조절 장애라는 정신병이야. 너 그게 얼마나 고치기 힘든 병인 줄 아니? 네가 그 고생을 사서 할 필요가 있을까?" 친구는 상당히 걱정스러운 표정이었다. "남편이 도박을 하는 건 핑계인지도 몰라. 어쩌면 그가 가진 결혼관에 대한 불안 때문인지도 모른다는 생각을 했어. 돌아가신 시아버님과 어머님이 부부관계가 안좋으셨던가봐. 안 좋았던 정도가 아니고 하루도 다투지 않고 지낸 날이 없을 정도로 말이야. 거기에 대한 불안을 내게 기대보려는 거라고도 한번 생각해봤더니 그를 이해할 순 있겠더라구. 하기야, 사랑받지도 못하고 참아야만 한다는 게 쉬운 일은 아니지만. 언젠가는 내 심정을 알아주지 않을까? 그리고 또 이렇게 생각해본 적도 있어. 살다보면 어느누구에게나 다 번민이 있기 마련이라구. 만일에 남편이 날너무나 사랑한다고 해서 내 인생의 모든 어려움이 없어질까? 인간이라면 누구나 느끼는 절대 고독에 또 괴로워할 지도 모른다고 말이야."

"넌 너무 규범적인 게 탈이야. 심리학적으로 말하면 수퍼

에고가 너무 강하단 말야. 그런 사람은 늘 죄의식과 자기 갈등을 벗어나지 못하게 된다구. 적당히 이기적일 필요도 있는 거야."

"그럴까? 난 남편이나 시어머니가 내게 어떤 행동을 하건 내가 견디기 어려워서가 아니라, 왜 저렇게 살까 하는 안타까움이 날 더 괴롭혀. 너도 알다시피 난 다른 사람의 잘못을 그냥 넘어가지 못하잖니. 내가 바로잡지 않으면 세상이 어떻게 될 것처럼 지나친 책임 의식을 갖는 것이 문제긴 해. 하지만 그게 내 체질인 걸 어쩌면 좋니? 시어머니가 다 소용없다고 말할 때마다 '어머니한텐 뭐가 소용이 있나요?' 라고 묻고 싶지만 참지. 그러다 결정적인 순간엔 홍수에 봇물 터지듯 와르르 밀려나오곤 한다구. 그러면 시어머니는 '오홍 그래, 너 참 똑똑하구나. 시에미 교육도 다 시키고. 하지만 생긴 대로 살아가는 게 제일이야' 하시면서 하고픈 대로 다 하시는 거 있지?"

친구는 여자의 얼굴을 안쓰럽게 바라보다가, "사실 넌 참 착하고 솔직한 구석이 있지. 그래서 널 만나면 기분이 좋아져. 근데 넌 좀 가끔 흥분을 하는 경향이 있더라구. 모름지기 지성인이란 냉정해야 된다구. 타인이 뭘 하든 어떤 생각을 하든 그저 그건 그 사람들 문제고 각자 자기 길을 갈 뿐이지. 어쩌면 네가 보편적인 상식에 물들어 있는 건지도 모른다

는 생각은 안 해봤니?"라고 친구는 늘 상담하듯 조리 있게
말하곤 한다.

"난 그렇겐 생각 안 해. 우린 누구나 타인에게 어느 정도
기대를 하고 있는 건 사실이라구. 결혼이라는 올가미가 아
직도 존속되고 있는 건 무엇 때문이겠니? 바로 우리에게 관
계를 갖고 싶어하는 속성이 있기 때문이라고 나는 생각해.
로빈슨 크루소가 왜 사회로 되돌아왔지? 사회적 동물의 속
성을 버리긴 힘든 거라구. 관계가 타락하면 나를 상처입히
기도 하고 심지어 나를 박살내버리기도 하지. 하지만 관계
라는 반지름에 무수히 연결되는 점의 궤적, 그 원 밖으로 나
갈 순 없다구. 죽는다면 자유로워지겠지만 말이야." 여자는
친구와 대화하는 동안 친구의 말을 듣기보다 끊임없는 자
기 암시를 하고 있는지도 몰랐다. 그래서 친구를 만나고 온
며칠간은 자신의 말을 의식하곤 했다. 자신의 혀는 다른 사
람을 격려하는데 쓰이는가, 상처를 주는데 쓰이는가. 상처
만 주는 혀라면 그 혀는 일단 정지해야 했다. 그러려면 차라
리 남편과 시어머니에게 무관심하는 편이 나았다. 여자는
덮어두었던 영어 전공서적을 꺼내 읽기도 하고 영어회화
테이프를 들으며 따라해보기도 했다. 영어가 우리말과 다
르듯 같은 언어를 사용하면서도 각자 서로 다른 의미로 언
어를 쓰고 있는 것이 아닌가 여자는 생각했다. 기표는 같아

도 그 속에 든 기의란 얼마나 다른 것인가. 시어머니와 남편, 여자는 서로 다른 언어를 쓰고 있는 건지도 몰랐다. 여자는 그들의 언어를 해독하려 애썼다.

하지만 그 결심은 사소한 문제로 곧 무너졌다. 시어머니 칠순 잔치 때문이었다. 시어머니는 칠순 잔치가 무슨 소용이냐, 차라리 검버섯 수술이나 해달라는 것이다. 그것까지도 별반 나쁘지 않았다. "검버섯 한번 없애면 다시 생기지 않으면 좋겠어요"라는 여자의 말이 시어머니의 비위를 건드렸다. "검버섯 수술한 친구 보니 다시 생기더구나. 뭐 그래서 하지 말라 이거니? 그래애. 젊은 네 눈엔 우습게 보이겠지. 하지만 너라구 마냥 젊을 줄 아니?" 시어머니는 목청을 높였다. "죄송해요, 어머님." 여자는 시어머니 맘에 상처를 입힐까 아무리 부드럽게 말해도 소용이 없었다. 시어머니 스스로도 떳떳치 못하다고 생각하고 있어서 여자가 어떻게 말하더라도 상처가 되는 것이다. "너 말하는 표정이 왜 그래? 넌 그래, 잘못했단 소리가 왜 그렇게 쉽게 나오냐? 젊은 애가 왜 그렇게 솔직하질 못해. 네 속엔 능구렁이가 백 마리도 더 들어 있을 게다. 요렇게 얄밉게 구니까 남편도 못 꿰차지." 시어머니는 자신도 주체할 수 없게 감정이 격해졌다. 남편이 들어온 것은 시어머니의 말소리가 가장 격앙되었을 때였다. 그다음은 여자는 생각하고 싶지도 않다. 정전이 되어 갑자기 픽 하고 꺼진 화면처럼 그저 텅 빈 회색으로 비워두고 싶은 심정이다.

"의자 좀 돌려도 되겠습니까?" 굵직한 음성이 들려온다. 앞 칸에 앉은 여자인 모양이다. "화장실에 다녀오면서 보니까 통 잠을 못 주무시는 것 같던데. 이야기 좀 할까요? 괜찮겠습니까?" 모양새라곤 도무지 낼 줄 모르는 남자 같은 더벅머리를 하고 있는 그녀는 어딘지 모르게 고집스러움이 엿보인다. 하지만 안경 쓴 그녀의 첫인상이 그다지 나쁘지 않아서 여자는 그러자고 말한다. 더벅머리 여자가 힘있게 한 번에 좌석을 돌리자, 여자와 마주보게 된다.

"난요, 이렇게 사람 얼굴을 마주보면서 여행을 해야지, 앞 사람 뒤통수만 보면서 가는 건 영 맘에 안 들어요. 게다가 오늘은 맨 앞자리라 면벽하고 도만 닦았지 뭡니까?" 더벅머리는 슬쩍 웃는다. 덧니 하나가 삐죽 얼굴을 내민다. 자세히 보니 귀여운 데가 있어보인다. 나이는 서른을 넘긴 것 같은데 결혼해 살림 사는 여자 같아 보이진 않는다.

"아휴, 요즘은 웬일이 그렇게 밀리는지요. 바빠 죽겠어요. 지금도 바다에 내리기만 하면 새벽부터 일하러 쫓아갈 판이라니까요." 더벅머리는 무슨 일을 하는지 말하지도 않은 채 하소연부터 한다. "그래요. 요즘은 다 바쁘죠. 왜 바쁜지도 모르고 그냥 바쁘기만 하죠." 여자는 더벅머리가 무슨 일을 하는지 궁금하지만 굳이 묻지 않는다. 주위에 무관심하려고 노력 중이다. 대신 여자는 자신을 되돌아보고 있다. 의심하고 있다. 부정하고 있다. 지금 이대로는 더는 집에서 견디지 못한다. 여자의 의식을 낱낱이 해체해서 아니 발기발기 찢어서 다시 정립하지 않으면 여자는 지쳐 쓰러질 지도 모른다. 자신도 주체하지 못하는 인간은 누구에게도 필요하지 않다. 필요하지 않으면 사람들은 그것을 버린다.

여자는 차창으로 고개를 돌린다. 시어머니는 어느 날인가부터 종이를 접기 시작했다. 시어머니 방에 들어가면 학이며 개구리, 튤립, 공 등 종이로 접은 갖가지 모양들이 창가에 가득 널려 있다.

"사람은 말이다, 취미가 있어야 돼." 시어머니는 처음엔 신문에 끼어 들어온 선전물로 접기 시작했다. 나중엔 색종이, 학 접는 용으로 나오는 파스텔색 종이 포장지 할 것 없이 예쁜 것은 다 모아다 접었다. 종이 접는 법이란 책도 몇 권 되었다. 여자는 청소하면서 그 책을 훑어보기도 했다.

"갑자기 무엇인가 필요할 때 종이 한 장이면 걱정 없습니다. 무엇이든 척척이니까요. 즉석에서 접어서 깜짝 실력을 뽐내세요." 종이접기 책에는 정말 여러 가지 종이 접는 법이 나와 있었다. 하지만 여자는 왜 이걸 접고 있는지 알 수가 없었다. 새벽에야 들어온 남편까지 출근할 생각은 않고 시어머니와 종이나 접고 있는 걸 보면 웃음도 나오지 않는다.

"어머님, 심심하시면 노인 대학에라도 나가보시지 그러세요? 옆집 할머니는 재밌어서 노인 대학 가는 날짜만 기다리시던데요." 여자는 어리석게도 또 간섭하고 있는 자신을 느끼고 있었다. "얘는 넌 내가 그렇게 밖에 안 보이니? 늙은이들 모여서 유치하게 어울려 노는 그런 델 나가란 말이냐?" 시어머니는 대뜸 큰소리를 냈다. "거기서 여행도 가는 모양이던데, 같이 놀러라도 가시면 가만히 방에만 계시는 것보단 건강에도 좋구, 기분전환도 되실 거구요." 여자는 시어머니에게 달래듯 말을 건넨다. "내가 집에 있으니 네가 싫은가본데, 내가 여행을 안 가봤냐? 옆집 할머니 꼬드김에 못이기는 척하고 관광버스를 따라 탔더니만, 좌석마다 마이크를 돌려대더구만. 하는 노래라고는 하나같이 다 그렇고 그런 노래니, 소음공해지 뭐냐? 조용히 여행을 하긴 애시당초 글렀다구."

"어머닌 어떤 노랠 부르셨는데요?" "나야 뭐 수준 있게 〈그네〉를 불렀지. 세모시이 옥색치마아 하고 말이다. 으음, 하지만 그게 다 무슨 소용이냐. 이제 뭔가 다시 시작하기엔 너무 늦었단 말이다. 그러니 종이나 접을 수밖에." 시어머니는 허탈하게 말을 내뱉었다. "늦긴요, 어머님. 저희 미국인

회화 선생님은요, 어머님보다 두 살 위신데두 매일 일곱 타임을 뛰어요. 멋쟁이시구요. 얼마나 좋아보이는데요." 여자는 시어머니 표정을 보고서야 실수한 것을 알았다. "넌 지금 내가 돈 안 벌어온다고 뭐라고 하고 싶은 게냐? 그래, 난 무용지물에다 밥이나 축내는 인간이다. 왜? 이젠 늙은 시에미 내세워 돈 벌려는 수작이로구나." 시어머니의 눈꼬리는 한없이 올라갔다.

얼굴이 긴 역무원이 출입문을 연다. 그는 의자에 기대 잠들어 있는 쉰 목소리에게 다가와서 어깨를 흔들어 깨운다. 역무원의 눈초리는 강렬하게 타고 있는 듯하다. 쉰 목소리는 놀라 깨어나선 그에게 멋쩍은 미소를 보낸다. 역무원은 쉰 목소리의 팔을 잡아 약간 위로 당긴다. 그리곤 그녀에게 눈짓을 한다. 쉰 목소리는 그의 눈을 바라보며 알았다는 표시를 한다. 여자는 그들의 암호 같은 행동을 유심히 관찰하고 있다. 무슨 일인지는 모르지만 그들 사이에만 통하는 일이 있는 것 같다. 역무원이 손짓을 한 다음 문으로 향한다. 쉰 목소리도 서둘러 가방을 챙기고 외투를 집어든다. 바쁜 중에도 컴팩트를 꺼내 분칠을 하고 루즈를 바른다. 익숙한 솜씨다. "우리 가게에 한번 놀러 와, 안녕." 쉰 목소리는 외투 주머니에서 카페 이름이 쓰인 자그마한 성냥곽을 꺼내 여자의 손에 쥐어준다. 쉰 목소리의 주인은 여자 쪽을 되돌아

보고 손을 흔든다. 그리곤 여자의 시야를 벗어난다. 출입문이 잠깐 열린 사이, 기차의 덜컹거리는 소음이 여자의 귀를 잠깐 흔들어놓듯, 쉰 목소리의 그녀는 그렇게 사라진다. 아쉬움이 여자의 가슴 속을 싸르르 훑어내린다.

"아는 사람인가요?" 더벅머리가 물었다. "아뇨, 이 기차에서 처음 만났어요." 여자는 자신에게 남을 아껴주고 싶은 마음이 다시 살아났다는 사실이 반갑기까지 하다. 그동안 여자의 마음은 못질한 서랍처럼 닫혀 있지 않았던가.

"저기 저 마을에 가본 적 있수?" 더벅머리가 차창으로 다가와 바깥을 가리킨다.

"아뇨? 저기가 어딘가요?" 여자는 컴컴한 창밖을 보려는 듯 눈을 크게 뜬다.

"장수 마을이에요. 난 거기 염하러 가본 적이 있어요. 장수 마을이라 이름지었지만 거기도 사람이 죽긴 마찬가지더라구요." 더벅머리는 쓸쓸한 표정을 짓는다.

"염이라뇨? 죽은 사람 염하는 것 말인가요?" 여자는 고개를 갸웃 기울인다.

"그래요. 정확하게는 염습이라고 하죠. 난 염습을 해주고 돈을 받고 있어요. 왜요? 이상합니까? 이상할 것 없어요. 그것도 하나의 직업일 뿐이니까요. 소독액으로 시신을 닦다보면 많은 생각을 하게 되지요. 부자나 가난한 사람이나 죽음은 모두 같다는 거 말입니다. 명예를 가진 사람이나 비천한 사람이나 다 한낱 시퍼렇게 썩어가는 껍데기인 거죠. 사람이 죽을 때 말입니다. 눈부터 안으로 푹 들어가더군요. 그리곤 숨이 거칠어지면서 눈동자 검은 부분이 위로 말려들어가더군요. 사람은 다 비슷해요. 우리 인간이란 그런 겁니다. 육체라는 건요."

여자도 죽음을 가까이서 본 적이 있었다. 여자가 오빠의 죽음을 본 것은 고등학교 때였다. 유난히 얼굴도 잘생겼고 불의를 보면 참지 못했던 의리파였다. 소위 운동권 학생이었던 오빠는 몸에 시너를 뿌리고 학교 옥상에서 뛰어내렸다. 여자가 병원으로 달려갔을 땐 오빠의 살갗은 과일 껍질처럼 한 꺼풀 벗겨져 있었다. 의사가 오빠의 얼굴에 씌워져 있던 산소마스크를 벗겨버리는 순간, 어머니는 실신했지만, 여자는 온몸에 추위를 느꼈다. 이가 딱딱 마주 붙고 온몸에 소름이 돋아 얼어붙는 듯한 추위를 말이다.

"무섭지 않으세요?" 여자는 더벅머리에게 고개를 돌리고 유심히 그녀의 표정을 살핀다. "우리라고 무섭지 않은 것은 아니죠. 어떤 땐 배고픔을 참는 것처럼 와락 몰려오는 두려움을 누르며 일할 때도 있긴 합니다만 대부분 시신이 무섭다기보단 안쓰러운 느낌이 들 때가 많죠. 마치 딸을 정성껏 꾸며 시집을 보내는 심정과도 비슷하다고 할까요. 우리들은 기도하는 심정으로 일을 하지요. 시신 아래 깨끗한 비닐을 까는 거부터 고인의 옷을 제거, 제거란 말이 좀 이상합니까? 몸이 굳어 움직일 수 없으니까 옷을 가위로 자른다 이 말입니다. 그리곤 솜으로 이물질이 흘러나오지 못하게 바깥 구멍은 모두 틀어막죠. 그리고 수의를 입히는 것까지 모든 과정을 거치면서 고인의 삶을 생각한답니다. 그러면 죽음은 끝이 아니라는 생각이 듭니다. 불교에 환생이라고 있지 않습니까? 기독교에서도 하나님과의 만남, 영생이라고 하던가요?" 더벅머리는 담담하게 말한다.

여자는 시어머니가 얼마나 죽음을 두려워했던가를 떠올린다. 지난 추석이었을 것이다. 손위 시누이가 개구쟁이 조카들과 함께 왔다. 조카 녀석들은 집안 구석구석을 뛰어다니며 총싸움을 하느라 정신이 없었다. 작은 녀석이 시어머니한테 장난감 총을 들이대며 빵빵 하고 쏘아버렸다. "이 녀석들이 외할머니 죽었으면 좋겠어? 이 총 치우지 못하니? 가슴이 다 철렁하네, 원. 넌 애들을 왜 이렇게 극성맞게 키우는 거냐, 도대체." 시어머니가 소리를 지르는 바람에 시누이도 화가 났다. "엄마는 애들이 노는 거 갖고 왜 그래요? 장난감 총이잖아요. 올케, 요새 엄마한테 무슨 일 있어?" 시누이의 시선이 여자에게 들어와 박혔다. "일은요, 무슨" 하고 여자가 말하자 "그러면 엄마가 왜 저러지? 엄마도 나이 들어서 좀 이상해진 거 아뉴?" 시누이는 쌜쭉해졌다. "그저 젊은 것들은 저렇다니까. 늙어봐야 인생이 얼마나 허무한지 죽음이 얼마나 두려운지 알지. 난 자다가도 느닷없이 죽어버리면 어떡하나 하고 불안할 때가 한두 번이 아니야. 왜, 우습냐? 네가 젊으니까 뭐든 두렵지 않지만 늙으면 용기라는 것이 고무풍선에 바람 빠지듯 그렇게 스르륵 빠져버리는 것이야. 어느 날 보니 쪼그라져 있더란 말이다. 시간이 얼마나 저 맘대로 빨리 지나가버리는지, 숫제 지나간다기보다 날아간다고 해야 된다니까." 시어머니는 쿵 하고 문소리를 내면서 방으로 들어갔다. 아마도 그때 어머니는 방 안에서 종이를 접을 거라고 여자는 짐작했다.

"죽는다는 건 그 사람으로선 모든 세계가 끝나는 거죠. 전 죽음이라는 마지막이 있기 때문에 이 세상 일들이 소중해지는 거 같아요. 죽음을 인정하고 깨닫는 사람만이 인생의 의미를 아는 거 아닐까요?" 여자는 왠지 목소리에 힘이 들어간다.

"그건 죽음이 멀리 있다고 생각하기 때문인지도 모르겠네요. 지금 당장 죽음이 찾아온다면 아마도 그런 생각이 들진 않을 겁니다. 허무하긴 하지만 그게 세상 이친 걸요. 흙에서 왔으니 흙으로 가는 거죠. 자연과 더욱 가까워지는 겁니다. 난 이런 이야긴 잘 안 하는 편인데 오늘은 이상하게 말이 많군요." 더벅머리는 쑥스러워하면서 말을 거둔다.

"맞아요, 논리적으로 죽음을 생각할 수는 있지만 죽는다는 건 역시 두려울 거예요. 그래도 우린 두려움을 마주 보아야죠. 그게 내 자신일 테니까요." 여자는 이제 무슨 말을 하고 있는지 스스로도 알 수 없는 지경이다.

"어째 이런 이야기만 하게 됐습니까? 산 사람은 산 이야길 해야죠. 참, 바다까지 가신다고 그러셨죠?" 더벅머리는 안경을 슬쩍 위로 올리며 묻는다. 그건 그녀의 버릇인 모양이다.

"네, 바다엘 가야죠." 여자는 지친 듯 말한다. 여자는 피곤이 몰려오고 있다. 머릿속이 멍해지면서 아무 생각도 떠오르지 않는다. 찬바람이라도 좀 쐬고 싶어진다. 여자가 출입문을 열자, 덜컹거리는 소리가 시끄럽긴 하지만 차가운 공기가 코에 닿는 순간 머리가 산뜻해지는 기분이다. 가느다란 신음소리 같은 것이 들린 것은 여자가 세면기에 손을 씻고 그 위에 있는 거울을 보고 있을 때다. 기차가 덜컹거리는 소리 사이로 분명 난간 쪽에서 소리가 나는 것이다. 여자는 출입문 손잡이를 잡으려다 난간 쪽을 힐끗 본다. 어둠 속에 두 그림자가 엉켜 있는 것이 보인다. 겉보기엔 제복입은 역무원의 뒷모습 같다. 그런데 분명 쉰 목소리의 가느다란 신음 소리가 다시 들려온다. 여자는 무의식 중에 난간 쪽을 다시 본다. 쉰 목소리의 보랏빛 원피스 소매가 역무원 제복 허리께를 두르고 있다. 여자는 말할 수 없는 서글픔이 괴어오른다. 정신없이 열차 안으로 들어와 의자에 털썩 주저앉은 여자는 안절부절못하고 있다. 양손 주먹을 쥐었다 펴본다. 다시 모아 두 손을 꼭 잡는다. 자신의 손을 망연히 내려다보고 있던 여자는 갑자기 뭔가 생각난 듯 눈동자를 위로 올린다. 가방 속을 부스럭거리며 뭔가를 찾는다. 가방 속에서 종잇조각을 찾아낸 여자는 그것을 접기 시작한다. 바른 네모꼴로 종이를 만들어 반을 접는다. 세모꼴로 접힌 종이를 보면서 학을 접을 수 있을지 자신이 서지 않는다. '이렇게 접으면 학이 되던가?' 어릴 적 학을 접었던 순서를 기억해낸다. 여자는 종이 접는 유희에 빠져든다. 여자는 마치 자신의 일부분을 접듯 종이를 소중하게 접는다. 머리와 꼬리 부분을 구부린 다음 날개를 부드럽게 펴올린다. 여자는 종이학을 창가에 올려놓고 가만히 바라본다.

"이제 다 왔어. 저길 좀 봐. 바다가 보여." 차창 밖을 내다보던 더벅머리는 짐을 챙기기 시작한다.

"여기는 본 열차의 종착역인 바다입니다. 저희 열차를 이용해주신 승객 여러분께 감사드립니다. 잊으신 물건 없이 안녕히 가십시오."

더벅머리는 여자에게 눈인사만 하곤 출입문에 제일 먼저

나가선다. 기지개를 켜는 사람, 일어나 밖을 보는 사람들의 모습이 가물가물 사라져간다. 팽팽히 긴장했던 근육이 나른하게 풀어지면서 깊은 물속에서 유영하는 기분이다. 차 창 밖은 어슴푸레 밝아지고 있다. 수평선 끝에서 불그레한 기운이 퍼져나가고 있다. 붉은 빛살이 종이학 위에 내려앉는다. 기차가 흔들릴 때마다 학이 흔들리고 있다. 학은 마치 생명을 부여받기라도 한 것처럼 여자의 눈앞에서 날아오른다.

강이 없는 들녘

눈길 위에 난 발자국처럼 도로 쪽으로 꼬리를 드리운 들판은 아스라이 먼 곳까지 펼쳐져 있다. 들판을 모로 질러 난 길은 뱀이 기어가듯 굽이쳐 돌았고, 길 옆 논둑 한쪽엔 포크레인이 등 굽은 노인처럼 웅크리고 있다. 대청마루에서 바라본 하늘은 깊은 청색이었다. 조용한 틈을 비집고 G음의 낮은 현을 켜는 것 같은 식용 개구리 울음소리가 풀숲에서 들려 오기 시작했다. 마치 짐승의 목울대에서 나오는 웅얼거림 같은 그 소리는 금방이라도 풀숲을 뛰쳐나와 내게 달려들기라도 할 것 같아 움츠러든다. 판교 시댁으로 들어온 지 일 년이 넘지 않았던가. 그런데도 음흉하리만치 낮은 식용 개구리 소리에는 좀체 익숙해지질 않는다.

…… 호수에 서식하는 물고기 수를 늘리려고 미국산 물고기를 대량으로 풀어놓았지만 미국산 물고기들이 우리나라 치어를 마구 잡아먹어 호수엔 미국산 물고기만이 남아 자연 생태계가 파괴되고 있다……

작품 구상에 도움이 될까 해서 읽고 있던 『자연과 인간』이란 책자를 덮었다. 자연이란 명제는 내 의식을 쉴새없이 쫓아다녔다. 땅덩어리의 볼륨감이나 지평선의 흐름을 나타내는 이미지는 나를 강하게 잡아끌었다. 이미지에 집착하는 한 한계에서 벗어날 길은 없었다. 흙으로 작품을 만든다는 생각을 버려야 했다. 내 손끝이 문제가 아니었다. 사물을 보는 눈과 의식이 문제라던가. 맥이 풀렸다. 새어나오는 한숨을 막으려고 눈길을 돌렸다. 흡사 봉분처럼 둥그렇게 쌓인 흙더미가 눈에 들어왔다. 그 옆으로 깊이 패인 논바닥은 간밤에 온 비로 흥건하게 물이 괴어 있었다. 달포 전쯤인가부터 시아버지는 시어머니의 반대에도 아랑곳없이 중장비를 불러 논을 연못으로 만드는 작업을 시작했다.

갑자기 들려온 전화 벨소리에 무심코 수화기를 들었다.

"거게가 김 선생임 댁입니꺼?"

수화기를 타고 흐르는 덕만의 쉰 듯한 탁한 음성에 난 훔치다 들킨 사람 모양으로 가슴이 덜컥 내려앉았다. 구레나

룻이 성성한 덕만의 우락부락한 얼굴이 눈앞에 떠올랐다. 덕만은 몇 년째 시댁의 땅을 빌려 농사를 지어 오고 있었다. 시아버지가 맡아 쓰고 있는 국유지 한쪽에서 양계장을 해서 양계장 변씨로 통했다.

"그런데요. 무슨 일로……."

"김 선생임 좀 바까주이소."

덕만의 말투는 늘 그랬다. 특히 뭔가 뒤틀려 있을 땐 말투에서부터 알 수 있었다.

송사가 끝난 뒤론 처음 온 전화였다. 난 왠지 찜찜한 마음으로 시아버지를 찾았다. 시아버지는 뜰 앞 평상에 앉아 있었다. 시어머니 모습도 보였다. 윙윙거리는 기계 소리와 함께 와르르 하며 자갈 붓는 소리가 귀를 때린 것은 전화 받으시라고 소리를 지르려던 바로 그때였다. 인부들이 작업을 시작한 모양이었다. 전화 한 통화 온 것으로 수선을 피울 것도 없었다. 난 당황할수록 오히려 차분해지는 내 성격을 은근히 다행으로 여기고 있던 터이다. 신발을 꿰어 신고 평상 쪽으로 다가가자, 기계 소리가 쉬는 틈으로 시어머니의 카랑카랑한 목소리가 들려왔다.

"멀쩡한 논은 와 연못으로 만든다고 그러슈?"

"님잔 고저 가만 있으라우. 내레 다 생각이 있이니끼니."

"생각은 무신 생각이야요. 나무 심고 연못이나 만든다고

이 땅이레 의주 땅이 되갔습네까? 십분지 일도 못 되는 걸 개지구설랑. 한두 번도 아니구 그것도 녕감 병이야요. 고향병, 알기나 허슈?"

시어머니가 고향병이라고까지 하는 시아버지의 땅에 대한 집착은 대단했다. 하다못해 국유지라도 쓸 수만 있으면 땅을 가꾸었다. 땅에 대한 감각 또한 놀랄 만해서 황무지도 시아버지 손을 거치면 더 이상 시골 땅이 아니었다. 땅에서 소득을 얻는 것이 아니라 땅을 아름답게 하는 것이다. 마치 촌스러운 시골 처녀가 말끔한 나들이 옷으로 갈아입은 것 같달까? 땅은 아름다운 열매를 달고 풍요로운 연못으로 변했다. 남편과의 연애 시절 처음 시댁에 와보았을 때, 이토록 아름다운 시골 풍경은 처음 보는 것 같았다. 휘늘어진 버드나무가 연못으로 드리워져 있었고, 나뭇가지엔 하얀 칠을 한 그네가 매달려 있었다. 길옆으로 대추나무, 밤나무 온갖 나무들이 활짝 꽃피우고 있어 그와 걷는 발걸음을 숲속의 왈츠로 바꿔놓았다. 쉽게 시댁으로 들어온 것도 시부모님도 연로하셨고 자연에 파묻혀 작품을 할 수 있으리라는 유혹보다는 이곳에 대한 첫인상이 깊게 남아서인지도 모른다. 하지만 막상 시골에 오니 작업에 쏟을 힘이 모자랐다. 작품 외에 여러 가지 인간관계로 빚어지는 일에 휘말렸기 때문이다. 시아버지는 성격이 판이한 시어머니와 다툼이 잦았다. 늘 반듯하게 살아가려는 시아버지를 이상주의라고 비웃는 시어머니의 말 또한 반박할 수는 없지만, 내가 시아버지 쪽으로 기우는 것은 어쩌면 보다 더 큰 것, 더 가치 있는 것에 집착하는 내 체질 탓일 것이다.

"아버님, 양계장에서 전화 왔어요. 아버님 찾는데요."

"가만, 웬일이가. 갸레 무신 일이 있나?"

시아버지는 허둥허둥 마루로 달려갔다.

"여보시오, 뭐라구? 여보게 덕만이……. 무신 소리가 그거이……. 판결이레 다 난 걸 개지구 뭘 어드렇카간? 알갔시오. 할 테면 해보라우."

시아버지는 전화기를 손에 쥔 채, 서 있었다.

"덕만이레 무신 수작이레 부린답니까?"

시어머니는 자못 떨리는 어조로 물어보았다.

"항소를 해보갔다는구만."

시아버지는 허공만 응시하면서 담담하게 말했다. 하지만 난 머리 속에서 실타래가 마구 엉기는 기분이었다. 지난번 송사를 겪으면서 가족 간에 입은 상처 딱지가 채 아물지도 않은 상태였던 것이다.

"갸레 미쳤구만, 미쳤어. 그 땅 말아먹을 작정을 단단히 했고만이. 다 이 냥반이 잘못했지 뭐이가. 그러게 애시당초 와 기런 사기꾼 같은 작자한테 땅을 맡겨요, 맡기길……."

시어머니는 그만 마룻바닥에 털썩 주저앉았다.

"내 팔자가 와 이러누. 땅은 못 지닐 팔자지 뭐이가. 땅이고 뭐이고 인제 또다시 심판대에 올라서는 그 수모를 어드렇게 당하간, 어드렇게 당하간……."

시어머니는 음성을 점점 높이면서 마룻바닥을 손바닥으로 탕탕 두들기기 시작했다.

"시끄러워, 거 입 좀 다물라우."

시아버지가 견디다 못해 한마디 하는 것 같았다. 하지만 시어머니의 원망은 시작될 판이었다.

"머이 시끄러워요? 녕감이 이날 입때꺼정 날 호강을 한번 시켜줘봤수, 뭘 했수? 허구헌날 고향 땅이레 어드렇구 하믄서 땅에 돈이나 처들일 줄이나 알았지, 뭉테기 돈 한번 줘봤수? 에고오 에고, 하고많은 땅 중에 국유지를 욕심내요? 고향 땅 좋아하더니 자알 됐시다."

"어드렇다고 이 난리야, 그놈이 원한다면 재판을 하면 되잖안?"

시어머니의 푸념이 멎은 것은 좀처럼 화를 내지 않던 시아버지가 소리를 지르고는 방으로 들어가버린 다음이었다.

덕만의 이글이글한 눈빛에서 그가 항소할 것을 눈치채야 했었다. 덕만을 처음 보았을 때 난 그 눈빛을 어디선가 보았다는 느낌을 지울 수가 없었던 것이다. 어디서일까 하고 되짚어보다 품속 깊이 파묻어놓은 기억 하나를 끄집어냈다. 가짜 대학생과의 만남은 고스란히 공포로 남아 내 속에 존재했던 것이다. 그 일로 난 세상 보는 눈을 완전히 뒤바꿔야 하지 않았던가.

줄담배를 피우고 자유분방한 생활을 하는 경애가 소개하는 남자를 만나러 선뜻 나섰던 것은 겁없는 내 성격 탓도 있었겠지만, 주위에 흔해 빠진 게 대학생인데 가짜로 행세하는 인간이 있을 턱이 없다는 나의 좁은 소견 때문이었을 것이다. 경애와 그가 내가 있는 테이블로 건너왔을 때, 난 일이 이상해졌다는 것을 직감했다. 그는 내가 늘 대해왔던 사람들과는 판이하게 다른 분위기를 가지고 있었던 것이다. 두툼한 어깨 위로 이글이글 타고 있는 눈빛은 어딘지 그늘져 보였다. 게다가 부러진 앞니 하나가 입술을 비집고 기어나오는 순간 폭력, 뒷골목, 깡패 같은 단어가 뇌리를 스쳐갔다. 경애가 자리를 뜨자, 그는 새파랗게 질린 나를 겁주는 것밖에는 할 일이 없었다. 아마도 내가 필요 이상으로 겁을 내서 그의 비위를 뒤틀리게 했을는지도 모를 일이다. 내가 그 자리를 빠져나갈 기회가 없었던 것은 아니었지만 난 거의 한 시간이 지나도록 그런 생각조차 하지 못했다. 내 옆자리로 옮겨 앉은 그가 가까이 얼굴을 들이댈 때까지도 고양이가 명령하는 대로 할 수밖에 없는 구석에 몰린 생쥐처럼 그저 와들와들 떨기만 했다. 그는 음흉하게 웃으며 내게 다가왔다. 그리고는 주머니에서 면도날을 꺼내, 손목 위 울퉁불퉁 튀어나온 시퍼런 핏줄 위에 슬쩍 그어댔다. 붉은 피가 솟구쳐 팔목 아래로 뚝뚝 흘러내렸다. 그의 팔뚝을 따라 그려진 시퍼런 용의 문신을 본 난 눈앞이 깜깜해졌다. 다리가 후들후들 떨려왔지만, 기어들어가는 목소리로 화장실을 간다는 말을 하곤 경양식집 주방으로 뛰어들어갔다. 뒷문으로 정신없이 빠져나올 때까지 뒤에서 쫓아올 것만 같은 두려움은 지금도 생생하다.

내가 덕만을 보았을 때 그런 기억이 떠오르듯, 어느 누구도 덕만을 탐탁히 여기지 않았다. 하지만 시아버지는 서울 생활을 실패하고 직업도 없이 내려온 사람한테 누가 일거리를 주겠냐며 덕만을 선뜻 받아들였다고 한다.

덕만과의 송사가 시작된 것은 벌써 육 개월도 넘은 일이다. 굶주린 살쾡이가 시골집 앞마당의 닭을 넘보다 슬며시 담을 타넘고 들어오는 것처럼 덕만이 술냄새를 피우며 집으로 찾아온 것은 으스름 저녁 무렵이었다. 그는 신발도 벗지 않고 대청에 걸터앉아 혀 꼬부라진 소리로 시아버지를 불러댔다.

"지 좀 보입시더. 일로 좀 나와 보시이소, 김 선새임요. 고

104

마 지한테 참말로 잘 해주셨심더. 그란데예 집옆에 붙은 땅아 이심니꺼. 그기이 국유지라카데예. 부동산 하는 친구한테 들으이까네, 나라에서 거 뭐고 점유권인가 하는 거 가진 사람한테 불하한다카던데……. 점유권은 실찌로 농사를 안 지으만 호력이 없다아 이기라예. 딱 깨놓고 마 이참에 그 땅지가 불하맡을라카이 김 선새임 그런 줄 아이소이. 몬 사는 놈 한 좀 푸입시더."

식구들은 모두 놀라 입을 다물지 못했다. 농사라도 지으려 해도 지을 땅이 없다고 사정을 해서 빌려준 땅이었다. 처음엔 일만 시키고 월급을 주었다. 일이란 시아버지가 그리던 의주에 있던 고향 땅과 비슷하게 만드는 작업이었다. 어느 정도 일거리가 끝난 다음엔 남는 땅을 덕만이 알아서 농사를 짓는 것이 묵계처럼 되어온 터였다. 시어머니는 저게 술주정을 하는 게지 했지만 시아버지의 표정은 심각하게 굳어 있었다.

"부동산 하는 친구가 안 할 말로 실찌 농사짓는 사람이 소송을 걸매는 법으로도 걸린다캅디더. 재판해봤자 선새임이 질 끼니까 고마 타협을 해뿌립시더."

덕만에겐 이런 일쯤엔 도가 튼 것 같은 느물거림이 있었다. 남편은 주먹을 쥐었다 놓았다 하는 것 같았다. 하지만 논리가 분명한 남편도 섣불리 나설 수 없는 노릇이었다.

"재판을 할라 캐도 요새 오백은 넘어들 끼이고 하이, 고마 딱 한 장마 주시면 먹고 떨어지뿔라고예. 돈 천에 그 땅 사모 싸지예. 지 말이 오데 잘못된 기이 이십니꺼?"

그 땅은 오 년 전에 이사한 김유선한테서 점유권을 양도 받은 것이었다고 한다. 집과 붙은 땅이기도 했지만 뒷산이 며 넓은 들판이 앞에 있는 모양새가 고향의 땅과 너무도 흡사해서 흡족해 하셨다고 들었다. 그 땅은 시아버지의 고향을 대신해주는 것이었다. 아무런 대꾸도 없이 묵묵히 듣기만 하던 시아버지가 배은망덕한 놈이라고 호통을 치기 시작한 것은 덕만이 술취한 벌건 얼굴로 시아버지를 똑바로 쳐다볼 때였다.

"배은망덕이라꼬예? 허어, 말씀이 지나치십니더. 저엉 그러시만 법대로 한번 하입시더. 뭐 겁날 줄 아능교? 괜한 고집부리시지 않는 길이 좋을 낍더. 다 좋은 기이 좋은 거 아입니꺼."

집안을 온통 뒤집어놓은 채 덕만은 비틀거리며 어둠 속으로 사라졌다. 모두들 정신을 차린 것은 시어머니가 "저 빌어먹을 녀석은 공산당보다 더 지독한 놈이야" 하고 지른 소리 때문이었다. 시어머니는 공산당이란 단어를 그때그때마다 필요에 따라 잘 갖다붙이곤 했다. 일본에서 대학까지 나온 시아버지가 어마어마한 유산을 등지고 월남한 데에 대한 한은 집안에 어려운 일이 있을 때마다 시어머니의 입을 통해 여러 가지로 채색되어 나타났다.

"공산당이레 첨 들어왔을 때만 해도, 마을 유지랍시고 우리 녕감을 앞세우질 안? 그러더니만 진짜 공산당이레 들어오니까 저이네 말로다 대지준데 가만 놔두간? 나중엔 더러운 소련 놈들까지 들이닥쳐가지구서리 마소를 다 휩쓸어 가져가 버리지 안 핸? 소련 놈들이 얼매나 더러운지 알기나 하네? 씻지두 않는지 가까이 오면 노린내에다 퀴퀴한 냄새까지 겹쳐서 코를 싸쥐지 않군 못 참을 정도라니깐. 게다가 때가 쫄쫄 낀 다 해진 옷을 입구서리 말장화들은 또 다 신었두만."

시어머니의 이야기는 곁길로 새기 일쑤여서 늘 같은 상황을 말하는 데도 다른 것처럼 들렸다. 이번엔 못 듣던 이야긴가 해서 귀 기울이면 거의가 의주에서 있었던 공산당과 얽힌 내용이거나, 버리고 온 땅에 관한 것이었다.

"'이 땅은 당의 소유가 되었으니 24시간 내로 집을 비우시오'라 써진 빠알간 쪽지, 크기나 한 줄 아네? 고 손바닥만한 쪽지가 내 땅에서 내쫓을 줄 누가 알았간네."

그 쪽지 크기만 해도 말할 때마다 달랐다. 손바닥만 해졌다가 어떤 땐 색종이를 두 번 접은 조그마한 크기로 둔갑하는 것이다. 게다가 시어머니는 이야기 도중에도 주위에 있는 아무 종이나 닥치는 대로 가져다가 그때의 종이 크기를 재현하려 애쓰곤 했다. 그날 밤에도 느닷없이 덕만을 공산 당에다 끌어다 붙이는 통에 식구들은 별 해결책도 의논하 지도 못하고 머릿속만 복잡해지게 된 것이다.

재판이 시작된 것은 덕만이 찾아온 날로부터 한 달 뒤였 다. 민사재판을 처리하는 소재판정에는 여러 건이 접수되 어 있어, 한 기에 우리 사건을 처리하는 시간은 십 분도 채 되지 않았다. 두 달 남짓 재판정에 들락거리면서 시달리는 시아버지를 보는 내 심정은 착잡하기 이를 데 없었다. 생각 같아선 합의실로 덕만을 데리고 가서 합의를 해버리고 싶 었다. 하지만 가족 어느 누구도 합의를 하려고는 하지 않았 다. 먹이 하나를 놓고 으르렁거리면서도 나누어 먹지 않는 것이 철칙이 된 맹수들처럼 물러설 줄을 몰랐다. 먹이가 그 틈에 사라지더라도 그저 상대편이 피를 흘리고 쓰러질 때 까지 싸우는 것만이 남아 있는 것 같은 싸움. 게다가 재판정 을 갈 때마다 가족간의 불화도 점점 깊어졌다.

"점유권을 양도한 김유선 씨를 데려오라니 어케된 일입 네까? 지금 어디메 가서 그 사람을 찾는단 말입네까?"

"임잔 걱정하지 말라우. 내가 다 알아서 처리할 테니끼니."

"알아서 잘 했시다. 얼매나 알아서 잘 하는지 어디 한 번 보자우요."

하지만 시아버지는 어렵사리 김유선 씨를 찾아 증인으로 세웠고 가까스로 재판에서 승소했다. 그동안 가지 끝에 매달린 둥지처럼 위태했던 집안은 겨우 안정을 찾은 셈이었다. 하지만 칠순 나이에 재판에 시달려온 시아버지의 건강은 눈에 띄게 나빠졌다. 덕만의 항소 전화로 한동안 앉지 않던 술상 앞에 다시 앉기 시작했던 것이다. 주량도 점점 늘어만 갔다. 하지만 집안 식구 아무도 일을 수습하려고는 하지 않고 날짜만 꼽고 있었다.

오늘 커피 맛은 유난히 썼다. 마음이 답답할 때면 나는 작업실부터 찾는다. 어떤 땐 작품에 손도 대지 못하고 한숨만 쉬다 나오기도 하지만, 집안일이 복잡할 때면 이곳이 피난처 구실을 톡톡히 해준다. 집 뒤켠에 일꾼이 살던 집을 개조한 작업실에는 작품에 필요한 물건들이 만물상처럼 잘 갖춰져 있다. 한쪽 벽면 전체에 붙어 있는 못을 골고루 박은 널판지엔 끌이며 조각도를 진열해놓았고, 아래 선반엔 전기톱까지 있다. 이 기구들만 보아도 작업할 의욕이 생길 때도 있었다. 「협화協和」1, 2, 3이란 제목의 작품들이 아픔처럼 눈에 들어온다. 두 개체가 조화하면서 이루는 공간의 아름다움에 심취했을 때 만든 작품들이다. 딱딱하고 볼륨 있는 이미지의 남성적 형상이 부드럽고 매스 표현이 강조된 여성적 형상의 허리 부분을 무용의 안단테처럼 들어올리는 포즈가 있는가 하면 한 덩어리인데 아래쪽엔 부드러운 이미지, 위쪽에는 강한 이미지로 변별성을 표현한 것도 있어 애로틱하다는 평을 듣기도 했다. 하긴 그때 내 작품은 구상 쪽이어서 그런 오해를 받을 수도 있었을 것이다.

"혜진이 넌 허구헌날 군상群像을 하냐? 홀로서기 좀 해봐라. 절대고독의 인간을 형상화해보라구. 허긴 시집살이하다가도 나오는 판에 넌 제 발로 걸어 들어가서 북적대며 사는 앤데 뭘. 넌 어떻게 화끈해 보이다가도 느닷없이 답답할 때가 있더라."

독신인 지선이가 이렇게 말할 때도 난 자신 있게 말할 수 있었다. '인간 누구나가 외로운 사람들이고 잘 조화할 수 있는 타인을 그리워하는 건 부정할 순 없잖아. 타인과 조화를 이루는 공간이 가장 자연스럽고 아름다운 거 아닐까. 우리가 개별화되어 감으로써 허물어져 가고 있는 부분도 있는 거 아닐까?'라고. 하지만 나는 스스로 관계라는 한계 속에서만 이미지를 찾아야 한다는 것이 갑갑해지기 시작했다. 얽매이지 않는 좀더 넓은 세계를 형상화하고 싶은 욕구가 내 안에서 꿈틀대고 있었다. 난 롤러 위에 있는 작품 앞에 섰다. '대지'라는 부제로 한 이 작품도 관계라는 올가미를 완전히 벗어났다고는 할 수 없다. 어느 부분이 닿아 있는 군상은 아니지만 분리된 두 개체가 이루는 공간을 표현하고 싶었던 것이다. 작품은 아직 점토 상태였다. 전시회가 얼마 남지 않았는데도 아직 석고 작업에 들어가지 못했던 것이다. 롤러를 움직이며 작품 전체의 구도를 다시 생각해보았다. 군상을 할 때는 전체적인 통일감이 가장 힘든 부분이었다. 각각의 독특함을 강조하면 산만해지고, 전체의 흐름을 중시하면 생명력을 잃게 된다. 조각도로 복잡한 듯한 부분의 흙을 매끈하게 떼어내 단순화시켜보았다. 처음 밑작업한 때와는 다르게 이미지가 점점 흐트러지고 있었다. '대지'를 표현하기엔 사유의 깊이가 따라가지 못할 것이라는 묘한 절망감이 엄습해오기 시작했다. 능력이 턱없이 모자라는 데 한 발을 올려놓아 그 발을 내릴 수도 없고 더 올라가지도 못하고 있지 않은가 하는 열등감마저 나를 구석으로 몰아붙였다. 바닥까지 내려간 다음엔 올라가는 일만 남은 것일까? 이상하게도 끝없는 절망감 뒤에 찾아오는 것은 일에 대한 추진력이었다. 이 작품 속에서 고민한 흔적은 남지 않겠는가. 미켈란젤로의 「천지창조」에서 볼 수 있는 하나님의 손끝과 아담의 손끝이 닿는 것 같은 절묘한 독창성을 향해 한 발 한 발 내딛는 것이다. 내가 석고 작업을 시작한 것은 고통 속에서 작업하는 과정이 소중하다는 것을 깨달았을 때였다. 고무 볼에 물을 떠서 석고를 풀면서도 나는 자성

예언처럼 이 생각을 되뇌고 있었다. 마음을 가라앉힌 다음, 석고 반죽을 작품 위에 덧바르기 시작했다. 석고 작업은 묘한 맛이 있다. 점토 상태인 소조 작품은 석고 반죽을 뒤집어 쓰고서 완성을 향한 여정에 들어간다. 책받침 조각으로 칸이 나눠진 다음 조각조각이 해체되어야 하며, 규산 액으로 덧발라진 후 해체된 겉틀은 다시 결합된다. 그 빈 속이 다시 석고로 채워지면 일단 틀은 완성된 셈이다. 울퉁불퉁하게 짜깁기 된 겉모습만 보면, 아름다운 작품이 들어 있다는 사실이 믿어지지 않는다. 하지만 그 겉틀이 깨어지면 음각이 다시 양각이 되어 작품이 나타나게 되는 것이다. 석고 작업을 하는 과정 속에서 나는 '대부분의 인간은 겉틀이 깨지지 않은 미완성품이라고 할 수 있지 않은가'라고 생각하며, 사람들의 진정한 모습을 보려면 겉모습을 깨뜨려야 한다는 것을 깨닫게 된다. 지나치게 규범적인 나는 다른 사람들의 잘못에 상당히 비판하며 잘 흥분하는 독선적인 면이 있다. 겉틀을 깨면 아름다운 작품이 있는 것을 인정하지도 않았다. 틀을 깨지 못했던 나의 인간적인 한계가 작품에도 영향을 미칠 것이다. 마음의 문을 열고 한계를 뛰어넘어야 했다.

노크소리가 난 것은 석고 작업이 거의 끝나갈 즈음이었다. 시어머니는 대답할 겨를도 없이 들어와 있었다.

"집안이 어수선한데 넌 여기만 처박혀 있네? 추석 장은 안 봐오고 뭐 하고 있네?"

"죄송해요, 전시회 날짜가 임박해서요."

시어머니가 작품 쳐다보는 눈이 심상치 않았다.

"살림도 잘하기 어려운데 넌 재주도 용타. 이따우 거 하믄 누구레 알아 주간? 알아주면 뭐 하네. 다 소용없어, 야. 쓸데 없는 욕심부리지 말라. 성경에도 욕심이 죄를 낳고 죄가 사망을 잉태한다고 했잖안?"

시어머니는 당신의 기분을 다른 사람에게 전가시키곤 한다. 당신이 좋을 땐 다른 사람은 기분이 나빠서는 안 되며, 불편한 일이 있을 때 다른 사람이 편안하면 안 된다. 기실 인간 누구에게나 이런 면은 조금씩 있는 것이어서 그리 흠잡을 것도 아닌 것이다. 작품 활동을 하면서 가정 살림과 갈등 일으키는 부분에 대해선 나 스스로 무척 약한 편이다. 특히 많은 시간들을 작품에 쏟으면서 아이들에게 주어야 할 시간을 훔친다는 죄책감이 늘 마음을 무겁게 한다. 작품이 잘 안 될 땐 더 심하다. 가슴 한구석에서 종주먹을 대고 있는 뜨거운 모성애를 외면하고 끝없는 자기 투쟁의 전장에서 외로운 싸움을 해야 하는 처절함을 느낀 적이 한두 번이 아니었다. 시어머니의 잔소리가 듣기 좋을 리는 없지만 한편으론 이해는 할 수 있었다. 느닷없이 시어머니의 석고 겉모습을 떼면 어떤 작품이 나타날까 하는 생각을 해본다. '시어머니의 거친 겉틀을 떼어버리자. 앞모습, 뒷모습, 조금씩 조심스럽게.' 난 시어머니의 마알간 얼굴이 보이는 듯한 착각에 빠져들었다.

"알겠어요, 어머님. 정리해놓고 들어갈게요."

나는 시어머니가 작업실 문을 요란하게 닫고 나가는 것을 보고 가만히 웃었다.

"아짐씨, 송편 빚는 솜씨가 일품이네유."

청양댁은 시어머니와 송편을 빚고 있었다. 청양댁은 시어머니의 비위를 잘 맞추는 편이다.

"고롬. 고향에선 소문이 났었잖안? 손재주 있으면 딸 이쁘게 낳는다잖던……. 후우, 난 우리 상희를 전쟁통에 잃었다우."

"그랬다면서유, 얼매나 가심이 아팠시유?"

"그게 다 그놈에 썩을 공산당 때문이 아니간? 공산당만 아니믄 와 우리가 그 고생을 했갔어. 넓은 땅에서 편안하게 살았디. 한밤중에 보따리 싸서 떠날 때는 눈앞이 아뜩했는데, 무사히 남쪽으로 가는 배를 타고 보니 이제 뵈기 싫은 시오마니 안 보갔구나 하는 생각에 속 씨언하고 미련도 없더구만. 옛날엔 시집살이가 오죽 심했갔어. 오죽허믄 '고초당초 맵다한들 시집살이 비할소냐' 하는 노래가 있을라구."

시어머니는 청양댁이 허리께를 꾹 찌를 때까지도 내가 부엌에 들어온 줄 몰랐던 모양이었다. 뒤를 힐끗 돌아본 시어머니는 머쓱해 하면서도 한참 신명이 나는 한풀이를 멈추지 않았다.

"어떤 땐 가만히 생각해보믄 우리 고생한 거이 우리 녕감 땅에 대한 고놈의 집착 때문인 거 같기도 허구먼. 해방되었을 당시엔 월남하는 사람들이 많았댔지. 서울서 대학다니던 막내 삼춘이 '형님, 니북은 공산주의가 판을 칠거외다. 어서 월남 하시기요' 하고 얼매나 말했는 줄 아네? 그런데도 녕감이 땅을 버리지 못해 있다가선 그 변을 당했지 뭐이가. 진작이레 재산 정리해 월남했으면 올매나 편하게 잘 살았갔어. 개우 금뎅이 두 개 개지구 내려와 고생만 죽두룩 했디. 녕감이레 어디 살림을 안? 고저 남 좋은 일이람 맨발 벗고 나서니 간디라는 별명이 와 안 붙겠네. 나두 복두 지지리 없질 않?"

시어머니는 모든 일을 다른 사람 탓으로 돌리곤 했다. 일이 잘 안 되면 시아버지나 팔자가 그 일을 덮어쓰게 되어 있었다. 그러한 터라 죽도록 고생했다는 대목에서는 믿기지 않았다. 호강을 하지 못한 것뿐인 것이다. 사실 평범한 여자들의 생각은 다 그럴 수 있지 않은가. 그런데도 나는 늘 시어머니를 평가하고 있었다. 이런 생각 속에서도 나는 손으로는 빚은 송편을 솔잎 깐 솥 위에 차곡차곡 놓았다.

"허지만 김 선생님은 훌륭한 분이지유. 지난 번 마을회관서 강연허실 적이 마을 사램들이 을매나 감동을 혔다구유. 지가유, 저 집 일 도와주구 있어유 했더니만, 사람들 눈길이 달라지두먼유, 그러세요오? 힘시룽. 지까지 으쓱 했시유."

"겉보기레 기리치. 허지만 녕감 고집 땜에 죽을 고비 수태 넘겼디. 연천에 살 때 육이오가 나지 않았간? 인민군들이 막 쳐들어 내려와 다들 피난 가는데, 이 녕감이레 '개우 마련한 땅을 두고 어드렇케 가간' 하믄서 가지도 않는 거이야. 사실 나도 상혁이 낳은 지 을매 되지 않아서리 망설이고 있긴 했지만서두. 밖엔 인민군이레 쫙 깔렸는데, 국군 패잔병이레 우리 집으로 피신해 있었지. 국군이레 자기는 죽을 테니 우리더러 나가라두만. 하릴없이 녕감하고는 밖으로 나왔는데, 인민군이레 내게 다가와서, 아주마니, 공산주의레 좋시오, 자본주의레 좋시오 하고 묻질 않간? 속으로야 '요놈의 공산당 새끼들아 네놈들 땜에 우리가 이 고생이다' 했지만 무서워서 서울말로 '전 그런 거 몰라요오' 하고 말했지 뭐이가. 다음에 집에 와보니 안방이레 총알구멍 피투성이두만. 국군이레 죽은 게지. 어찌나 무서운지 그 길로 남으로 피난을 떠났댔지. 그땐 서울은 국군이 지키고 있었는데, 우리레 들어가지 못하게 하는 거이 아니가서."

"아니, 왜 그런대유?"

청양댁은 자못 궁금한 듯이 시어머니를 부추겼다. 사실 난 수없이 들은 이야기였다. 시아버지는 관서 사투리를 많이 썼고 북에서 내려왔으니 빨갱이 첩자라는 것이었다.

"빨갱이한테 부르조아 반동으로 쫓겨난 사람이레 이젠 국군에게 빨갱이로 몰리다니 이런 놈에 나라가 어디 있갔네."

"맞시유, 우리 엄니두 낮에는 국방군 밥 혀주구 밤에는 인민군 밥 혀주구 그랬대유. 그래서 어떻게 됐시유?"

"근데 좋은 일은 하고 볼 거두만. 그 국군 중에 우리 녕감을 알아본 사람이 있잖네. 그 사람 형님이 직업도 없이 떠돌고 있을 때, 우리 녕감이레 집도 마련해주고 농사도 짓게 해줬다는 거이 아니가서? 그땐 맨 널린 게 우리 땅인데, 녕감이 도와준 사람이 어디 한둘이가? 그 사람이레 우리 녕감 얼굴을 알아보지 못했으믄 어케 되었간. 몽지리 총살감이디. 아가, 송편 다 익었으믄 평상에 좀 내다드려라. 장 봐온 건 어디 있네?"

"여기 있어요."

난 물건들을 내어놓고 송편을 담기 시작했다.

잠자리채를 휘두르던 아이들이 내게로 달려온 것은 내가

송편을 들고 밖으로 나오자마자였다.

"엄마, 형이 잠자리 잡은 거 한 마리만 달래도 안 줘이."

"너도 잡아라, 뭐. 왜 내가 애써서 잡은 걸 달래?"

"경주야, 우리 잡은 잠자리 다 놓아줄까?"

나는 아이들의 등을 쓰다듬으면서 말했다.

"왜요? 엄마?"

아이들은 눈이 휘둥그레졌다.

"잠자리 고향은 하늘이잖아. 잠자리들은 고향으로 가고 싶어할 거야. 늬들이 잠자리를 잡고 있으면 날아갈 수 없잖아. 안 그래? 어서 들어가서 송편이나 먹으렴."

고개를 끄덕이는 아이들은 잠자리채 망을 뒤집어 잠자리 한 마리를 날려보냈다. 들판으로 날아가는 잠자리를 보는 아이들의 표정은 무척 밝아보였다. 신을 내듯 채집통 속의 잠자리까지 꺼내 날려보내고 있었다. 아이들은 끝없이 싸우고 화해한다. 싸움과 화해 속에서 세상을 알아가는 것이련만 오늘은 마음 한구석이 씁쓸했다.

평상에 앉아 있는 시아버지 옆에는 벌써 빈 소주병이 있었다.

"아버님, 송편 좀 드시라고 가져왔습니다."

나는 평상에 슬쩍 걸터앉으며 말했다.

"아가, 세상만사레 다 헛된 꿈이지 누굴 믿고 정을 주겄

네…… . 땅뿐이야 땅…… ."

시아버지는 허탈한 표정으로 술잔을 기울였다.

"건강도 좋지 않으신데, 너무 신경쓰시지 마세요."

"생각해보라, 땅이레 얼마나 정직하네. 가꾼 대로 피어나지 않안? 희랍인 카잔차키스 아가도 알디? 나는 편도 나무에게 이렇게 말했네. '누이여, 신에 대해 말해다오' 그러자 편도 나무는 만발했네 하고 노래하잖았네? 어떤 땅이든 신의 손길을 느낄 수 있다. 아가 저 부드럽고 밋밋한 능선이레 좀 보라. 좀 아름답네? 덕만인 저 땅이 얼마나 아름다운지 알지 못하디. 고저 돈으로 보는 거이 아닌가 모르가서. 우리 인간이레 아무리 잘났어두 땅을 못 따라가. 암 못 따라가구 말구."

시아버지와 대화를 하면 한없는 편안함을 느낀다. 막힘이 없는 사유가 답답하게 엉켜 있는 머릿속을 풀어주는 것 같다.

"아아들은 어디간? 밥 먹으러도 오지 못하는 거이 요녀석들 짓이로구만."

시아버지 이마의 주름살이 더 깊이 패어 보였다. 여간해서는 얼굴을 찌푸리지 않는 시아버지가 아이들을 찾는 것이 이상했다. 사실 식탁엔 으레 먼저 와 있는 아이들이었던 것이다.

"화폐개혁 전 지전 모아놓은 것을 찢어놨더구만. 와 할애비 책상에 손을 대는지. 에미야, 혼 좀 내주라우. 아아들 버릇없이 키우면 되질 않디. 갸들이 우리나라를 이끌어갈 거이 아니가…… . 돈이란 찢어지면 반값도 못 하는 게지. 흠, 우리나라도 찢어진 지전 꼴이 아니가서. 언제나 통일이레 되갔네."

시아버지는 요즘 들어 통일이란 말을 부쩍 자주 입에 올린다. 이젠 당신 살아생전엔 고향엔 못 가보리란 생각을 하셨는지, 지난 추석부턴 집 뒷산에 '조상님들의 묘'라고 비석을 세운 가묘를 만들고는 거기서 차례를 지냈다. 살아계실지 모를 분들을 제사지내는 것이 도리가 아니라고 미뤄왔던 일이었다.

"통일이 된다 해도 문제가 많겠던데요. 독일 보십시오. 경제적인 부담을 져야 되니까, 통일 축제가 끝나자마자 금세 포옹했던 동독 동포에게 싸늘하게 대한다잖습니까?"

실제로 만져지고 보이는 실리만을 중시하는 남편의 냉랭한 음성이었다. 상대 출신인 남편의 그런 점은 나를 질리게 한다. 깔끔하고 예의 바른 그에게 난 무척 끌렸었다. 연애 시절엔 내게는 없는 냉정함을 가진 그가 무척 매력적으로 보였었다.

"서독처럼 일방적 흡수합병을 하게 되면 우리나라는 독일보다 더 부작용이 심할 거라는 말들을 해요. 서독 사람들 중에 동독에게 희생할 각오가 되어 있는 사람은 사분의 일도 안 된다는 통계도 있더군요."

"것 보라, 다 저 잘살라고 하는 기야. 난 정치는 모르지만 정치도 근본적으로는 다 돈에 연관된 거이 아니가? 사람이고 나라고 다 마찬가지지."

시어머니가 세상 보는 방법은 적어도 내가 보기엔 상당히 특이했다. '내가 보기엔'이란 생각을 안 할 수 없는 것이 나 또한 치우쳤다고 스스로 인정하기 때문이었다. 시어머니와 처음 부닥칠 땐 시어머니의 그런 생각이 무척 못마땅했었다. "다른 사람이 어머니한테 이기적으로 자기 실속만 차린다면 싫지 않은가요" 하며 대든 적도 있었다. 그런데도 요즘 생각해보면 이타적인 행동에서조차 자기만족을 위한 이기심이 들어 있지 않다고 볼 수 없는 것이다. 다른 사람의 언행을 비판하기도 했고 상관도 없는 일에 불쑥 나서 오히려 사람들을 불편하게 만들기도 했던 나 또한 치우쳤음에는 틀림없는 사실이었다. 차라리 시어머니의 자기중심적인 사고가 두루뭉수리로 엉겨붙어 흥분하고 덤비는 감상주의보다 일을 덜 그르치지 않을지 모른다. 그래서 점점 벽을 쌓아가고, 따뜻한 동반자를 잃어간다고 할지라도 중요한 것은 나를 찾는 것이므로. 시어머니의 말이 떠오른 것은 이런 생각들이 뒤엉킨 다음이었다.

"늬 시아버지레 나 죽으면 당신 혼자 어드렇게 살갔소. 우리 죽을 때 같이 죽읍시다 하질 않네? 그 녕감이레 맨날 팔십엔 죽는다고 똥싸 뭉개고 살진 않는다고 하질 않안? 녕감 팔십이면 난 일흔 다섯인데 같이 죽잔 말이가? 그 자리에선 원 당신도 별 말씀을 다 허슈 하고 얼버무렸지만, 내가 와 같이 죽네? 인생이레 다 혼자라구. 고저 내 한 몸밖에 없어야. 이기주의라고 뭐라고 할 테믄 하라우. 야, 톡 까놓고 이기주의레 아닌 사람 어드메 있네?"

하지만 이런 것은 생각뿐으로 인정에 끌리는 것은 변할 수 없는 나의 체질이었다. 그건 마치 우유를 먹지 않던 사람은 우유를 소화시킬 수 있는 효소가 몸 속에 없듯이 자아중심적이려는 나의 의지와는 무관하게 난 '우리 가족'의 일을 걱정하고 있었다.

그날 밤 나는 남편에게 덕만의 일을 끄집어냈다.

"변씨 아저씨도 사는 게 어렵다 보면 그런 생각을 할 수도 있지 않겠어요?"

"그런 사람은 법으로 하는 수밖에 없어. 이번에 우리가 패소하더라도 할 수 없지. 그리고 저번에도 이겼으니 이번에도 승산이 있을지도 모른다구."

"적금 해약하고 이리저리 맞추면 천은 될 것 같은데, 그냥 줘버려요. 없던 셈치고. 당신은 아버님 몸 약해지는 것 눈에 안 보여요? 요즘은 식사도 통 안 하신단 말예요. 그 연세에 무슨 재판이에요. 맘 졸여 죽겠다구요."

"자꾸 말하지 말라구. 나도 생각 중이야. 돈 받았다구 재판을 취소하겠어? 독이 오를 대로 올랐으니 항소를 하는 걸 텐데. 순리대로 하자구. 가만 좀 있어봐."

남편은 무슨 방법이라도 있는 것처럼 자신 있게 말했지만 아무런 해결 방법도 나오지 않은 채 시간만 넘기고 있었다.

내가 덕만의 집을 찾아간 것은 공소 기일 이틀 전이었다. 덕만의 집은 눈에 익은 터라 쉽게 찾을 수 있었다. 벌판 한쪽에 있는 천막집은 어이가 없을 정도로 허술했다. 그저 주황색 비닐 천막으로 가려진 간이 상자에 불과했다. 천막 문을 들치는 순간 날아다니는 닭털에 숨이 콱 막혀왔다. 게다가 닭 수십 마리가 소리를 질러대는 통에 나도 모르게 몸이 움찔했다. 환기가 잘 되지 않은 실내엔 닭똥 냄새가 진동해 난 코를 싸쥐고 잠시나마 호흡을 멈추어야 했다. 주위엔 사료 찌꺼기들이 군데군데 흩어져 있었고, 한쪽에는 닭 사료 푸대가 아무렇게 내팽개쳐친 듯 지그재그로 쌓여 있었다. 닭장 앞에는 하얀 계란이 또르르 굴러 나와 있었다. 이 계란을 대놓고 먹었던 적이 있었다. 덕만과 송사가 있기 전엔 덕만의 아내가 이고 다니며 팔았던 계란을 사먹었었다. 여기서 나온 계란을 먹었다는 사실에 왠지 모를 슬픔이 치밀었다. 이곳이 바로 덕만이 생활하고 있는 곳이라는 사실이 충격처럼 가슴을 울렸다. 갑자기 걸음에 힘이 쭉 빠지는 느낌이 들었다. 나는 그 자리에 못 박힌 듯 서서 망설였다. 하지만 더 이상 땅 문제로 소송이 있어서는 안 되겠다는 생각이 등을 떠밀었다. 안쪽엔 살림집이 있었다. 단발머리를 한 가녀린 체구의 덕만의 아내가 기저귀를 개키고 있었다.

"어마나 여긴 웬일이세요?"

덕만의 아내는 후다닥 방에서 뛰어나왔다.

"들어오시겠어요?"

나를 뚫어지게 바라보던 그녀가 방으로 들어가며 말했다. 난 묘한 기분이 계속 가라앉지 않았다. 무슨 일을 하려는 건가? 말문이 떨어지지 않았다. 아기가 한쪽 구석에서 쌔근쌔근 숨을 쉬며 잠들어 있었다. 바랜 푸른색 티셔츠를 입은 덕만은 돌아앉아 있었다. 그의 넓적한 등은 도저히 밀 수 없는 큰 바위 덩어리 같았다. 그가 슬그머니 몸을 돌린 것은 그의 아내가 내준 낡은 방석에 앉으려던 순간이었다. 그의 눈빛이 너무 강렬해 잠시 움츠러들었다. '시집살이하는 동안 껄끄러운 사람 다루는 데는 도가 튼 내가 아닌가. 이 정도에 움츠러든다면 여길 오질 말았어야지. 자, 담대하게 알았지? 부탁하지도 않은 해결사 노릇을 자처했잖아?' 하며 나 스스로를 다잡았다. 하지만 어떻게 말을 꺼내야 할지 걱정하고 있던 차에 덕만이 퉁명스럽게나마 말을 시작한 것이 오히려 고마울 지경이었다.

"여게는 뭐 할라꼬 왔능교? 남에 속 뒤집을라꼬 왔십니꺼? 불난 집에 부채질 할 거 아이믄 그냥 가이소 마. 없는 놈 땅 한 번 가져볼라카는 기이 뭐가 그래 나쁜교, 으이? 쪼매 갈라가믄서 삽시더. 안 그런교?"

"아저씨, 그간 마음 많이 상하셨나봐요. 말씀이나 한번 드려보려고 왔어요."

나는 혹시 그의 마음을 돌릴 수 있지 않을까 하는 기대로 말을 시작했다.

"야! 담배 도오."

덕만은 갑자기 아내에게 냅다 소리를 질러댔다. 그녀는 담배를 얼른 꺼내 그의 입에 물려주었다. 그녀는 마치 조련사에게 잘 훈련된 동물처럼 민첩하게 움직였다. 덕만은 벽을 향해 담배 연기를 훅 뿜어냈다.

"천날만날 농사 지이봐야 땅 한뙈기 장만할 수 있나. 큰 돈 한번 만져 볼 수 있나. 나도 이판사판이라 이 말입니더."

"한 동네에 살면서 송사까지 해서 좋을 게 뭐가 있어요? 아버님께서도 생각이 깊으신 분이구, 아저씰 좋아하셨으니까 생각이 있으실 겁니다."

덕만은 화를 삭히지 못하고 있었다. 나를 향한 것도 아닌 것 같았다. 그의 눈은 어디엔가 닥치는 대로 분노를 터뜨리고 싶어서 일그러져 있었다.

"이쯤에서 양보 좀 하시면 안 될까요? 여기 천만 원 준비해왔어요. 성의로 받아주시고 송사는 없는 걸로 해주셨으면 해요."

마련해온 돈을 슬며시 꺼내 덕만의 앞으로 밀어놓으며 말했다.

"천이라꼬요? 허어 참네. 그거는 재판하기 전에 이야기 아입니꺼. 재판 때문에 나도 돈 들었심더."

"그럼 도대체 얼마를?"

덕만은 갑자기 오른 손바닥을 펴들었다. 두툼하고 뼈마디가 굵은 손가락들이 눈앞에 펼쳐졌다.

"다섯 장은 돼야 안 되겠십니꺼? 기왕지사 시작한 일인기라예. 마 인간 변덕마이 오기 하나로 사는 놈인기라예. 갈 때까지 가보는 기지요."

"다시 생각해보시면 안 될까요?"

"가아가이소. 이 돈 몬 받심더. 말라꼬 받능교? 당신 이거 도로 드리라이. 빨리 드리라켔다이."

덕만은 아내에게 눈을 부라렸다. 그녀는 돈봉투를 들고 내 뒤를 따라나왔다.

"죄송해요. 저이도 원래 맘이 나쁜 사람은 아니예요. 부동 산 하는 친구한테 국유지 말을 듣고와서는……."

그녀가 나직한 목소리로 말꼬리를 흐렸다.

"돈은 제 성의 표시예요. 가져가 잘 말씀드려보세요. 이만 들어가세요."

그녀는 다소곳이 돌아섰다. 그녀의 뒷모습이 허전해 보 였다. 예상하지 못한 일도 아니었지만 저수지 둑길을 걸어 가는 내 걸음이 허청거렸다. 혹시 하는 소박한 인간적 믿음 마저 버려진 쓰레기처럼 썩어가는 기분이었다. 고향 김해 생각이 물씬 나기 시작한 것은 저수지의 물 냄새 때문이었 을 것이다. 넓은 낙동강 하구엔 이름 모를 새들이 날아들곤 했다. 해 질 녘이면 둑 위에 올라앉아 그 모습을 바라보곤 했 던 기억이 오랜만에 떠올랐다. 고향에선 어디든 높은 곳에 만 올라가면 강이 보였다. 서울로 전학온 한참 뒤에도 산에 오른다든지 해서 높은 곳에만 가면 나도 모르게 눈으로 강 을 더듬곤 했다. 어디엔가 보여야 할 강이 없다는 상실감이 오래도록 내 가슴 속에 자리하고 있었다. 서울이 김해와 같을 리는 없었는데도 나는 심한 배반감을 느끼곤 했다.

평상에 앉아 술잔을 기울이고 있는 시아버지의 얼굴은 며칠 사이 더욱 수척해 보였다.

"어디 나갔다 완?"

취한 듯 불그레한 시아버지의 눈동자가 슬픔처럼 가슴에 들어왔다.

"볼일이 좀 있어서요. 아버님, 재판은 어떻게 됐어요? 취소됐다는 말 없었어요?"

"덕만인 포기 안 할 게야. 내가 그 심정을 알디. 아가, 땅이란 거이 참 묘한 힘이 있어. 내레 고향을 버리고 올 적에 내 인생도 버린 것 같은 기런 기분이었디. 무덤에 들어갈 날이 얼마 남지 않은 내가 그까짓 땅 한 뙈기 못 가진다고 맘 아파하는 게 우습지 않네? 내레 그 땅 불하받으믄 덕만이 살 만큼은 떼어줄 생각이었는데, 갸가 상소를 하다니, 참. 땅을 황금으로 보기 시작하면 땅은 우리에게 아무것도 주지 않디."

시아버지의 눈가가 흐려졌다.

안일하게도 나는 덕만의 아내가 원래 성격대로라면 잘 말하지 않을까 하는 기대를 했다. 하지만 종심은 시작되었고, 술에 취해 감정적이 된 시아버지는 조리 있는 답변을 하지 못했다. 현재 농사짓고 있는 덕만에게 유리하게 판결이 났다.

식구들 누구도 이 일을 입에 올리지 않았다. 나는 작품이 완성 단계에 있었지만 작업실에 들어가는 게 내키지 않았다.

들녘에서 시아버지를 본 것은 아이들을 학교에 바래다주고 올라오던 길에서였다. 시아버지의 볼은 바알갛게 상기되어 있었고, 숨이 찬 듯 보였다.

"아침 일찍 어디 다녀오세요? 아직 몸이 개운치 않으실 텐데요."

"한 바퀴 둘러보고 오는 길이다. 땅에서 놓여난 것이 오히려 맘은 편하다만, 덕만이가 그 땅을 잘 가꿀지 모르갔어. 덜렁 팔아먹기만 할지."

시아버지의 눈길은 어느새 들판으로 가 있었다. 주인이 누구가 되든 들판은 우리 모두가 죽어도 존재할 것이다. 마치 예술이 그러하듯. 문득 옛 은사님의 얼굴이 떠올랐다. 인생은 짧고 예술은 길다는 번역은 잘못되었다. 예술의 길이 너무 멀기 때문에 짧은 인생으로서는 다 갈 수 없다는 뜻임을 일깨워주시던 선생님의 말씀이 순간 가슴에 울렸다. 긴 잠에서 깨어난 기분으로 다시 작품을 하고 싶어진 것은 바로 그때였다. 작업실을 향하는 걸음이 빨라졌다. 작업실 문 앞엔 덕만의 아내가 아이를 업고 있었다.

"어른들 뵐까봐 여기로 왔어요. 저번에 주신 돈 가져 왔어요. 전 이 돈 받고 재판을 그만 두자고 했어요. 돈도 그래서 지금까지 드리지 못했어요."

덕만의 아내는 돈봉투를 내 손에 쥐어주곤 되돌아 걸어 갔다. 나는 그녀가 시야에서 사라질 때까지 바라보고 있었다.

작업실엔 마지막 손질을 기다리고 있는 작품이 석고 반죽이 덧발라진 둔탁한 모습으로 서 있었다.

조각도와 해머를 손에 쥐고 석고 겉틀을 조심스럽게 두드렸다. 조금씩 깨어지면서 모습을 드러내기 시작했다. 한 조각씩 떼어내면서 가슴 속 응어리를 버렸다. 덕만의 얼굴과 그의 손……. 덕만의 아내의 얼굴…….

가슴이 두근댔다. 내 눈은 저절로 감겼다. 나의 고뇌가 과연 나타날 수 있을까? 유난히 완성하기 어려웠던 작품이었다. 나는 눈을 뜸으로써 세상이 열리기라도 하듯 살며시 눈까풀을 들어올렸다. 창으로 밀려들어온 햇살 속에 두 땅덩어리가 만났다. 거대하고 단순한 대지만이 거기 있었다. 나는 작품 속에서 대지의 숨결을 들을 수 있었다. 들숨과 날숨의 리듬을 터치로 표현하고 싶은 욕구가 그동안의 허기를 딛고 비누 거품처럼 부풀고 있었다. 나는 조각도를 들고 마치 처음 본 작품이라도 되는 듯이 거친 부분들을 수정하기 시작했다. 부스러지는 석고 가루는 허물이 벗겨지듯 아래로 떨어졌다. 입김으로 후후 불어가며 석고 가루를 벗겨내곤 두 손을 모았다. 나누어진 두 덩어리의 위치를 고정시키고 작품을 음미했다. '대지'는 조화를 이루고 살아 있었다. 석고로는 주물로 뜬 후의 완성된 이미지와 다르긴 하지만 오랜만에 얻는 자신감이었다. 어느새 내 머리 속엔 다음 할 작품의 이미지가 떠올랐다. 태초의 대자연의 모습이 눈앞에 흐르고 있었다.

암해暗海

1

에덴동산에서 추방된 이후 남자는 저주받은 땅에서 종신
토록 수고하여야 그 소산을 먹을 수 있게 되었다는 점을 부
인하는 것은 아니다. 하지만 이렇게 심한 롤링*에 뱃멀미를
하면서까지 수고로운 것은 아무래도 견디기 힘든 노릇 중
의 하나가 아닐까 한다. 출항 후 얼마 되지 않아 시작된 롤
링이 이렇게 계속되는 것은 흔치 않은 일이다. 웬만한 롤링
쯤에는 십 년 동안 배 위에서 단련된 몸이었음에도 정신이
아찔아찔하다. 브리지**에서 당직을 서본 지도 꽤 오래전 일
이어서 오래 서 있으면 다리가 몹시 저려온다. 몸도 마음과
함께 쇠퇴해가는 징조인가. 조금만 이상해도 금세 과민 반
응을 하는 것 자체가 문제인지도 모른다. 그러나 너무 세차

---

* **롤링rolling** 배나 비행기 등이 주행 중에 좌우로 흔들리는 일.
** **브리지bridge** 선장이 조종·지휘하기 위하여 갑판 맨 앞 한가운데에 높게 만든 갑판.

게 흔들리는 밤에는 책상 위에 쌓였던 책, 필기구들이 떨어져 굴러다니는 소리가 귀신들의 소리 같게만 여겨진다. 웬만한 물건들은 바닥에 고정시켜놓아 상관이 없지만 자그마한 물건들은 구르듯 돌아다닌다. 계속되는 롤링은 한 가지 생각에 집중할 수 없게 한다. 조금만 잔잔해줬으면……. 아직 13일을 더 항해해야 목적지에 갈 수 있을 텐데, 벌써부터 힘든 생각만 든다. 여태 십 년을 배 위에서 지내왔고, 앞으로 더 긴 기간을 파도와 싸우며 지내야 할 것이다. 윤진호輪進號라는 우리 배 이름처럼 떠나고 도착하고 다시 떠나는 끊임없는 반복의 생활. 더욱이 선장이라는 고립된 위치에서의 생활을 이겨나가기 위해서 나를 어떻게 지켜나갈 것인가 하는 생각이 마음을 어지럽힌다.

흔들리는 의자 위에서 귀를 자극하는 소음을 참아내며 내 자신의 전부를 바친 대가를 어디에서 찾을 것인가. 무엇을 위해서? 왜? 무엇 때문에? 대가 없는 시간의 소모만 있었다는 데에 생각이 미친 것은 이 생활에서 탈피하고 싶은 욕구가 깊은 곳에서 치밀어오는 것과 함께였다. 하지만 한편으로는 진정되지 않는 마음을 열 평 남짓한 선장실에 고정된 가구들처럼 붙잡아놓아야 한다는 생각이 들었다.

손으로 책상을 짚고 겨우 중심을 잡고 서서 차이코프스키 바이올린 협주곡 테이프를 틀었다. 들을 때마다 그 웅장한 힘에 빨려 들어가 다른 상념들을 잊게 하는 이 곡이 다소 마음을 가라앉혀 준다. 지난번 홍콩에서 살까 말까 망설인 끝에 집어든 이 곡은 들을 때마다 잘 샀다는 생각이 든다. 문득 아기를 안고 남편을 기다리다 지쳐 떨어졌을 아내의 모습이 떠오른다. 이렇게 떨어져 살려면 해외로 이민을 가는 게 낫지 않아요? 내가 없는 지금, 아내는 누구에게 이민을 노래 부르고 있을까? 배 타는 남편을 둔 아내가 다 그렇지는 않을 것이다. 문득 문득 아내의 얼굴이 떠오르는 것은 아내를 사랑하기 때문이 아니라, 집 떠나 있는 자의 집에 대한 막연한 그리움일 뿐이라고 내 맘대로 단정한다.

바다와 나를 갈라놓으려는 그녀의 계획은 실패다.

나는 자성예언을 하듯 중얼거려보았다. 하지만 어젯밤 사건이 떠오르자 선장 노릇을 그만둬야 할 것 같다는 생각이 더 이상 갈 수 없는 종착역처럼 머리에서 떠나지 않는다.

선장실 문을 거칠게 두드리는 소리가 난 것은 오랜만에 다시 일본어 공부를 하려고 막 책을 펴들었을 때였다. 문밖에서 웅성거리는 소리가 났다.

무슨 일인지 알아보기 위해 자리에서 일어날 필요도 없었다. 3급 기관사 이동주가 발로 문을 박차고 이미 들어와 있었기 때문이었다. 눈앞에서 이동주의 큰 머리가 확대되는가 했더니, 어깨 뒤로 쓰레기통이 넘어왔다. 기관장과 다

른 엔지니어들이 팔을 붙잡는데도 그는 마치 큰 원한이 폭
발하는 것처럼 그들을 밀치고 닥치는 대로 내던지고 발로
차고 있었다. 선장실이 갑자기 투우장으로 변한 것 같았다.
나는 이 일이 실제로 이 방에서 일어나는 일인지 잠시 동안
벙벙했고 울타리 밖에 있는 관객의 처지가 되어버렸다. 그
를 잡을 생각도 할 수 없었다. 그의 학처럼 길기만 한 다리가
허청허청 꼬이는 것을 보니 만취 상태인 것 같았다.

"이동주, 무슨 일이야. 오 기관장님, 이게 무슨?"

나는 말을 잇지 못하고 오 기관장을 쳐다보았다. 선원들
이 우르르 몰려들어와서 이동주를 완력으로 바닥에 패대기
치듯 눕혔다. 바닥에 내동댕이쳐진 후에도 이동주는 계속
버둥거렸다.

"데리고 나가구. 기관장님 얘기 좀 합시다."

이동주는 사람들에게 질질 끌려나가면서도 계속 소리
쳤다.

"선장이믄 다야, 다냐구, 니가 나 월급 주냐? 선장이고 뭐
고 무서운 거 하나도 읎다구. 이놈의 지긋지긋한 배 안 타면
될 거 아냐?"

이동주는 끝말을 흐리면서 눈앞에서 사라졌다. 갑자기
그가 어질러놓은 방이 한눈에 들어오면서 어깨에 힘이 쭈
욱 빠져 내려갔다. 나는 힘없이 의자에 풀썩 주저앉았다.

실기사實技士가 바닥에 뒹구는 물건들을 정리하고 있었다. 다른 사람들은 슬금슬금 눈치를 보며 문을 빠져나가고 기관장이 소파 건너편에 앉았다.

"말씀해보세요. 이게 무슨 난립니까?"

나는 큰일을 당할 때 더 차분해지는 내 성격을 다행으로 생각하면서 기관장을 내려다보았다. 기관장의 약간 위로 치켜진 얇은 입술도 다소 긴장한 것처럼 보였다.

"오늘이 동주 생일이랍니다."

기관장은 한숨을 쉬며 3급 기관사의 생일 축하를 겸해 엔지니어들이 기관장 방에 모여 늦도록 술을 마셨다는 말을 했다.

겉으로는 걱정하는 표정을 짓지만 기관장이 엔지니어들을 선동했을지도 모른다는 생각이 들어 나는 기관장 말을 흘려듣고 있었다. 하지만 속으로만 앓고 넘어가서는 안 되는 것 같아 이 일을 빙자로 기관장에게 뭔가 확고한 내 태도를 보여주어야 한다는 생각이 들었다. 30억이 넘는 자산과 서른 명의 목숨이 내 손과 판단 아래에 달려 있는데, 굳건한 틀을 만들어놓지 않으면 어느 순간 해체되어 허물어질지 모르는 것이다. 말로 내뱉지 않아도 선상의 생활에는 군대 이상의 규율이 있다는 것이 머리 속에 잠재되어 있을 터인데도 이러한 일이 일어난 것은 평소 내가 관용을 보여준답시고 권위를 세워놓지 못한 결과라고 할 수 있었다. 나는 혈기로 두근대는 가슴을 진정시키면서 기관장의 눈을 뚫어지게 바라보았다.

"엔지니어들의 기강을 잡는 것은 기관장님 책임 아닙니까? 난 오 기관장님의 능력을 믿고 있었는데요."

오 기관장은 미간을 약간 찡그릴 뿐, 그 느물거리는 표정을 지우지 않았다.

"그야 그렇지만, 요즘 애들이 어디 맘대로 됩니까? 배 내릴 때까지 그냥저냥 넘어가는 수밖에 없지요."

오 기관장은 늘 그런 식이다. 그냥저냥식 말이다. 그냥저냥에서 난 오 기관장과 부딪쳤다. 갑자기 걷잡을 수 없이 화가 치밀어 오른 것은 나도 그냥저냥식과는 크게 다르지 않게 행동했기 때문이었다. 오 기관장을 바라보던 시선을 거두고 책상 위에 놓여 있는 지구의를 손으로 뱅그르르 돌렸다.

"기관장님, 그렇게 무책임한 말씀을 하시면 어떡합니까? 한밤중에 선장실에 침입해서 난투극을 벌이는 것이 있을 수 있다고 생각하십니까? 기관장님은 어떠신지 모르겠지만 난 승선 10년 만에 처음입니다. 술버릇 나빠서 술 먹다가 자기네끼리 치고 박고 하는 것은 봤어도 선장실까지 와서 이러는 건 들어본 적도 없어요."

내가 강하게 나오자 오 기관장은 움찔하는 것 같았다. '그래, 이런 부류는 상대편이 강하게 나오면 늘 꼬리를 내리지.'

"선장님도 참, 애들 입장이 돼보십시오. 배 타는 것이 무슨 재미가 있으며 여기에 무슨 사는 목적이 있겠습니까? 한번 객기도 부려볼 수도 있는 것이지. 하루종일 울렁거리는 배에서 생활하다보면 자신도 모르게 짜증이 나서 뒤집어엎어버리고 싶어지는 게지요. 선장님은 그럴 때 없으십니까?"

"여보세요, 기관장님. 배의 대표인 우리가 힘을 합쳐 이 윤진호輪進號를 끌고 가야 된단 말입니다. 우리도 기름 실어 날라주는 포터에 불과한데, 내가 무슨 권위를 내세우고 이렇게 말하는 것이 아니라는 거 누구보다도 잘 아시지 않습니까."

말싸움이 새벽녘까지 계속되었다. 상대편이 어떤 마음으로 말을 하는가를 끊임없이 가늠해가면서 겉으로는 부드럽게 미소를 지어가며 나누는 가증스러운 대화가 어두운 밤바다를 오고갔다.

"앞으로 어떻게 하실 거지요?"

"뭘 말입니까?"

나는 벌써부터 본사에 기관장을 교체해달라고 전문을 쳐놓고 있던 터였다. 오 기관장도 그런 사실을 짐작했을 것이다. 이렇게 껄끄러운 관계에서는 어차피 무슨 말을 하든 오해가 생기고 말이 엇나가게 마련이었다.

"생각 같아서는 수사기관에 넘겨버리고 싶지만, 그게 능사는 아닐 테고, 앞으로 선원들 기강을 기관장님께서 좀 책임감 있게 잡아주셨으면 합니다. 아시겠지요?"

나는 치밀어 오르는 감정을 억제하느라 오른손 주먹을 연신 쥐었다 놓았다. 오 기관장이 빈정거린다고 해서 상대를 안 할 수 없는 노릇이다. 하지만 오 기관장과의 입씨름만으로 이 일을 마무리 지을 수는 없었다. 3급 기관사를 귀국시켜버려야겠다는 내 생각이 옳은지 시험이 필요했다.

"실항사實航士하고 실기사實技士 내 방으로 오라고 하세요."

등 돌려 문을 닫는 기관장을 향해 말하고 난 소파 깊이 몸을 파묻었다. 짐작은 하고 있었지만 문제는 예상을 훨씬 넘어선 정도로 심각한 것 같았다.

실기사와 실항사는 서로 발뺌을 할 양이었는지 이동주의 단점을 하나하나씩 들춰냈다.

"선장님, 이동주가 말입니다, 냉장고에 있는 맥주 같은 것을 몰래 빼내와 복도에 숨어서 먹는 것도 봤습니다. 밤에 화장실을 가다가 마주쳤는데, 머쓱하던지 우리도 함께 먹자고 권하더구만요. 그동안 그런 짓을 한두 번 한 게 아닐 겁니다."

실기사는 마치 자신은 어젯밤 같이 술좌석에 있지 않은 사람처럼 냉정히 말했다. '치사한 놈이군.' 아무리 내가 추궁을 하기는 했지만 고자질은 귀에 거슬렸다.

"실항사는 어제 같이 저녁 안 먹었나?"

난 실항사 쪽으로 시선을 돌렸다.

"같이 먹었습니다. 사실 저녁 먹고 술자리가 마련되자 으레 그런 것처럼 배 타는 생활의 불만을 말하기 시작했어요. 이동주가 주인공이다 보니 자연히 동주 형이 말하면서 기선을 잡았지요. 우리도 생일이니까, 하면서 약간 심하다 싶어도 참고 있었는데, 느닷없이 씩씩대면서 일어나 선장님 방으로 뛰어 올라가더라구요. 채 잡을 새도 없었습니다."

실항사나 실기사를 붙잡고 더 할 말도 없었고, 조리장을 불러 물어보아도 마찬가지인 대답이었다. 음식 잘하는 것 빼놓고는 정말 마음에 안 드는 조리장은 게다가 한 술 더 떠, 내 질문을 귀찮아했다. 조리장은 말 나온 김에 자신의 애로 사항을 조목조목 따지듯 말했다.

"윤진호에서 인간 같지 않은 놈이 어디 이동주뿐입니까? 며칠 전에도 음식 하고 있는데, 갑판장 김기태가 조리실에 와서 갑자기 시비를 걸었잖습니까? 요즘 반찬이 맛이 없느니, 싸롱 식당하고 반찬이 차이가 나느니 하는 거예요. 내가 그거야 당연하지, 억울하면 출세하라 이거여 했더니 느닷없이 뒤로 확 밀어버리는 거 있죠? 불에 델 뻔했지 뭡니까."

며칠 전 조리장이 갑판장에게 구타를 당해서 이틀 동안

꼼짝 않고 누워 있었던 기억이 났다.

"냉장고 부식 훔쳐 가는 놈이 없나, 두들겨 패는 놈이 없나, 아이구, 이런데 더 이상 어떻게 일을 할 수 있겠냐구요. 이런 놈들은 첨이라니까."

조리장은 더 이상 직무를 감당 못하겠다고 귀국시켜 달라는 것이다. 조리장을 어떻게 달래어 마음을 가라앉힐지 오히려 걱정만 싸안은 채 그를 방에서 내보냈다. 몸에는 나도 모르는 사이 진땀이 흐르고 있었고, 머리는 먹구름이 낀 것처럼 잔뜩 무거웠다.

어제 일에서 벗어나려고 선장실 전면 창으로 시선을 돌렸다. 달밤에 보이는 어두운 바다는 마치 내 마음처럼 무겁게 가라앉아 있었다. 10년 전의 나의 혈기왕성한 때는 어디로 갔는가? 선내 분위기가 점점 이렇게 살벌해져간다면 나의 운영이 잘못된 것은 아닌지.

해양 대학에 지원하려고 원서를 썼을 땐 집을 떠나 어디론가 다른 세계에 가보고 싶다는 열망에 가득 차 있었다. 고 2 때 어머니가 돌아가시자 아버지는 집에만 오면 거의 폐인이 되다시피 했다. 고모가 살림을 해주고 있었지만, 아버지의 마음은 늘 허공을 향해 있는 것 같았다. 어머니가 살아 계실 때도 유난하게 사이가 좋았던 편도 아니었으므로 난 늘 아버지의 방황이 불만이었다. 나만 떠나면 그만이다. 장남이라고 해서 반드시 집을 지켜야 하는 것은 아님을 되뇌면서 막연히 뱃사람이 되고자 했다.

갑갑한 마음에 책상에 다시 앉아 일기를 넣어놓는 서랍을 열었다. 서랍 속에 나란히 들어 있는 몇 권의 일기가 만져졌다. 작년에 썼던 일기 첫 장에는 '창파를 헤치는 푸른 꿈은 오늘도 그 빛을 잃지 않으리'라고 쓰여 있었다. 그 글을 보는 순간 쓴웃음이 나왔다. 그 푸른 꿈이 지금의 내게도 남아 있는가. 몇 장 넘기자 일등항해사가 괴롭히던 일이 써 있었다.

1월 5일.

일항사마저 선장인 나에게 심한 반발을 일으키고 질서를 어지럽힌다. 나 혼자의 힘으로는 더 이상 지탱할 수 없는 처지까지 이른 것 같다. 생각 같아서는 당장에 하선시키고 싶지만, 물 위여서 할 수 없는 것이 안타까울 정도이다. 이 배 사관士官들이 모두가 선장을 우습게 알고 행동하고 있다. 어떻게 처리해야 할지 앞일이 아득할 뿐이다. 선장의 권위가 이렇게 떨어져서야 어떻게 선원들을 통솔할 수 있는가. 이번 항해는 처음부터 왜 이렇게 힘들기만 한지 모르겠다. 다행히 통신장만은 그 속에서 휩쓸리지 않고 선내船內 분위기를 흐리지 않으려고 애쓰는 것 같다. 용기와 예지는 사라져

가고 어려운 세상살이에 허덕여 주름살만 늘어가는 듯하다.

오후에 한 선내 점검에서도 역시 예상했던 대로였다. 브릿지 해놓는 것이나 차트chart 정리해놓은 것이 모두 적당주의일 뿐 맡은 바 직분을 전혀 이행하지 않고서도 당당하다. 일항사는 사사건건 나에게 시비 걸려는 생각으로 가득 차 있다. 믿는 도끼에 발등 찍히는 쓰라림을 맛본다. 배신자에게도 관용이 필요할까? 자기 이익에만 도취되어 있는 우리 배의 선원들은 반성도 하지 않는 것 같다. 너무 신경을 쓴 탓인지 열이 많이 난다. 열이 나는 탓인지 잠이 오지 않았다.

절대로 실망치 말고 세상이 나를 위해서 존재한다고 생각해보면서 마음을 달랜다. 직업에 대한 만족이나 기쁨을 스스로 만들도록 노력해야겠다. 이만한 쓰라림 쯤은 관용으로 베풀어줄 수 있어야 하지 않을까? 겸허한 마음가짐으로 생활해야겠다. 일항사의 그만한 배신행위에 며칠간을 속 쓰려하고 분개한 내 도량이 미천함을 새삼 느낀다. 요즈음 잔소리가 많이 심해진 것 같다. 필요한 말만 하고 나머지는 속으로 삼켜야 할 것이다. '나는 이렇지 않았는데, 나 같으면 어떠하겠다'는 말은 입밖에 내지 않도록 해야겠다. 부하들을 진심으로 사랑하는가? 너그러운 마음으로 잘못을 용납하는 것이 무엇보다도 필요할 것이다.

일항사가 그때 어떻게 했었는지 벌써 기억이 희미하다. 그때는 정말 힘들었고, 일항사 때문에 얼마나 괴로워했었 던가? 시간과 함께 뜨거움도 괴로움도 마치 그것이 남의 일 인 양 느껴질 뿐이다. 글로 적어놓지 않았더라면 공기 속으 로 끊임없이 증발해버리는 습기처럼 사라지고 말았을 것 들. 하지만 지난날의 고통받은 흔적은 일기 속에서는 순수 하게 살아 있을 수 있었다. 밥을 먹듯 숨을 쉬듯 존재하는 한 멈출 수 없는 고민이 오히려 소중하게 되새겨질 수 있다는 것에 스스로 감격해하면서 지난 날의 일기를 뒤적거렸다.

3월 7일.

며칠간 계속되던 롤링이 멎고 잔잔해졌다. 걸프Gulf 만으 로 들어가고 있다. 지금부터 항해에 모든 신경을 쏟아 부어 야겠다. 새벽에 통과하게 될 오멘Oman 입구에서 퍼스트씨 First Sea호가 93년도에 충돌·침몰하였다고 한다. 그때 배와 함께 하늘나라로 간 정성준, 문민수 두 후배의 모습이 지금 도 눈에 생생하다. 혼의 명복을 빈다.

하나님, 나와 30여 명 선원의 생명을 지켜주시옵고 괴롭 고 힘든 생활에 끊임없는 용기와 근면을 더해주소서.

롤링이 심해져 일기도 계속해서 읽을 수가 없다. 하루 종일 롤링과 씨름하고 있다. 앞으로 며칠만 흔들리면 나아지겠지 기대하며 굳세게 참아간다. 좀 더 안락한 배에서 지낸다면 얼마나 좋으랴. 창밖으로 보이는 바다에는 파도는 조금씩 가라앉고 있는 것 같은데도 흔들리는 것은 마찬가지이다. 지금의 속력으로는 예정 기간 내에 입항은 도저히 힘들 것 같다. 용선주傭船主가 속력에 대해서 상당한 항의가 있을 것 같다. 본사에서 미리 조치를 해놓았을지……. 최선을 다해도 속력이 나지 않고 느린 만큼 시간이 더디게 가는 것 같다.

2

꿈에 아내를 보았다. 첫날밤의 고통을 참지 못해 지르는 비명소리 밑에 배어 있는 붉은 점들이 새하얀 시트와 함께 망막 속에 확산되어 흐트러지는 꿈이었다. 아내의 얼굴이 무척 걱정스러워 보였다. 아내의 통통 부은 얼굴이 자꾸 마음에 걸린다. 남편을 못마땅해하는 현실의 표정이 그대로 꿈에까지 보이는 것은 몇만 리 밖에서도 텔레파시가 통함인가. 무슨 일이 있는지. 아내에게는 요즘 소식도 없다. 서로의 마음이 허공을 맴돌고 있다면 아내에게나 나에게나 다같이 불행한 일임을 알면서도 아내를 위해 헌신하고자 하는 노력조차 게을리하는 것은 앞으로의 결말을 예고하는 것이나 아닐는지. 신문의 이혼 통계 숫자가 자꾸만 눈길을 끈다. 나와는 평생토록 평행선을 달리는 인생관을 지닌 아내. 서로가 불행한 인생을 예고 받은 것 같아 어떠한 진로를 택해야 할지 망설여진다. 지금 와서 그 누구를 원망할 수도 없지 않은가. 스스로 지혜롭게 해결할 방도를 찾아야 할 것 같다. 막내가 시집가고 나면 아버님을 모시고 지내야 할 텐데. 아내는 이민 바람만 잔뜩 들어있고, 가망 없는 꿈이 되고 말 것 같다. 이민 간 처남이 자리잡았다고 해서 해양 대학을 나온 내가 이민 가서 뭘 할 수 있단 말인가. 정말이지 사회생활이나 가정생활이나 내 마음같이 움직여주는 것은 하나도 없으니 자신감보다는 절망감이 앞설 뿐이다.

오늘이 한국 시간으로는 장인 생신이다. 아내는 아마도 친정에 내려갔겠지. 딸자식을 시집보내놓고 후회가 극심할 장모의 모습이 보고싶다. 오늘이 한식이어서 산소에 사람이 미어질 것이다. 어머니 산소를 손질해야 할 것인데, 바다만 망연히 바라볼 뿐 할 도리가 없다. 동생이라도 내 역할을 해서 허물어진 봉토를 돋우어놓고 지나다니는 사람들의 눈에 거슬리지나 않게 해주었으면 좋으련만.

그저께 꿈에 아기의 모습이 보였다. 아빠라고 부르기를 주저하는 어색한 어린 모습은 비록 꿈이었지만 과히 기분

좋은 일은 아니었다. 아기는 얼마나 컸을까? 8개월이 되었으니 이제 제법 기어다닐테지. 방싯방싯 웃으며 엄마를 즐겁게 해주고 있을까? 평생을 늘 그리움 속에서 헤어나지 못한다는 것이 마음을 무겁게 한다. 휴가 때 집에 있으면 마치 고향을 그리워하듯 바다 냄새가 코끝으로 스미는 것 같은데도 바다에 있으면 집으로 온통 마음이 쏠리는 것 같다.

풍랑이 점점 심해져 일항사에게 속도를 줄이라고 했다. 지금 이럴 철이 아닌데……. 학생 신분으로 배를 처음 타는 실항사는 멀미로 일어나지 못하고 있다고 한다. 조금 나은 듯하던 흔들림이 또다시 심해지며, 밥그릇이 상 위를 몸부림치며 굴러다닌다. 이런 불편함 속에서도 먹기 위해서 입속으로 음식을 밀어넣어야 하는 내가 한심스럽기조차 하다. 창밖으로 보이는 인도양은 다른 때보다는 바람이 많은 편이 아니다. 그런데도 롤링은 심해진다.

식사하러도 오지 못하는 실항사 고기윤이 걱정이 되어 실항사 방을 노크했다. 방에 들어서자마자 얼굴이 노래진고 실항사가 벌떡 일어선다. 편하게 앉으라고 말하고는 그의 침대 귀퉁이에 걸터앉았다. 침대 위에는 메모용 다이어리가 볼펜이 가운데 꽂힌 채 펼쳐져 있었고 벽에는 그의 것으로 보이는 기타가 비스듬하게 세워져 있었다.

"좀 어떤가? 견디기 힘들진 않나."

"견딜 만합니다. 걱정 끼쳐드려 죄송합니다."

그를 보고 있으려니까 실항사 시절 첫 항해 때의 기억이 새로웠다. 젊음이란 힘들어 보이는 것조차 아름답게 만드는 힘을 가진 것 같다.

"뭘 쓰고 있는데 내가 방해를 한 건가?"

"아닙니다. 아침마다 5분씩 오늘 할 일을 적고 있습니다. 간단한 일도 지키기는 쉽지 않은데요."

별것 아닌 것처럼 말하지만 그가 시도 쓰고 작곡도 한다는 것을 들은 적이 있다. 나는 꼬박꼬박 적어둔다는 것은 나중에 변하는 생각을 위해서도 좋은 일이라고 말해주었다.

"자네, 시를 쓴다고 들었는데, 요즘도 시를 쓰나?"

"네? 가끔씩요."

그는 큰일을 들킨 것처럼 무척 당황해하면서 말했다.

"방송 드라마를 쓰는 내 친구가 있는데, 그 친구가 그러더군. 방송 드라마는 한 번 방송되고 나면 사라져버리는 것이 제일 아쉽다나? 우리네 삶도 한 번 공연하고 나면 시간과 함께 사라지는 거지. 삶은 사라지지만 기록이 대신 살아주는 건지도 모른다는 생각이 든단 말이야. 그러니까 한 번 더 사는 셈이라구. 삶 자체는 아니지만 말이지."

나는 괜스레 혼자 흥분한 것 같아 말머리를 돌리기 위해서 선내 생활하는 데 애로 사항은 없는가 하고 물어보았다.

"글쎄요. 늘 눈앞에 있는 일이 가장 힘들어보이긴 하죠. 하지만 괴로움은 견디라고 있는 것 아닌가요? 저보다 더 힘든 사람도 많은 걸요."

실항사는 눈을 반짝이며 말했다. 신뢰감이 가는 젊은이였다. 뚜렷한 인생관을 가진 사람과 대화를 하면 풋풋하고 상쾌한 기분이 된다.

실항사 방을 돌아나오다 3조수 김의경이 당직을 서지 못할 정도로 아프다고 한 말이 생각났다. 출항하고 며칠 되지도 않았는데 이런 중환자가 발생했으니 걱정스럽다. 약이라고는 별것이 없어 마이신을 계속 투여했는데 더하지는 않지만 낫지도 않는다.

갑자기 이항사까지 허리를 다쳐 꼼짝 못하고 눕고 말았다. 그렇지 않아도 손이 모자라는 판에 더욱 힘들게 한다. 꼼짝 않고 한 달여 안정을 해야만 나을 수 있는 병이라니 승선하면서는 고칠 수 없어 걱정이다. 식사도 못하고 드러누워야 하는 신세가 딱하기도 하지만 지켜보는 나 또한 답답하기 그지없다. 내일부터 귀국 준비를 해야겠다. 내 선원들 중에 자꾸 귀국해야 할 환자가 생겨 마음이 무거워진다.

이동주는 마음에 들진 않지만 귀국시키기는 어렵게 되었다. 이편에 서고 저편에 서는 것이 사실 잠시 마음 먹기 달려 있는 것 같다. 부하들을 사랑으로 대하지 못한 나의 불찰이라고 생각하면 간단했다. 그것이 사실일지도 모를 일이다.

이항사마저 결원을 시킨다면 어려운 항해를 치를 수밖에 없다. 그야 내가 좀 더 고생하면 되겠지만, 귀국시키려면 보호자를 딸려 보내야 하니 그 어마어마한 비용을 어떻게 할 것인지 내가 사장은 아니지만 걱정스럽다.

롤링이 멈추는가 했더니, 갑자기 엔진이 꺼지고 발전기도 나갔다. 약간 낡은 배라고 해도 이 정도는 아닐 것이다. 기관장이 점검을 제대로 하지 않은 탓인지, 고의적으로 골탕을 먹이려는 수작에선지 정말 알 수가 없다. 말로만 듣던 유령선이 따로 없었다. 이대로 가다가는 좌충우돌할 위기가 오지 말라는 법이 어디 있는가. 진땀이 나서 손이 축축해진다. 입출항 때마다 징크스처럼 엔진 사고가 따른다. 아무리 강심장이라도 자신감이 자꾸만 없어진다.

기관장에게서 엔진을 고쳤다는 보고가 왔다. 겨우 사우디의 제다Jeddah 외항에 도착하고도 위치를 고정시키지 못해 두어 시간 땀을 빼야 했다. 온 힘을 들여 겨우 앵커를 놓았다. 이곳은 선위측정船位測定이 아주 곤란한 지역이라 밤에 입항하는 일은 절대적으로 피해야 한다. 정오경을 목표로 입항하는 것이 좋을 듯하다. 산호초의 깊은 수심이 앵커링*을 아주 어렵게 만드는 곳이어서 작년에도 상당히 고생을 한 적이 있었잖은가. 에코 사운더**를 충분히 이용하여 변화하는 수심 상황을 계속 체크하여 산호나 바위에 걸리지 않도록 대단히 조심해야겠다.

창으로 확인해보니 대기선이 별로 보이지 않았다. 착부着埠하는 데 별로 시간이 걸리지 않을지도 모른다는 희망도 생긴다.

하루 종일 본사와 이곳 대리점의 소식만을 손꼽아 기다렸다. 기대하던 내항 입항은 결국 내일로 다시 미뤄지고 말았다. 배가 묶여서 꼼짝 못하는 판인데 진행 상황을 자주자주 알려줘야 할 것인데도 본사에서는 소식이 없다. 내일은 입항하여 기름 받고 떠났으면……. 도대체 무슨 일인지 이해가 가지 않는다. 본사와 용선주 간에 분명히 좋지 않은 방향으로 일이 진행되고 있는 것 같다. 외국 항구에서 기약 없이 묶여 있으니 답답하고 불안한 마음이 잠시도 가시질 않는다. 잔잔하던 바다도 거칠어져가고 있다. 갑갑한 마음을 하소연이라도 하듯 나는 일기를 써내려갔다.

---

* **앵커링anchoring** 배에서 닻을 내려 정박하는 일.
** **에코 사운더echo-sounder** 음향측심기. 배에 장착하여 수중에서 물 밑바닥까지 초음파를 보내 수심을 측정하는 기기.

1월 24일.

내일이 월급날이지만 월급과 나와는 전혀 상관이 없는 것처럼 느껴진다. 이제는 가장으로서 현실에 집착을 하여야 될 터인데도 감각이 전혀 와닿지 않는다. 이민 갈 마음에 허공을 헤매는 아내를 믿고 전체를 맡긴들 무슨 좋은 결과가 나올 것 같지도 않다.

몇 척 외항에 떠 있는 배들이 제각각 순번을 기다리거나 급유給油를 기다리겠지만 우리 배만큼 처량한 신세는 없는 것 같아 보인다. 조금만 일찍부터 신경을 써서 대책을 세워두었다면 지금 같은 피해는 막을 수 있었을 텐데. 본사 영업부는 무얼 하는 덴지 아쉬운 점이 많다. 하루바삐 기름 받고 떠났으면 하는 마음이 간절해진다.

주위의 아무런 간섭도 받지 않고 하루 종일 조용한 곳에서 선禪을 하는 것 같은데도 실생활은 짜증의 연속이다. 변화 없는 생활이 얼마나 일과를 괴롭고 지루하게 하는지 실감한다. 사방이 벽이다. 벽 속에 갇혀서 소설책만 보면서도 월급을 받는다. 나에게 돈의 대가는 고독이다. 고독을 대가로 돈을 버는 것이다.

하루에 세 번씩 식당을 내려가는 일 외에는 밑으로 내려가지 않으니 꼭 감옥의 삶 그대로를 옮겨놓은 것 같다는 생각이 문득문득 난다. 하지만 육지에서의 생활 또 그 어디에서 낙을 찾을 수 있을까. 길지도 짧지도 않은 무덤까지의 행로를 어떻게 어떠한 마음으로 걸어가야 할지. 결코 멈출 수 없는 걸음이나 한 발 한 발이 내 의지의 소산이어야 하지 않겠는가. 하루 해를 먼산 보듯 쳐다보며 지새우는 갑갑함이 마치 감옥에서 겨울 햇살을 그리는 듯하다.

디젤 오일이 간당간당한다. 발전기를 내일까지밖에 돌릴 수 없다는데 기름은 오지 않는다. 용선주와 대리점에 전보로 소식을 전했으나, 기름 걱정까지 시키는 현재 용선주가 얄미울 따름이다. 하는 일 없이 배를 매달아만 놓고 있으니 불안스러운 마음은 시간과 함께 흘러갈 뿐. 하루종일 방 안에 갇혀서 집 생각이나 하는 따분한 선장이 되다니…….

구입한 야채를 다 먹었다는 보고이다. 부식 때문에 골치를 앓아야 할 때가 온 모양이다.

오후부터는 기름이 바닥이 나서 발전기 가동을 중단하고 불안한 속에서 하룻밤을 보내게 되었다. 하루 종일을 기름 가져다주기만을 기다리다 오후에 다시 연락했다. 오후 6시에 가져다주겠다고 하고는 아직도 가져오지 않는 처사는 도저히 이해할 수 없다.

발전기 가동을 저녁에는 끄고 낮에만 돌린다 해도 얼마가지 못할텐데, 신속히 해결해줄 기미는 보이지 않고 바람만 더욱 거세어진다. 출렁이는 파도가 뱃전에 철석철석 부딪칠 때마다 희미하게 내비치는 비상 밧데리 불빛이 더욱 가냘프게 보인다. 한국은 지금 먼동이 트는 새벽, 이 시간도 남편 없이 홀로 지샘을 서러워하며 인간사를 원망하고 있을 가여운 아내의 얼굴이 선하게 떠오른다.

버너가 안 되니 나무로 불을 때야 하는 형편이다. 거기에 초조해서 안절부절하지 못하는 꼴이란 가관이다. 이때 선장인 내가 할 일이란 아무것도 없으니 얼마나 무기력한지 모르겠다. 기껏 이곳 봄베이 대리점과 본사에 부식 썩는다고 전보 쳐놓고 캄캄한 속에서 지새워야 하는 나약함밖에 보일 수 없단 말인가.

기름 천지인 나라에 와서 더구나 가로등을 대낮에도 켜두는 기름으로 하늘을 덮어씌우는 나라에 와서 땔 기름이 없어 호롱불을 켜놓고 지내야 하는 어처구니없는 꼴을 딴 배에서 안다면 어떻게 보고 넘길까?

다음 날 낮에 라이프 보트를 내려서 상륙하여 해운 대리점에 찾아갔더니 벌써 기름 실은 차가 떠났다고 해 다행이었다. 폭풍경보로 예인선tug boat이 다니지 않아서 그랬다고 한다.

선내船內의 일이나 선원들이나 우리 본사나 용선주나 모두가 하나같이 자기만의 본위로 생각하고 결정하고 행동한다. 화날 것도 없다. 나 자신도 내 본위가 아닌지 생각해보아야 할 일이다. 열심히 운항해도 이익을 올리기 힘든 요즈음 이렇게 무작정 묶어놓고 어떻게 할 셈인지 알 길이 없는 노릇이다. 어쩌면 남들처럼 주는 월급이나 받으며 무사안일하게 사는 것이 속 편한 일일지도 모르겠다.

저녁때가 되면서 심해지는 파도가 배를 잠시도 가만두지 않는다. 거대한 문명을 창출하여 지상의 자연을 두 손아귀 속에 움켜쥔 인간도 작은 힘으로 대수롭지 않게 덮쳐 오는 태고의 진실 앞에서는 그 위력을 전혀 나타낼 수 없는 모양이다.

3

기관장 송별을 위해 시내 레스토랑에 나가서 점심식사를 했다. 교대되는 것이 나에게는 무척 반가운 일이지만 막상 떠난다고 생각하니 한편으로는 서운하기도 했다. 오 기관장은 무척 긴장된 표정이었다.

"몇 달 만인가요, 우리가 함께 배를 탄 지가 육 개월은 족히 되었지요?"

난 분위기를 좀 부드럽게 하기 위해서 애써 웃음을 지어보였다.

"참, 어떻게 지냈는지……. 그래도 시간은 잘도 가더구만요. 육 개월이라니……."

주위엔 부드러운 음악이 흐르고 있었고, 술도 한 잔씩 오고 가며 송별회 분위기는 무르익어 가고 있었다. 하지만 오기관장의 빈정거리는 말투와 표정은 그대로였다. 헤어지는 마당에 그럴 필요까지 있을까 하는 생각이 들었지만 어쩔 수 없는 노릇이었다.

몇 달 동안 같이 지내면서 갈등 속에서 용케도 많이 참았었다. 선장이라는 직업의 책임감을 무한히 생각하게 된다. 기관장이 내가 양보한 반이라도 아량과 양보를 보였더라면 서로가 흐뭇한 마음으로 헤어질 수 있었을 터인데……. 역시 나의 수양의 부족함이겠지.

"오 기관장님, 앞으로 언제 우리가 또 함께 배를 타게 될는지 모르지만 행운을 빕니다."

속을 좀 썩히다 헤어지면 그뿐이었다. 나는 왜 모든 사람과 좋은 관계를 맺으려 하는가? 나는 최선을 다하고 있다고 생각하지만 상대편에서는 그렇게 받아들이지 않을 수도 있는 것이다. 억지로 좋은 관계로 지내려는 내 생각이 상대편을 오히려 배려하지 않는 것이라고 자위해보지만 뒷맛은 씁쓸했다. 그의 앞길에 행운을 빌어본다.

껄끄러운 송별회를 마치고 배로 돌아오자마자 이항사 귀

국시키라는 본사 연락과 실습생 두 명을 동행하라는 허락이 본사로부터 왔다. 그러나 차항次港에 대한 지시가 없다. 곧장 유럽 쪽으로 가야된다면 선원 교대 문제로 많은 애로가 있는데 어떻게 하겠다는 해결책은 전혀 없어 답답하다. 그래도 하루를 정리하고 일기를 마주 대할 때가 마음이 차분해져서 좋다. 나는 하루 일을 다시 되짚어보는 즐거움을 만끽한다.

아침에 부두에 도착했다. 내일 아침까지 하루를 편하게 보내게 되었다. 이항사를 앰뷸런스로 병원에 옮겼다. 아마 출항 때까지 퇴원하기가 힘들 것 같다. 또한 본인이 그렇게나 집에 가겠다고 원하던 바였으므로 조금만 몸이 불편해도 배로 돌아오려 하지 않을 것이다. 허리를 삔 것이니 배에서 10여 일 누워 있으면 나으련만. 내가 타고 있는 동안 세 명을 환자로 귀국시켜야 되는 형편이니 안타까울 뿐이다.

시원찮은 냉동기가 계속 마음에 걸린다. 썩은 고기를 먹어야 하는 선장의 가슴이 괴롭기만 하다. 냉동기가 또 말썽을 부리기 시작했으니 기관장이 꽤나 골치 아프겠다.

서울에서 하역비와 항비港費를 이곳으로 송금한 모양이다. 몇천만 원의 손실을 어떻게 할 것인지 본사의 손실이 자꾸만 내 자신의 일처럼 느껴지고 마음이 조여든다. 다른 사람들은 월급 받으며 시간만 때우고도 맘 편안히 있는데, 나는 왜 이런지 모르겠다.

서울 본사에 전화를 걸었다. 사장의 언짢아하는 모습이 전화선을 타고 피부로 느껴져 처음 통화를 시작했을 때보다 수화기를 놓을 때 마음이 더 무거웠다. 회사의 발전을 위해 누가 운항하는 것보다 효과적으로 배를 움직여왔다고 자신하지만 본사에서의 계산은 그렇지 않은 모양이다. 귀국하는 선원과 환자들이 발생하는 문제에만 초점을 맞추어 평가하고 있어 중요한 점을 놓치고 있는 것 같다. 이때까지의 피로가 한꺼번에 몰려오는 것 같다. 아마 용선료를 못 받아 신경이 곤두서 있으니 우리 배를 향한 원망으로 나타나는 것 같다. 회사를 위해 본사에 전화 연락했는데도 달갑잖다니 실망이 크다.

조그만 일에도 자주 신경이 쓰이고 제대로 처리하지 못하여 마음을 어지럽히고 있다. 아마도 소심증이 있는 모양이다. 대수롭지 않은 일은 그대로 지나쳐버리지 못하고 좁은 마음이 항상 나의 생활을 어렵게 만드는 것 같다.

출항 수속이 빨리 진행되어 항구를 뒤로하고 엔진을 걸었으면 좋겠다. 감옥에 갇힌 기분으로 지내고 있으니 흔들리고 시끄러운 항해도 얼마나 보람되고 즐거운 것인가 생각하게 된다. 이번 항해는 엉망친창이었다. 아니다. 그리 나쁘진 않았다. 목숨을 내건 항해에서는 그리 나쁘지 않은 것만으로도 잘된 일이라고 위안을 삼아본다.

끝없는 아리아

1

목이 타는 듯한 갈증과 가슴을 짓누르는 갑갑함에 그녀가 눈을 뜬 것은 새벽녘이었다. 몸 전체가 물에 퉁퉁 불은 것처럼 뻣뻣했다. 침을 삼켜보았지만, 혓바닥의 타액조차 말라 붙어버린 것 같았다. 손바닥을 폈다 주먹을 그러잡아보고는 흠칫 놀란다. 마치 갑각류의 껍질을 뒤집어쓴 것 같지 않은가. 그녀는 자신의 살덩이 같지 않은 몸을 뒤챘다.

읽다 만 시집은 뒤집어진 채 머리맡에 놓여 있었고, 스탠드 불빛은 잠들기 전 상태 그대로였다. 후우. 버릇이 되어버린 한숨이 어느새 그녀의 입에서 뿜어진다. 머릿속도 잔뜩 뒤엉킨 채 무거웠다. 그녀는 손바닥으로 관자놀이를 지긋이 눌러본다. 눈을 감았다 뜨자 문득 머릿속에 남아 있었던 잔상이 떠오른다. 아주 짧은 시간 동안이었던 것 같은데도 꿈은 선명하게 그녀의 눈앞에 펼쳐졌다.

산더미처럼 쌓여 있던 형체도 없는 물건들이 마구 입속으로 쏟아져 들어온다. 쓰레기 하치장 같은 퀴퀴한 냄새가 진동한다. 굴삭기가 물건들을 입속으로 규칙적으로 퍼붓고 있다. 엄청난 양의 물건들이 와르르 입속으로 떠밀려 들어가고 있다. 턱 관절이 없는 뱀의 아가리처럼 입은 점점 크게 벌어진다. 입속으로 밀려들어오는 물건들을 삼키려는 안간힘에 숨이 턱에 차오른다.

그녀는 침대에서 몸을 일으키고는 슬리퍼를 발에 꿰었다. 아무리 생각해도 더부룩한 뱃속만큼이나 갑갑할 노릇이었다.

"물부터 좀 마셔야겠어."

누구라도 들으라는 듯 그녀는 혼잣말을 중얼거리며 부엌을 향한다. 안방 방문은 굳게 닫혀 있었다. 초저녁잠이 많은 할머니는 깊이 잠든 모양이었다. '왜 이렇게 갈증이 날까. 엊저녁에 뭘 먹었지?' 그제야 그녀는 자책하듯 눈을 질끈 감는다. 할머니가 이것저것 잔뜩 넣고 한 양푼을 비벼가지고서는 그녀 앞에 내밀었을 때, 마다 않고 마구 퍼먹어댔었지. 무엇 때문에 그랬을까. 때문이라니, 언제나 핑계만 가득

했지 딱히 들이댈 만한 이유가 있었던가. 그녀는 눈을 한 번 더 질끈 감아버린다.

그녀에게 음식은 마약과도 같았다. 집에 들어오면 무엇이든 입속에 밀어넣지 않고서는 10분을 채 넘기지 못했다. 먹이지 않으면 불안해하는 할머니와 눈앞에 있는 것은 모조리 싹 쓸어 먹어대야 하는 그녀는 공생 관계였다. 먹이 사슬은 그녀를 꼼짝 못하게 옭아맸다. 어쩌면 그녀 스스로 사슬을 몸에 칭칭 감았는지도 모른다.

그래도 그녀는 매일 아침마다 다이어트를 결심한다. 그리고는 아침을 먹으라는 할머니의 성화에 못 이겨 '그래 한 술만 먹어두지 뭐' 하고 시작한 숟가락은 어느새 그녀를 지배하고 그 다음부터는 그저 숟가락이 퍼주는 대로 입을 움직여 갈 뿐이었다. 그것은 맛과는 다른 의미이다. 그 순간 먹는다는 것은 단지 기계적인 작업일 뿐이었는데, 그것은 순전히 숟가락의 강제성 탓이었다.

망하려면 아주 폭삭 망해버려야지.

생수를 한 모금 들이키던 그녀에게 문득 그의 눈빛이 영상처럼 스쳐간다. 바로 어제 그녀가 일하는 병원 문을 열고 휘적휘적 걸어 들어온 그는 생텍쥐페리가 그린 어린 왕자의 모습 그대로였다. 회색 바바리 코트 속으로 느껴지는 바싹 마른 몸피, 위로 치솟은 짧게 깎아 올린 머리칼, 꿈꾸는 듯한 희미한 눈에서 풍기는 이국적인 이미지……. 그는 정말 낯선 별에서 오기라도 한 것처럼 접수창구 앞에서 머뭇거렸다.

"어디가 불편하셔서 오셨나요?"

가슴이 두근거리는 탓에 별로 붐비지 않았던 접수 창구였지만 신 간호사가 묻지 않았으면 접수조차 하지 못했을 것이다.

"귀가 좀."

목소리는 의외로 굵직한 편이었다.

"의료보험카드 주시고, 여기에 연락처 적어주세요."

냉랭한 신 간호사의 목소리는 감정이 묻어나지 않는다. 아무런 감정의 흔들림도 없다. 저토록 매력적인 남성에게도 냉랭한 걸 보면, 끌리는 타입이 다른지도 모른다고 그녀는 생각을 바꾸었다.

그녀는 괜스레 접수창구 옆 주사실 쪽으로 시선을 돌렸다. 일상에 불과한 환자와의 만남 따위에 가슴 설레는 자신에 대한 자괴감과 그에 대한 관심의 무게는 거의 같았으므로 그녀는 돌린 시선과는 무관하게 그에게 집중하고 있었다. 그가 대기실에 앉아 서가에 꽂힌 잡지책을 뒤적이거나 벽면에 장식된 물건들을 멍하게 바라보고 있는 동안은 그녀는 마음껏 그를 바라볼 수 있었다. 갑자기 누군가 자신을 바라보고 있다는 사실을 의식한 그가 그녀 쪽으로 시선을 주었을 때, 그의 눈빛은 상당히 강렬했다. 그녀는 얼른 눈을 내리깔았지만 얼굴이 화끈 달아올랐다. 주사실에서 본 그의 하얀 허리와 엉덩이는 주사기를 든 그녀의 손을 떨리게 하기에 충분했다. 의식적으로 왼손으로 그의 엉덩이를 내려쳤고, 그리고는 주사실 문을 후다닥 닫았다는 것 외엔 기억나는 것이 없었다. 얼마나 정신을 빼놓았던지 진료비를 받고도 의료보험카드를 되돌려주지 않았던 것이다.

"미스 신, 아까 그 환자 분위기가 너무 독특하지 않니?"

그녀의 목소리는 어느새 꿈결인 듯 촉촉하게 젖어들고 있었다.

"또 시작이구나, 꿈 깨라. 결혼한 남자일지도 모르잖니, 그렇잖음 애인이 있을 수도 있구. 넌 요전엔 목 아파서 온 그 누구냐 김요섭 환자한테도 빠져서 허우적거리더니만, 목 다 나으니깐 그 사람 끝이잖아. 실속 없는 짓 좀 그만해라. 그 남자가 너 좋다기라도 하데?"

신 간호사의 말은 이미 효력 상실이었다. 그녀는 벌써 차트에서 그의 주소와 전화번호를 알아냈고 그가 집에 도착할 때를 계산해보고 있었다. '시간아 빨리 가라. 빨리.' 그녀는 그의 걸음걸이를 상상해보며 그가 지나갈 동네 어귀를 그려보기도 했다.

"뚜우뚜 ······ 뚜우뚜 ······ 지금은 전화를 받을 수 없습니다. 신호음이 울리면 메시지를 남겨주십시오."

갑자기 달려드는 것 같은 그의 목소리가 전화선을 통해 들려왔을 때, 그녀는 얼마나 놀랐는지 전화를 와락 끊어버렸다. 그리곤 차분히 마음을 가라앉히고 다시 번호를 꼬옥 꼬옥 눌렀다. 앤서링 멘트가 끝난 다음에 사뭇 다듬어진 목소리로 의료보험카드가 병원에 있노라고 다음에 오시면 찾아가시라고 말하곤 전화를 끊었다. 사실 원장님 처방대로라면 그는 내일 다시 내원하기로 되어 있었다. 그녀는 갑자기 그가 전화 멘트를 듣고 비웃지 않을까 안절부절하지 못했다. '내일 병원 가면 주면 될 걸 무슨 전화까지 하나, 별 할일 없는 간호사도 다 있군 하고 생각할지도 몰라. 아니야, 의사가 다음 날 오라고 했다고 해서 반드시 그 병원에 다시 가야 하는 법은 없지. 다른 병원에 갈 수도 있고, 물론 그렇다고 해도 카드를 가지러 우리 병원에 와야 하긴 하겠지만······.' 그녀는 괜한 전화를 했다고 또 후회를 했다.

'애초에 왜 그렇게 흥분을 한담. 난 늘 그래. 의료보험카드를 안 준 건 내 실수야. 환자들 주사약을 바꿔놓지 않은 것만 해도 다행일 정도야.'

그녀는 간호사라는 정확하고 비낭만적인 직업을 갖게 된 자신의 운명을 한탄했다. 어쩌다 하고 많은 직업 중에 이 일을 하게 되었을까. 이제는 익숙해져서 좀 낫지만 처음엔 도저히 자신이 생기지 않았다. 남들은 쉽게 해내는 간단한 일이 그녀는 힘이 들었다. 이를테면 수술 가위를 잘 챙겨놓았다가도 순서를 거꾸로 건네주는 것이다. 의사 선생님들의 그 매서운 눈빛이란 간담이 서늘해질 정도다. 그녀가 일을 철저하게 하려고 하면 못할 것은 없었다. 하지만 문제는 잠시 그녀가 딴 생각을 한다는 데 있다.

그녀가 남보다 잘하는 부분이 있긴 했다. 그것은 다른 사람에게 대한 사랑이 끝없이 샘솟는다는 것이다. 병원에 오는 환자들에 대한 그녀의 친절함도 병원에 기여하는 바가 크다. 그녀 특유의 상냥한 미소로 "오늘은 좀 어떠세요"라고 말한다든지, 아이들 환자에게는 각별히 친절하여 환자뿐 아니라 아이의 보호자들까지 그녀를 좋아하게 만들었다. 그리고 환자에 대한 기억력이 비상해서 언제든 과거의 병력이나 특이사항을 기억하는 것으로 환자들을 감탄하게 했다. 한 번 왔던 환자는 자신에게 그토록 관심을 가져준 간호사를 잊지 못해 또 찾아왔다. 민첩하지 못한 그녀의 능력으로 좋은 대우를 받고 있는 이유도 그런 점 때문일 것이다.

아는 사람들에 대한 그녀의 애정 또한 남다른 것이었다. 지나친 친절로 상대방을 곤혹스럽게 만들 때도 한두 번이 아니었다. 그것에 대해 말하자면 그녀가 마음속에 간직해놓은 에피소드만 해도 천 일 동안 이야기해도 끝나지 않을 터였다. 한숨을 쉬는 그녀 앞에 전화기가 깜박거리고 있었다. 언제 온 전화일까. 보물찾기에서 뭔가 발견한 사람처럼 그녀는 전화기 버튼을 눌렀다. 느닷없이 톤이 높고 빠른 기계음의 여자 목소리가 솟아올랐다. 처음엔 잘 알아듣지 못해 다시 한 번 들었다.

"먹는 것을 참지 못해 많이 드시는 분, 스트레스를 먹는 것으로 해결하시는 분, 물만 먹어도 살이 찌시는 분, 다이어트에 번번이 실패하시는 분, 확실하게 안전하게 그리고 끝까지 책임지는 찬스 다이어트의 놀라운 감량법. 체중은 찬스 다이어트에 맡겨두시고 시원한 여름을 기다리십시오. 전화번호는 000-0000, 날씬한 몸매, 아름다운 각선미를 만들어드리는 저희 비만전문 상담 선생님과 상담하십시오. 안녕히 계십시오."

무슨 전화일까 궁금해 하던 그녀에게 전화기를 통해 들려온 내용에 잠시 멍해졌다. 다이어트? 다이어트라면 수없이 해보았다. 그녀는 문득 작년 단식원에 들어갔던 기억이 떠올랐다. 여름휴가 보너스를 몽땅 헌납한 단식원에서 하는 일이란 고작 하루에 야쿠르트를 하나 주는 것이었다. 그리고 온몸에서 기름을 짜내듯 했던 에어로빅, 하루에도 수차례씩 반복했던 사우나, 그리고 거기 온 사람들과 나눴던 대화들……. 물론 쉽지 않은 결심을 하고 온 사람들이었기에 오로지 살에 관한 말들뿐이었다. 처음엔 뭐가 먹고 싶나를 나열하다 지치면 난 이젠 무엇은 절대로 먹지 않을 거야 따위의 대화들. 그리곤 마치 쇠고기의 부위별 이름을 나열하듯, 허벅지 살, 종아리 살, 허리 살을 지적하며, 그 부위만 빠지면 미인대회라도 나갈 수 있을 것처럼 꿈에 부풀곤 했다. 그리고 오로지 육체만 생각했다. 그토록 한 가지 사실만을 끊임없이 생각할 수 있으면 못 해낼 일이 없을 것이다. 아침에 눈을 뜨면 몸무게를 재고, 다시 운동을 하고 또 몸무게를 재고, 야쿠르트 하나 먹고 몸무게를 재고……. 몸무게를 재는 의식은 새로운 육체로 다시 태어나는 의식이었다. 마치 제사를 지내는 준비를 하듯 정성을 들인 다음, 눈을 감고 천천히 체중계 위에 올라가는 것이다. 그리고 내려간 눈금을 확인한 다음에야 그 의식은 끝난다.

그 다음은 잘 생각나지 않았다. 아무런 생각도 할 수 없었던 탓이었다. 몸이 땅바닥에 가라앉는 것도 같았고, 허공에 떠 있는 것도 같았다. 지금 생각해보면 그것은 상당히 환상적인 기분이었다. 무념무상이라고 했던가. 물론 엄청나게 줄어든 체중이 그 환상에 동참했다.

단식원에서 나오는 날 그녀는 마치 오랜 감옥생활을 한 무기수가 세상 밖으로 나온 것 같았다. 세상은 일주일 동안 많이 변한 것도 같았고, 아니면 늘 그대로인데 자신만 변한 것 같기도 했다. 발걸음은 휘청휘청 힘이 없었지만 정신은 더없이 맑았다. 자신의 손에 들려 있는 옷가지와 화장품, 세면도구 등등이 든 여행용 가방이 단식원에 들어갈 때보다 무척 무겁게 느껴졌다. 전면이 유리로 되어 있는 음식점 옆을 지나면서 그녀는 음식물을 입속에 밀어 넣는 사람들을 동물원의 동물을 보듯 신기하게 바라보았다. 그리고는 역겨움을 느꼈다. 먹지 않고도 이렇게 숨을 쉴 수도 걸어갈 수도 있는데, 먹는다는 일상을 아무런 생각 없이 아무런 반성 없이 먹고 있다니. 먹는 것에 길들여져, 시간이 되면 먹고 배설하는 짐승과 하나 다를 바 없는 일상에 염증을 느끼지도 않고 어떻게 평생 동안 같은 짓을 계속할 수 있는가. 짐승은 배부르면 먹지 않는다는데, 배가 불러도 맛있으면 먹는 살찐 인간은 짐승만도 못하지 않는가. 그녀는 자신이 속세를 떠나 산에서 도를 닦고 하산한 사람이라도 된 양 고고해진다. 동물을 벗어나지 못한 당신네들과는 질적으로 다르다고 생각한 그녀의 발걸음은 마치 구름 위를 걷는 듯 가벼워졌다.

택시 승강장에 잠시 멈춰 섰던 그녀는 "어떻게 뺀 살인데 편안함에 길들여지지 말아야지. 몸을 괴롭혀야 살을 뺄 수 있어"라고 중얼거리며 지하철역 입구의 계단에 들어서고 있었다. 계단을 내려딛는 한 발 한 발이 그리스 신화 속 하데스에게 납치되어 지하세계로 끌려들어가는 페르세포네 같다는 생각이 들었다. 그리고 지하철에 몸을 싣고, 분명히 지하철의 손잡이를 단단히 잡고 있었는데, 갑자기 눈앞이 아뜩해졌다. 그리곤 몽롱한 꿈속으로 빠져들어 가는 것 같았다. 눈을 떠보니, 지하철의 좌석을 독차지하고 누워 있는 것이다. 누군가 쓰러진 자신을 여기다 눕혔으리라. 낮 시간인 터라 텅 빈 지하철 칸에 있는 사람들 시선이 그녀에게 꽂혀 있었다.

"아가씨, 어디 아픈 모양인데, 병원에 가봐야 될 것 같네."

옆자리에 앉은 나이 든 아주머니의 말이 멀리서 울려오는 메아리 같았다. 정말 이상하구나 생각하면서도 그녀의 입에서는 "괜찮아요"라는 말이 새어나왔다.

지하철 출구를 빠져나온 그녀는 택시를 무조건 불러 세웠다. "어디로 모실까요?"라는 기사의 말을 듣고서야 어디로 가야 하나를 생각해보았다. 친구가 일하는 근처 산부인과 병원이 갑자기 떠올랐다. 일단 침대에 누워야겠다는 생각이 든 탓이다.

얼굴이 노래진 그녀를 숙소로 데리고 온 그녀의 친구는 눈이 휘둥그레졌다. 차마 단식원에서 나오는 길이라는 말을 할 수는 없었다. 철저하게 그녀 혼자만이 감당해야 하는 일이었다.

"몸이 좀 안 좋아서 좀 누웠다 가려고⋯⋯. 너도 오랜만에 볼 겸."

"얘, 너 정말 얼굴이 이상하다. 살은 또 왜 이렇게 빠졌니? 무슨 일 있었어?"

영양제를 가져와서 맞히려는 친구를 만류하고, 한 시간쯤 누워 있으니 조금 나아졌다. 영양제를 맞으면 다시 회복될 체중을 생각하면 섣불리 맞을 수도 없었다. 무엇보다 심각해지는 것은 한 번 흔들리기 시작하면 그녀의 성격상 또다시 망가질 것이 분명하기 때문이다. 결혼한 친구는 먹는 것으로 골드미스의 성적 욕구를 해소하는 게 아니냐고까지 그녀를 힐난하기도 했다.

집에 돌아온 후 며칠 동안은 회복식을 먹어야 했으므로 늘 조심했었다. 갑자기 돌아온 일상생활에서 그녀는 늘 긴장했다. 그러자 서서히 입맛이 돌아왔고 봇물 터지듯 왕성해진 식욕은 그녀의 의지를 송두리째 앗아갔다. 그 이후 그녀는 음식 먹는 맛의 즐거움을 빼앗길 뻔한 그때의 사태에 대해 측은함을 느꼈고, 불어난 체중에 개의치 않게 되었다. 그리고 살을 빼고자 하는 욕구는 어디에서 오는 것인가. 남에게 보이기 위해서냐, 아니면 자신만의 나르시즘을 위해서냐를 따지기 시작했다. 꼭 말라야 된다는 법이라도 있는 가라는 생각에 이르고는 흐뭇한 미소를 지으며 입속에 뭔가를 집어넣고야 마는 것이다.

하지만 새벽에 깨어 지난밤의 잘못을 반성하는 시간에는 그녀도 숙연해지지 않을 수 없다. 그녀는 마치 교회에 간 것처럼 기도를 한다.

"새벽 미명에 깨어 기도를 하게 해주심을 감사드립니다. 음식은 제게는 독이 되고 있습니다. 독을 먹고 독을 몸에 쌓아가는 제가 기도할 자격이 있을까요? 주님, 음식에 대한 유혹을 이기게 해주시옵소서. 사십 일을 금식하며 땀이 피가 되도록 기도하신 주님을 생각하면 이만한 유혹도 이기지 못하는 저의 죄를 용서해주시옵소서……."

한바탕 기도를 했지만 그녀는 아무것도 할 수 없을 것 같기도 하다. 어제도 결심했고, 그 전날, 또 그 이전에도 무수히 해보았지만 결국은 먹는다는 원시적인 욕구조차 이겨내지 못하는 자신이 저주스럽기조차 했다. 그러다가 그녀는 갑자기 기분이 좋아지기 시작한다. 그 이전에 못했다고 해서 반드시 앞으로도 못할 것은 없다는 생각이 들었기 때문이었다. 긍정의 극한에 서 있는 그녀의 심경은 그녀 스스로도 놀라웠다.

2

입에 넓적한 테이프를 붙이고 있는 그녀를 보자 할머니는 너무나 놀란 나머지 한참을 가만히 바라보고만 있다가 말을 꺼낸다.

"기회야, 너 고거이 뭐이가. 아침 먹으라니끼니, 기집아가 조둥이에 고따우를 붙이고서리."

"......."

그녀는 입이라는 물건이 먹는 데만 쓰이는 것이 아니라 말하는 데도 쓰인다는 사실을 처음 알기라도 했다는 듯 난감한 표정을 지었다. 입을 테이프로 막지 않으면 도저히 참을 수 없는 자신의 욕구에 대해 그녀가 겨우 생각해낸 방법이었는데, 말할 수 없다는 것은 계산에 넣지 못했던 것이다. 하지만 말을 꼭 해야 할 필요도 없다. 할머니와의 대화란 기껏해야, 먹는 것에 대한 것뿐이었다. 그런데 입 하나의 문제를 넘어서는 일들은 줄지어 기다리고 있었다. 세수도 해야 하고 화장도 해야 하는 것이다. 그리고 병원에서는 테이프를 붙이고 있을 수 없다. 그녀는 병원도 가기 싫었다. 이 모든 것들이 입 위의 차원에서 지배하고 있었다는 것을 생각해보다가 그녀가 음식에 대한 욕구를 참지 못하는 것은 그녀의 의지보다는 주변의 사정에 연유하는 것이라고 단정해버린다. 그녀를 옥죄어오는 삶의 구속이나 관계 따위에 분노를 느낀 그녀는 갑자기 신이 난다. 그동안 자신의 의지력에 대한 자괴감에 시달려온 그녀로서는 핑곗거리를 찾았다는 이유만으로도 고통에서 해방되는 것이다. 비난할 대상을 발견한 그녀는 입에서 테이프를 떼어버린다.

"할머니, 아침 안 먹으려구 그런다니깐요, 보면 모르세요?"

"야레 또 와 이러네, 그치 말구 밥 먹지 못 하간, 때끼 굶으믄 속 버려, 야. 날레 먹으라우."

검버섯이 잔뜩 피어오른 할머니의 주름살 투성이 얼굴이 눈에 들어와 박히는 순간, 그녀는 공연히 할머니의 존재가 마치 자신의 의지력을 방해하는 장애물이라도 되는 듯 언짢아진다.

"하여튼 오늘은 안 먹어요. 할머니 땜에 나 살찐단 말예요."

"뭐이가? 내레 뭐이 어쨌다고 그랜? 에미 애비 없이 키워도 버릇 없인 안 키울라고 내레 얼매나 애썼는데, 오데 할미한테 고따우 소릴 하네? 고저 저런 소리 안 들을래믄 빨랑 죽어야 돼. 저승사자들 다 뭐허구 날 데려가지도 않네?"

그녀는 요즘 들어 부쩍 나약해진 할머니에게 짜증을 낸 자신이 부끄러워 견딜 수 없어진다. 짜증이라는 것은 어쩐지 그녀답지 않은 행동방식이었다. 화가 난 할머니를 달래어 겨우 가라앉힌 것은 병원에 출근할 시각이 훨씬 지나서였다.

부랴부랴 도착한 병원에는 둘이서 할 일을 혼자 다 한 것에 대한 시위를 하는 신 간호사의 잔뜩 부은 얼굴이 기다리고 있었다.

"미안해. 바빴지?"

"도미례 씨 들어가세요."

미안해하는 그녀에게 대답도 하지 않는 신 간호사가 얄미울 새도 없이 밀린 환자들을 보아야 했다. 그녀는 갑자기 이 모든 일상들이 무엇인가 하는 생각에 머리가 복잡해진다. 일이 많을 땐 제발 좀 이런 생각이 안 났으면 좋겠다. 한참 바쁠 때 느닷없이 눈앞의 사물들과 멀어지는 느낌이 그녀에게 잦다. 그녀를 에워싸고 있는 현실들이 꿈인 듯 도무지 실감이 나지 않는 것이다. 언젠가 장자의 호접몽에 대한 글을 읽고서 '어쩜 장자가 자신과 똑같은 생각을 했을까, 철학자와 같은 생각을 하다니 이건 정말 흥분할 만할 일이야' 하고 철학서들을 닥치는 대로 읽기 시작했다. 읽을수록 철학자들이 자신도 한 번은 고민했던 문제에 대해 사유했다는 심증이 굳어졌다. 하지만 철학자들은 그 나름대로 답을 찾았고 그녀는 답을 찾지 못했다는 것이 다르다는 것을 알았다.

그녀는 갑자기 뭔가를 먹고 싶어졌다. 아침을 안 먹은 탓이었다. 한 끼 먹지 않았다고 점잖지 못하게 꼬로록 소리를 낸다든가, 마구마구 뭔가를 요구하는 위장이 뻔뻔스럽게 생각되었다. 현실에서 멀어지는 듯한 느낌은 배고픔으로 확실히 현실로 다가왔다. 그녀는 막연하지 않다는 점에서 이 배고픔이 좋기도 했다. 내친 김에 다이어트를 다시 한번 시작해볼까 하는 생각이 든 것은 전혀 우연한 일이 아니었다. 그녀는 늘 자신에게 목표가 있는 것을 좋아했다. 어떤 사람들을 목표가 없이도 자신의 일에 성실하게 살아가는 것으로 보인다. 하지만 그녀에게 목표는 목표라는 실재 이상이며 꿈이다. 꿈이 없는 자신은 생각만 해보아도 시궁창에 빠진 생쥐 꼴이 되는 것 같다. 세네카가 그랬던가. 인간은 목표를 이루고자 하는 욕망과 목표를 이룬 다음의 권태 사이를 시계추처럼 왔다 갔다 하는 존재라고. 그녀는 그 말에 권태 대신 절망으로 바꿔 넣어보았다. 목표를 이루지 못한 절망. 발버둥만 치다가 가버리는 존재. 그런데 다이어트를 하다 위장이 상해 1년을 위장약을 먹고 병원 다니고 고생한 것을 생각하면 다시는 못할 짓 같기도 하다.

날치처럼 날씬한 신 간호사가 날아갈 듯한 몸매를 유지하기 위해 점심 대신 식이섬유 음료를 홀짝거리고 있다. 하지만 '신 간호사는 단순히 마르기만 했지, 볼륨감이 없이 밋밋하기만 하네' 하면서 비웃어본다. 에어로빅을 같이 다니는 채희는 단단하면서도 볼륨감도 살아 있는 몸매다. 같은 여자가 봐도 만지고 싶도록 예쁜 채희의 몸매와 신 간호사는 질적으로 다르지 않은가. 그녀는 신 간호사같이 마른 건 거저 줘도 싫다고 자위해보기도 한다. 생각과는 관계없이 그녀는 무식하게도 배가 고프다. 유식한 사람도 배는 고프겠지만 그녀는 아무튼 그렇게 생각한다.

그녀의 어린 왕자가 접수창구에 얼굴을 가까이 한 것은 그녀가 점심으로 뭘 먹을까를 생각하고 있던 때였다. 느닷없는 그의 출현에 그녀는 너무나 놀란 나머지 "어머나"라고 해버렸다. 그녀는 무슨 잘못을 들키기라도 한 것처럼 얼굴이 붉어졌다. 아무리 생각해봐도 환자가 왔을 때는 '안녕하세요'라든지, '약 드시고 좀 어떠셨어요' 같은 말이 어울린다. 그런데 그런 우아한 말을 놔두고 '어머나'는 또 뭔가.

"저 어제……."

그의 목소리는 아무리 들어도 감미롭다. 게다가 그는 늘 주저하는 듯한 태도다. 그녀는 왠지 씩씩하고 당당한 남자에게는 끌리지 않는 습성이 있다. 그녀가 그를 바라보고 있는 사이 신 간호사가 끼어든다.

"성함이……. 박광선 씨죠? 보험카드 여기 있어요. 잠깐 앉아서 기다리세요."

신 간호사의 사무적인 목소리가 약간 들뜬 것 같은 느낌을 받은 것은 그녀가 과민한 탓일까? 사실 신 간호사가 초진 환자의 이름을 외고 있다는 것은 그에게 특별한 관심이 있다는 말이 될 것이다. 이건 그가 누구에게 관심을 보이냐 아니냐와는 상관이 없는 일이다. 그저 막연한 끌림조차도 외모에 자신이 없는 그녀에겐 자유롭게 허락되지 않는다는 사실이 서글펐다는 것이다. 막연한 끌림이란 영화배우라든지 혹은 슬쩍 스치는 사람에게라도 누구나 가질 수 있는 감정이다. 문제는 그녀 스스로 서글퍼진다는 데에 있다. 콤플렉스가 그녀 자신도 모르게 그녀의 마음속에 자리 잡은 것이다.

한 어린 아이 환자에게 신 간호사가 주사를 놓으려는데, 이 누나 말고 저기 뚱뚱한 간호사 누나한테 주사 맞겠다고 떼를 써 아연실색했던 일이 생각났다. 한편으로 그녀는 자신에게 콤플렉스가 생겼음을 알고 한편으로는 내심 기뻐했다. 콤플렉스라는 새로운 자극이 뭔가 새로운 시작을 할 에너지가 될 수 있을 것이라는 기대까지 생겼다. '그래, 이제 다이어트를 시작할 수 있을 거야' 하고 생각했다. 그러다가는 금세 다이어트란 인생만큼 하염없는 짓일지도 모른다는 생각이 연이어 들었다. 끊임없이 되풀이하는 과정에서 망가져가는 것은 그녀 자신의 육체뿐이었음을 되뇌었다.

문을 닫는 그의 뒷모습이 보였다. 그리고 문이 닫혔다. 그녀와 '아무런 상관도 없는' 그가 시야에서 사라졌다. 그녀는 주소와 전화번호와 그의 사소한 병 외엔 그에 대해서 아는 바 없다. 더구나 이젠 그가 이 병원에 올 만한 병에 걸리지 않는 한 다시 볼 일은 없을 것이다. 그는 그의 삶을 살 것이고, 그녀 또한 자신만의 막연한 인생을 살아갈 것이다. 그것 뿐이다. 그녀는 또 그녀가 끌리는 새로운 환자가 오면 그 사람에게 관심을 가지게 되고, 그리고 그 환자 다음엔 또 다른 환자에게로……. 그녀는 언제까지 이런 부질없는 짓을 하게 될까를 생각해보고는 지독히도 자신을 한심해했다.

그래도 그러한 약간의 흔들림이 지루한 일상에 상당한 활력소가 되었음을 그녀는 부인할 수 없다. 아무런 자극이 없을 때 그녀는 자학적으로 먹는 데 집중한다. 그러면서 그녀는 자신이 지극히 동물적이라고 생각하며 자학하고 또 먹는 악순환의 고리에 휘말려든다. 아무튼 그녀는 이 고리에서 탈출해야 한다고 느낀다. 온전히 그녀 자신의 의지만으로 못할 것은 없다고도 생각해본다. 그리고 '나는 할 수 있어'라는 최면을 걸어본다.

이제 어떤 다이어트를 선택할 것인가의 문제가 남아 있다. 저녁 굶기나 허리띠 졸라매기 같은 단순한 듯하면서도 정통풍 다이어트? 그녀가 몇 년간 무수히 시도해보았던 효소나 과일 다이어트? 애초에 날씬한 모델이 개발한 다이어트하며, 덴마크 영양학자가 만들었다는 삶은 계란을 신물

나게 먹는 무염 다이어트, 이유식 하는 아기로 되돌아가 성분도 모르는 가루를 물이나 우유에 타 먹는 다이어트 같은 것들은 대부분 원푸드 다이어트였다. 그녀는 그 많은 다이어트 방식을 모두 다 섭렵했다는 사실을 생각하고 자신이 죽는 날은 다이어트에서 해방되는 참으로 기쁜 날이라는 생각마저 든다.

신문을 뒤져보면 다이어트 광고는 나날이 지면을 크게 잠식하여 날씬함을 지상목표로 하는 여성 소비자들을 유혹하고 있다. 다이어트 방식만을 전적으로 소개한 책만 해도 수백 권이 넘었다. 그리고 달마다 쏟아져 나오는 수십 종의 여성지의 단골 메뉴는 다이어트다. 어떤 땐 별책 부록으로 나오기도 하지 않는가. 비만 전문 식품은 기본이며, 음료나 차, 붙이는 테이프나 귀걸이, 비만 관리 전문센터까지, 시장판에서 골라잡기만 하면 수지맞을 것 같은 물건을 사는 것처럼 널려 있다. 심지어 요즘은 텔레비전 프로그램까지 비만 클리닉이나 비만한 사람들의 살빼기 작전을 중계하곤 한다. 하지만 이 많은 것들 중에 그녀가 무엇을 어떻게 해야 다이어트를 정말 잘할 수 있을까는 오로지 그녀의 의지에 달려 있다는 사실이 그녀를 또다시 절망에 빠뜨렸다. 다이어트 식품만을 먹을 때는 기대에 부풀기도 했지만, 그것을 끊은 지 한두 달만 지나면 더욱더 불어난 체중을 지니게 되는 괴물 같은 요요현상…….

다이어트 차에 대해선 그녀는 정말 할 말이 없다. 그 차를 마시고 길을 가다 폭포수처럼 소용돌이치는 아랫배를 부여잡고 급하게 공중화장실을 찾은 것이 몇 번이었던가. 결국 속만 버린 채 다시 진군해 들어오는 몸무게와의 싸움. 그래도 비만 관리 전문센터는 좀 나았다. 하지만 돈으로 사서 듣는 관리사의 나무람에 대한 인내심도 바닥나게 되는 것이어서 결국은 그녀의 의지와의 싸움이라는 것을 또다시 절감하게 된다. 이에 대한 경제적 부담 또한 그녀에게는 엄청나 간호사 생활 몇 년에 돈도 변변하게 모으지도 못한 것이다.

그래도 그녀는 시시포스처럼 다이어트를 해야만 한다. 그녀는 지치지도 않고 그것을 계속할 수 있는 힘이 어디서 생기는지 모른다. 어쩌면 넉넉한 식사량에서 빚어지는 그녀의 체력에서 생기는 것인지도 모르겠다고 생각한다. 그녀는 간호사실 벽에 걸려 있는 거울을 바라본다. 볼록하게 심술보가 붙은 뺨 아래 뻔뻔하게 모습을 드러내고 있는 허여멀건 턱살들이 하얀 가운 위에 얹혀 있다. 어느 누구에게도 호감을 줄 수 없는 생김새. 게다가 살집으로 접힌 턱 아래에 달려 있는 짧고 굵은 목. 모가지가 길어 슬픈 짐승이 될 수 없기에 그녀는 더욱 슬프다. 그녀는 넙데데한 자신의 얼굴에 연민을 느낀다. 죽을 때까지도 이런 상태라면 무거운 시신을 드느라고 애를 먹을 사람들에게 얼마나 미안한 일인가. 얼마나 먹어댔으면 하고 손가락질을 해댈지도 모른다는 생각에 이르자 그녀는 이미 자신이 죽기라도 한 듯 부끄럽다. 그러다가 죽은 다음에는 부끄러움을 느낄 수 없을지도 모른다는 생각에 이르자 그녀는 다소 안심한다.

3

뚝뚝 떨어지는 땀방울이 마치 이슬이 내린 듯 그녀의 육신을 가볍게 하는 듯하다. 숨이 막혀 오는 사우나실 안엔 두 사람밖에 없다. 에어로빅을 함께 다니는 채희와 그녀는 속내 이야기도 나누는 사이다. 채희는 에어로빅뿐 아니라 줄넘기도 하루에 이천 번을 채우는 여성이다. 목욕탕에서 보는 채희의 벗은 몸은 거짓말처럼 아름답다. 마네킹처럼 잘 다듬어진 몸매 위엔 어울리지 않을 만큼 풍만한 젖가슴이 얹혀 있다. 그것을 탐닉하듯 어루만지는 남자의 손길이 연상되는 채희의 젖가슴은 육체 하나를 재산으로 살아야 하는 운명의 냄새가 난다. 그녀와 에어로빅을 함께 다니기 전에도 그녀는 채희를 눈여겨보아왔었다. 그녀가 사는 아파트에는 어울리지 않는 큰 아우디 차가 채희의 동 앞에 서 있는 날 그녀는 슈퍼에서 채희를 보았다. 채희가 장 보는 날은 언제나 갈비나 새우 같은 것만 산다. 채희는 나이 든 남자를 아파트 앞까지 나와 배웅하곤 한다.

"우리 남편은요, 내가 운전할 때 내 옆에 안 앉고 뒷좌석에 앉아요."

채희는 자신의 생활을 그녀에게 조금씩 터놓기 시작했다. 아파트 앞 주차장에서 나이 든 남자의 기사가 "미쓰 김, 사장님 일어나셨어?"라고 말할 때 채희는 "아직요, 주무시는 거 보고 나왔어요"라고 답하는 것을 듣고 그녀의 얼굴이 화끈거렸던 적도 있다.

"아침엔 에어로빅하고, 저녁 먹고 나면 동네를 한 바퀴 뛰어요. 모자 푹 뒤집어쓰고 뛰면 아무 생각도 없어져요."

채희의 목소리는 깜찍한 얼굴과는 달리 유리 깨지는 소리처럼 카랑카랑하다. 채희는 자신에 대한 괴로움을 뛰면서 잊어버리려고 하는 것 같았다.

"나 어제 좀 웃기는 짓 저질렀어. 저녁에 운동하고 오다 그 사람을 봤거든."

집을 향해 발을 내딛는 순간 그녀는 흡! 하고 호흡이 멎는 듯했다. 그녀의 어린 왕자가 생머리를 길게 늘어뜨린 여자의 어깨를 두르고 스쳐지나가는 것이다. 그녀는 자석에 끌리듯 그들을 뒤따라갔다. 그들은 상가가 늘어서 있는 큰 길을 따라 내려가더니, 네온사인이 번쩍이는 건물의 계단을 통해 지하실로 들어갔다. 지하실의 문을 열자 요즘 유행하는 댄스 음악이 귀를 때렸다. 그리 넓지 않은 어둠침침한 실내 한쪽에는 테이블들이 있었고, 플로어에는 음악에 맞춰 춤추는 사람들로 꽤 붐볐다. 그녀는 우선 입구 옆자리에 있는 2인용 테이블을 차지하고 앉았다. 캔으로 장식된 벽면은 현대적인 느낌을 주는 한편 다른 벽면엔 고구려 왕릉의 벽화인 현무도가 그려져 있어 마치 왕의 무덤 속에서 벌어지는 축제 같은 분위기를 자아냈다. 그녀는 맥주와 마른 안주를 시키고 눈으로는 어린 왕자의 모습을 찾았다. 그는 매혹적으로 춤을 추는 긴 머리 여자 앞에서 몸을 흐느적대고 있었다. 긴 머리는 몸을 조금씩 비틀면서 세련된 몸짓을 하고 있었다. 그녀는 그들을 뚫어져라 쳐다보았다. 한 곡이 끝나자 그는 일행으로 보이는 사람들 속에 에워싸였다. 갑자기 생일축하 음악이 실내에 울려 퍼졌고, 웃음소리와 함께 그곳에 있는 사람들의 시선이 그들에게 쏠렸다. 목을 조금 빼고 보아야 그들이 보였는데, 긴 머리와 그가 그들 모임의 주인공이었던 모양으로 커다란 케이크가 두 사람 앞에 놓여 있었다. 다시 댄스 음악이 흘러나오자 플로어엔 사람들로 꽉 메워졌다.

갈증이 난 터라 맥주는 시원했지만 쌉쌀한 맛이 감돌았

다. 그들은 케이크를 잘라 포크로 서로의 입속에 케이크 조각을 집어넣어주고 있었다. 그들을 바라보던 그녀의 눈이 갑자기 앞으로 빠지는 듯했다. 그리곤 자신이 지금 무엇을 하고 있는지 깨달았다. 그곳은 그녀가 올 곳이 아닌 것이라는 생각이 들 즈음 그가 갑자기 그녀 앞을 지나면서 그녀를 의아한 듯 흘끗 보았다. 무심한 저 눈빛이란! 그가 그녀를 알아보았을까? 알아보았다면 모두가 나와서 춤을 추는 곳에서 테이블에 혼자 앉아 맥주를 마시는 자신을 어떻게 생각했을까 하고 생각해보았다. 실은 그가 아무런 관심조차 없을 터이고 하다못해 의아심마저도 품지 않았으리란 짐작을 하고 절망했다. 그녀는 그곳에 더 있을 수도 더 있을 이유도 없었으므로 맥없이 걸어가 카운터에서 맥주값을 계산하고는 터덜터덜 계단을 올라왔다.

"내가 왜 그들을 따라갔을까? 난 정말 왜 이러는지 모르겠어."

그녀는 자신을 원망하고 있지만 그와 함께 있던 긴 머리 여자에게 말할 수 없는 유치한 질투심을 느끼고 있었다.

"언니, 그럴 수 있어. 사랑은 쟁취하는 거라잖아. 누가 뭐래도 언니가 그 사람 좋아하면 그뿐이야. 그냥 그 감정을 즐기라구. 가슴은 좀 아프겠지만 좋아하는 사람이 없는 것보다는 나아. 난 언니가 그토록 감정적이어서 좋은데. 이 시대

마지막 남은 로맨티스트."

굽실굽실한 웨이브 파마를 한 채희는 독특한 생글생글한 표정을 짓는다. 채희를 찾는 나이 든 남자는 채희의 육체뿐 아니라 이런 면에 끌리는구나 하고 그녀는 생각한다.

"당하는 쪽은 얼마나 섬뜩할까 생각하면 시궁창에 빠진 기분이야."

"언니는 겉보기엔 무던하게 보이는데 의외로 예민하더라. 그거야 그 사람 생각 나름이지 뭐, 누가 자기 좋아하는 거 기분 나쁘지 않을 것 같은데."

그녀는 아무런 말로도 자신의 감정을 표현하기 어려울 것 같았다. 표현한다고 해서 조언을 듣는다고 해서 나아질 것은 없었다. 그런 상황이 다시 온다고 하더라도 그녀는 그들의 뒤를 따라갔을 것임이 분명했다.

"이제 나갈까?"

더는 견디기 힘든 터였으므로 둘은 사우나실을 나왔다. 그녀의 걸음이 허청했다. 생각해보니 어제 저녁 이후로 먹은 것이 없었다. 그와 긴 머리 여자의 모습이 머릿속에 꽉 차 있어 아무것도 입에 넣고 싶지 않았다. 머릿속뿐 아니라 뱃속도 꽉 차 있었다. 마치 박광선이라는 이름이 조각조각 모자이크되어서 뱃속을 가득 메우고 있는 것 같다고나 할까. 그에 대한 끌림과 자신에 대한 회의가 풀리지 않는 실타래처럼 엉켜 있어 그녀는 아무것도 할 수 없었다. 탈의실에서 저울 위에 올라선 그녀는 저울이 고장 난 것이 아닐까 하는 생각이 들 정도로 눈금이 내려가 있는 것을 물끄러미 보고만 있다. 지금은 몸무게 줄어든 것 따위엔 관심이 없다. 온몸으로 노력할 때는 줄지 않던 몸무게가 관심도 없으니까 줄어 있다는 것은 이상한 일이다.

사우나를 한 덕분으로 나른한 몸을 끌고 아파트 문을 여는 순간 헉헉거리는 소리가 들렸다. 그녀는 목욕가방을 현관에 던지듯 팽개치고 할머니 방으로 뛰어 들어갔다. 방 한쪽에 팔을 벌리고 누운 할머니의 동공은 풀려 있었다. 할머니의 가슴에 귀를 대본 그녀는 심장은 조금씩 뛰고 있음을 느낄 수 있었다. 그녀는 갑자기 아득해진다. '어떻게 해야 하나…….'

한참 만에야 그녀는 119라는 번호를 생각해냈다. 그리고 구급차가 오고 한바탕 소동이 난 후, 병원 응급실 앞에서도 그녀는 도무지 실감이 나지 않았다. 할머니의 많은 나이에도 불구하고 그녀는 한 번도 그녀에게 단 한 사람의 가족인 할머니가 만약 돌아가신다면 하는 생각을 해보지 않았다. 인간이 죽는다는 사실을 모르는 어린아이 같은 마음이 들었다가, 할머니가 아닌 다른 사람이 위급한 상황이 된 것 같기도 했다. 그녀는 늘 현실에 대해 한 템포 느렸다.

삼촌한테 전화를 해야겠다는 생각도 의사 선생님이 가망이 없으니 다른 가족한테 연락을 하라는 말을 들은 후에나 떠올랐다. 친척들이 한둘씩 모이기 시작할 무렵부터 그녀는 갑자기 턱이 덜덜 떨리기 시작했다. 부모님은 그녀가 다섯 살 무렵 교통사고로 함께 돌아가셨으므로 그녀가 죽음을 느낄 상황이 아니었다. 하지만 할머니는 그녀에게 부모 이상이었다. 친척들이 와서 그녀에게 위로의 말을 건넬 때, 그녀는 새파랗게 질린 표정으로 손수건에 눈물만 찍고 있었다.

며칠 후 할머니의 장례가 모두 끝나고 그녀는 방에 혼자였다. 할머니가 쓰던 물건들이 고스란히 남아 있기 때문에 할머니가 잠시 어디 다른 곳으로 여행을 가지 않았나 하는 생각이 들 정도였다. 온몸이 노곤하고 아무것도 먹고 싶지 않았지만, 염치없는 그녀의 뱃속에서는 여전히 꼬로록 소리가 났다. 냉장고를 뒤져 식빵과 우유를 꺼낸다. 식탁에 올려놓고 가만히 보고 있던 그녀에게 "야레 또 와 안먹네" 하는 소리가 얼핏 들리는 것 같다. 문득 할머니가 그리워진다. 도대체 할머니는 어디에 간 걸까. 할머니의 무덤을 눈으로 보았지만 그녀는 할머니의 죽음이 아직도 실감나지 않는다. 어릴 적 어머니가 돌아가신 후 그녀는 줄곧 할머니와 함께 살았다. 그녀에겐 이제 아무도 남아 있지 않다. 그녀는 자

신도 모르게 식빵 한 조각을 우적우적 입에 넣는다. 우유를
한 모금 마시고 음미해본 그녀는 야금야금 식빵 조각을 파
먹기 시작한다. 그러다간 식빵이 덩어리째 입 속으로 들어
간다. 남아 있는 식빵을 다 먹어치운 그녀는 다시 냉장고 문
을 열어본다. 그녀는 미친 듯이 냉장고에 있는 모든 것을 꺼
내 바닥에 놓고 퍼질러 앉아 먹는다. 그녀는 배가 불러 목에
차오를 때까지 눈앞에 놓인 것들을 먹고, 자신을 먹고, 그리
움을 먹고, 절망과 외로움을 먹었다.

4

그녀는 환자를 접수하는 사이사이 콜라를 마시고, 사탕
을 깨물어 먹는다. 처음 병원에 온 환자들은 그녀를 의아한
듯 바라보지만, 그녀가 먹는 모습에 익숙해진 환자들은 그
녀가 건네준 사탕을 받아먹기도 한다. 그녀의 일상은 그렇
게 흘러간다. 접수실에서 주사실로 오가면서도 여물을 되
새김질 하는 소처럼 우물우물 먹으면서 미소를 흘린다. 그
녀는 늘 웃는 얼굴을 하고 있으므로 원장 선생님도 그만 좀
먹을 수 없느냐고 야단을 치다가도 그만 웃어버린다.

그녀는 수첩에서 날짜를 꼽아보고 있다. 지난번 위내시
경과 함께 했던 조직검사 결과가 그녀 가슴에 응어리처럼

남아 있다. 위암이 이미 진척되어 수술이 불가피하다는 것이다. 다이어트하느라 위를 혹사한 탓인가 하면서도 받아놓은 수술 날짜가 잘도 다가온다는 생각을 한다. 병원에는 휴가 날짜로만 받아두어 아직 원장 선생님과 신 간호사도 모르는 상태다. 그녀는 한편으론 이참에 위를 절제하면 다이어트에 좋겠다는 기대를 하고 있다. 수술 후 날씬해진 자신의 모습은 상상만 해도 즐겁다.

"어디가 불편하셔서 오셨나요?"

그녀는 방금 문을 열고 들어온 환자를 본다. '어머나 누구야? 이토록 매력적인 남성은?' 그녀는 그의 주소와 전화번호를 떨리는 손으로 받아적고, 의료보험카드 속의 내용을 맛있는 음식을 보듯 눈으로 훑는다.

리트머스 교실

교실엔 새로 칠한 페인트 냄새와 급우들의 땀 냄새가 후줄근하게 뒤엉켜 있었다. 칠판 오른쪽엔 '바소조회'라고만 쓰여 있었다. 담임 선생이 써놓고 나간 뒤에 어떤 녀석이 'ㅇ' 받침을 지워버린 탓이었다. 짙은 녹색이 선명한 칠판에 쓰인 하얀 글씨는 끝없이 펼쳐진 잔디밭에 집 한 채만 덩그마니 있는 것 같았다. 방송이 시작되고 있었다. 세진은 책상 위에 다리를 꼬아 올리고는 허리를 한껏 뒤로 제쳤다. 두 손은 앞으로 모아 슬며시 팔짱까지 끼고 바라보았다. 화면에 나비넥타이를 맨 교장의 얼굴이 하나 가득 내비치고 있었다. 머리를 짧게 깎은 사관생도 같은 선생을 소개하는 중이었다. 교실은 술렁대기 시작했다. "우리 학교에 저런 선생이 왔냐?" "야아, 인상 한번 고약하게 생겼다." 저마다 흐트러진 태도로 모니터에 눈만 주고 있던 급우들의 표정은 갑자기 굳어지기 시작했다. 세진에겐 놀라울 일도 아니었다. 저 정도로 인상이 험악한 선생은 전에 다니던 학교에선 만나기 어렵지 않았다.

훈육 주임이 그런 분위기였고, 큰 몽둥이를 옆에 끼고 다니곤 하던 체육 선생도 그런 인상이었다. 강남외국어고등학교. 세진은 그 학교에서 벗어나려고 몸부림쳤던 일들을 떠올렸다. 숨 돌릴 수 없이 꽉 짜인 시간표, 입시와 합격이란 단어가 머리에 정으로 쪼듯 파고들던 그때는 오로지 그곳에서 빠져나갈 수만 있다면 악의 구렁텅이 속으로 들어간다 한들 두려울 것도 없을 것 같았다. 도대체 아무 생각도 할 수가 없었다. 자신은 시간표에 입력된 대로 움직이는 기계였다. 식욕도 나지 않는 채로 시간이 되면 영양가가 계산된 음식을 숟가락에 얹어야 했고 씹어 삼켜야 했다. 심지어 먹는 시간까지도 절약하느라 어머니는 입에 밥을 떠넣어주었고 씹으면서 문제를 풀곤 했다. 친구라는 단어는 없어진 지 오래였다. 그저 벽보에 써진 등수와 이름만이 남아 있을 뿐이었다. 지친 아이들은 괴물로 변하고 있었다. 반항아 내지는 자포자기로 자신을 내팽개친 쪽이 있는가 하면, 아래에서 치밀어 오르는 등수를 밟으려고 광분하거나, 아니면 한 자리 숫자 등수를 끌어안고 불안에 떨며 노이로제를 선택

한 쪽이었다. 그것은 밤낮이 없는 외로운 전장이었다. 낙오자는 패잔병이 되어 떠돌 뿐이었다. 한 달에 한 번씩은 지워지는 이름들이 있었다. 적에게 사살되거나 스스로 자신에게 총구를 겨눠 사라지는 병사들. 세진도 11층 아파트 베란다에서 아래를 보면서 몇 번이나 그런 유혹을 느꼈는지 모른다. '부모님에게, 학교에게 복수하는 거야. 뛰어내리면 간단해.' 정말 참기 어려울 땐 해버릴 거라는 음모를 가슴속에 키우고 있었다. 그 일을 목격하기 전까지는. 그날은 몹시도 후덥지근했다. 세진은 땀으로 끈적끈적한 몸을 씻으러 자율 학습도 하지 않고 집으로 향했다. 땅을 밟고 걷는지 붕 떠서 디디는지조차 알 수 없을 지경으로 지쳐 있었다. 아파트 입구로 들어서려는 순간이었다. 세진은 집이 있는 동 앞에 오면 자신의 집을 쳐다보곤 했다. 무거운 쇳덩이를 얹기라도 한 눈꺼풀을 가까스로 위로 치켜올려서 게슴츠레 눈을 떴을 때였다. 힐끗 눈에 걸려든 것이 있었다. 세진의 집 위층 베란다 난간에 무슨 물체가 올라와 있었다. 그 큰 덩어리는 휙 하고 나는 듯싶었는데, 점점 가속이 붙어서 아래로 급강하해 바로 발 앞 잔디에 쿵 소리를 내며 떨어졌다. 세진은 흠칫하며 뒤로 한 발 물러섰다. 너무 놀라 무엇인지 잘 알 수가 없었다. 눈앞에 있는 것은 다리였던 것이다. 무릎 아래 관절이 꺾여 허벅지에 닿아 있었다. 세진의 청바지에 붉은 것이

튀었다. 그것이 피였음을 감지함과 거의 동시에 그는 보지 말아야 할 것을 보았다. 체크무늬 남방 앞 단추 위에 얹힌 뒤통수였다. 마치 「엑소시스트」라는 영화에서 본 것처럼 고개가 180도로 회전한 모습이었다. 흡 하며 숨을 들이마셨을 뿐 주문에 걸린 듯 발을 움직일 수가 없었다. 잠시 후 뛰어온 경비 아저씨가 신고하고 사람들이 몰려올 때까지 세진은 그 자리에서 못 박힌 듯 서 있었다.

윗집 아줌마의 통곡 소리에 세진은 그날 밤은 뜬눈으로 지새워야 했다. 죽은 형은 삼수생이었다.

"셀프 컨트롤을 못한 애야. 삼수한다고 다 자살하는 건 아니잖니, 안 그러니?"

어머니는 무관심한 듯 말하면서도 은근히 그의 눈치를 살폈다. 며칠 동안 피 냄새가 몸에 밴 것 같았다. 음식을 보기만 해도 헛구역질했다. 유사한 유혹을 느꼈던 터라 충격에서 헤어나기 어려웠다. 모든 것이 땅 밑으로 꺼지는 기분이었다.

그즈음 학교에서 짝이었던 광주에게서 리트머스 학교에 대한 이야기를 듣게 되었다. 부모님의 성화로 한 학기 만에 서울로 끌려오다시피 전학 왔던 터였으므로, 광주는 그 학교에 대한 심한 향수병을 앓고 있었다. 광주에겐 강남외국어고등학교의 모든 선생들이 리트머스학교의 선생들과 비교되기 위해 존재하는 것 같았다. 그곳은 바로 이상향으로 묘사되었다. 우리가 감정이 있고, 피가 살아 움직이는 인간임을 인정하는 학교, 그것은 굉장한 유혹이었다. 대안 학교나 개방형 학교가 있다는 소문은 들었지만 세진의 부모님에게는 통하지도 않았다. "고등학교 3년 동안 좋은 교육을 받는다 치자. 그런 애들은 마냥 그 학교에만 있는 게야? 사회에 나오면 결국 또다시 경쟁이야. 그 경쟁을 피할 길은 없다고." 변호사인 아버지는 승부욕으로 평생을 걸어오신 분이었다. 방법이 없었다. 문제아가 되어서 학교에서 퇴학당하는 일뿐이었다. 그날 이후 제멋대로 행동하는 것에 맛을 들이기 시작했는데, 보통 재미난 일이 아니었다. 집에서도 회유책으로 나오기 시작하자, 그의 방법은 점점 고도로 지능적이 되어갔고 폭력 서클에도 가입할 정도까지 이르렀는데도 전학은 받아들여지지 않았다.

점점 눈 밖에 나는 행동을 하는 그를 참는 부모님의 인내심이 바닥이 날 즈음, 그는 아버지에게 심한 매질과 욕설을 받아냈다. 그렇게까지 가리라고는 자신도 예상치 못한 일이었다. 하지만 그는 자신의 배가 어디로 가고 있는지도 모르는 채 노를 붙잡고 있는 신출내기 사공이었다. 한 달의 가출 끝에 힘든 자격증을 따낸 사람처럼 리트머스 학교로 옮기게 되었다.

기안 서류철을 든 김인수 선생은 교장실 문을 낮게 두드렸다. 하얀 래커 칠을 한 문짝엔 격자 유리 창문이 있었다. 교장실이라고 쓰인 조그만 플라스틱 표가 문 위쪽에 앙증맞게 얹혀 있었다. 처음 이 학교에 왔을 땐 교내 건물 구조나 실내장식이 무척 생경했었다. 교장의 인척이 건축 설계사여서 이 학교를 설계 감리했다고 들었다. 지중해의 사원을 옮겨놓은 듯한 외형부터 특이한데다가 실내도 깨끗하고 독특하게 디자인된 부분이 많았다.

"들어오십시오."

교장의 목소리는 늘 그랬지만 오늘따라 유난히 부드럽게 가라앉아 있었다. 그는 손잡이를 젖혔다. 교장실엔 밝은 햇살이 내리비치고 있었다. 교장은 밖을 향해 앉아 있었다. 화단엔 교화인 하얀 매화꽃이 가지마다 피어 있었다. 교장의 뒷머리는 반백이었지만, 넓은 어깨는 아직 뭔가 펼칠 수 있지 않을까 하는 기대를 갖게 했다.

"연구 주임입니다."

교장이 회전의자를 돌리자 나비넥타이가 제일 먼저 눈에 띄었다. 그는 근엄하지 않으면서도 품위를 갖추고 있었다. 김인수는 기안 철을 책상 위에 놓으며 말했다.

"가치탐구 수업시간 확대에 관한 기안입니다."

"저번에 말씀하시던 건가요?"

교장은 서류철을 열어 훑어보기 시작했다.

"요즘 아이들은 고등학생이 되었어도 자신에게 무엇이, 왜 가치가 있는지조차 판단하지 못하고 있습니다. 공부를 왜 해야 하는지 깨닫게 해주는 가치에 관한 수업이 무엇보다도 절실히 필요합니다."

"생각해볼 테니 그건 여기 두시고, 저기 좀 앉으세요."

교장은 일어나 소파로 가서 앉았다. 김은 교장과 마주보는 의자에 조심스럽게 앉았다.

"3월은 내게 너무 잔인하거든. 왜 학부형들은 합격률을 가지고 말을 하는지 모르겠단 말이야. 우리나라같이 기계적인 진단밖에 할 수 없는 시험에 우리 아이들이 타 학교 아이들보다 시간이 걸리는 것을 참지 못하거든. 너무 성급해. 인간다운 인간을 키우는데 어떻게 이삼 년에 모든 걸 결판 내려고 하지요?"

"누군가 그러더군요. 급성장의 후유증이라구요. 뭐든지 빨리빨리 눈앞에 결과가 보여야 직성이 풀리는 것이죠. 원래 우리 조상들은 느릿느릿한 양반걸음이 아니었습니까? 핑계 돌리기 좋아하는 사람들은 오랜 군정 탓에 우리 사고 방식에도 군대식으로 변한 부분이 많다고들 하더군요."

교장은 깊게 한숨을 쉬었다. 김은 교장의 생각에 깊이 공감하는 사람으로서의 의무감 비슷한 심정으로 말을 건넸다.

"우리 학교가 입시율이라는 전체주의적 통계치에 흔들릴 필요가 있겠습니까?"

"하지만 서울로 전학시키겠다는 학부형이 한둘이 아니니 말일세. 좀 생각이 깊어보이는 사람들도 자식문제에는 상당히 초조해 하더구만요. 그건 그렇고……. 새로 부임하신 남궁빈 선생님 말입니다."

"아, 그 수학 선생님요?"

"연구과에 소속시키려고 하는데 어떠신가요? 먼저 수학 담당하시던 박 선생과는 동창이더구만요. 아시는지 모르겠지만요, 우리 재단 설립자 손자 분입니다. 연구 주임께서 잘 좀 지켜봐주세요."

김은 신임교사가 재단 설립자 손자라는 것을 떠나 자신의 후임으로 남궁 선생을 추천한 박 선생의 신중함을 믿었던 터라 별 문제는 없으리란 생각이 들었다. 그가 만난 젊은 교사들 대부분이 교육개혁을 원하고 있었고, 이 학교에선 교사들이 나름대로 자율성까지 한껏 발휘할 수 있다. 김은 무엇보다도 아이들의 가능성을 믿어주는 학교 방침이 좋았다. 교장 앞에 있으면 왠지 모를 사명감이 충만해왔다.

"세진이로구나. 요즘은 어떠니. 지낼 만하니? 왜 또 아무 말이 없어? 너 아직도……."

수화기에서 고른 숨소리만 들리는 것으로 보아 어머니는 화를 억지로 참는 것 같았다. 어머니가 하고 싶은 말이 무엇인지를 세진이 모르는 바 아니었다. 그것은 마치 하도 들어대어서 낡아 늘어진 녹음테이프 소리와 같을 뿐이었다. "네 시기가 지금 얼마나 중요한 줄이나 알기나 하니? 몇 년 고생하고 평생을 잘 지내는 게 좋겠어, 고작 이삼 년을 못 참아서 평생 변변한 직업도 못 갖고 빌빌하는 게 좋으니? 넌 내가 잔소리한다고 무조건 귀를 틀어막지만 너 당장 사회에 나와봐. 사회가 그렇게 너 맘대로 호락호락한 줄 알어? 그리고 과학고등학교에 들어간 너 친구 현우 말이다. 걘 2년 만에 졸업해서 명문대 가는 건 문제도 아니라잖니. 중학교 땐 네가 현우보다 더 잘했잖아. 네가 그렇게 원하니까 할 수 없이 그 학교에 놔두긴 하지만 공부는 따로 알아서 해야 돼. 친구 조심해서 사귀구. 그 학교엔 이상한 애들이 많다더구나." 세진은 미리부터 진저리가 난다.

일주일에 한 번 행사처럼 치러지는 안부 전화도 이젠 못할 것 같다. 집에서 매일 잔소리 들을 때보다 일주일에 한 번 들으니 더 싫어졌다. 전화가 없는 주엔 어머니가 득달같이 달려와 담임을 붙들고 상담한답시고 하소연을 하곤 했다. 세진은 어머니에 대한 자신의 감정을 어머니는 과연 알기나 하는지 궁금했다. 가출해서 음식점 배달부 노릇을 할 때에는 부모님에 대한 분노로 가득차 있었지만 그때는 그나마 가끔 그리워하기도 했던 것 같았다.

"이제 전화 끊어도 돼요?"

"뭐라구? 너 그 말 하려고 전화했어? 에휴, 엄마 마음을 그렇게도 모르구."

세진은 가슴 속에서 부글대는 짜증을 간신히 참았다. 무엇인지 모를 욕구가 꿈틀대고 있었다. 공부는 왜 해야 하는지, 왜 살아야 하는지 도대체 알 수가 없었다. 공부로 말하면 못한다고는 말할 수는 없었다. 그의 수학적 두뇌는 천재에 가까웠다. 하지만 암기과목, 특히 역사와 지리 같은 것은 들여다보지도 않았기 때문에 늘 빈칸이 많은 채 시험지를 내놓곤 했다. 시대가 이렇게 변하는데도 고리타분한 역사 과목은 왜 배우는지 알 수 없었다. 매부리코 역사 선생은 역사란 뒤를 돌이켜보는 예언이라고 말하곤 했다. 역사적인 흐름을 알고 역사가 보여주는 교훈과 정신을 바로 체득하는 역사의식을 가지는 것이 보다 중요하다며 나름대로 일리가 있는 말을 늘어놓았지만 지루하긴 매한가지였다. 그에겐 가치탐구 수업시간이 처음엔 무척 끌렸었다. 이상한 것은 수업시간에는 뭔가 잡힐 것 같다가도 어떤 땐 손에서 놓친 풍선처럼 하늘 끝까지 날아가버리는 것 같았다.

세진은 화를 삭일 때 손을 자꾸 씻는 버릇이 있다. 손을 닦은 후 화장실 문을 신경질적으로 열었을 때, 누군가 쾅 하며 문에 부딪쳤다. 새로 전근 왔다는 수학 선생이었다.

"뭐야? 문을 왜 그렇게 열어젖히는 게야? 안경 깨질 뻔했 잖아?

"죄송합니다."

세진은 머리를 숙였지만 짜증 섞인 투로 말했다.

"몇 학년 몇 반 누구냐? 죄송합니다 하면서 하나도 죄송한 표정이 아니군."

옆을 지나던 담임 선생이 아니었으면 계속 꼬투리를 잡아 물고 늘어질 뻔했는지도 몰랐다. 수학 선생은 직원회의 늦겠다며 거의 끌다시피 한 담임의 팔에 어깨를 붙들린 채, 고개는 계속 세진을 쳐다보는 것이다. 섬뜩한 눈빛이었다. 세진은 알 수 없는 짜릿함으로 긴장되었다. 강압이니 폭력에 길들여져서 자신도 모르게 그런 느낌이 든 것은 아닐까 하는 생각이 드는 순간 갑자기 산다는 것이 서글퍼졌다. 누군가의 계획에 의해 조정될 수 있는 삶이란 무슨 의미가 있을까? 자신이 스스로 노를 잡고 젓고 싶었다. 하지만 어떻게 해야 그렇게 된단 말인가? 모든 것이 불확실하고 모호할 뿐이다. 세진은 자신의 머리를 잡고 흔들어대기 시작했다.

수업시간 중에 교사휴게실은 한적했다 김은 학교 뒷동산

이 보이는 창 쪽으로 앉았다. 남궁 선생은 맞은편 자리에 앉는 것과 거의 동시에 흥분한 어조로 말했다.

"아니, 무슨 이런 학교가 있단 말입니까? 그렇게 버릇없는 아이들을 내버려두라니요. 나 원 참, 난요, 승질이 더러워서 그런 꼴은 못 본다구요. 그리구 저 애들이 여기서만 계속 살 건가요? 저렇게 살던 애들이 살벌한 이 사회에서 어떻게 적응할 수 있겠습니까? 아마 십중팔구 낙오자가 되거나 자포자기하고 말걸요."

마침 공강 시간이 같아서 남궁 선생의 생각을 알아보려고 휴게실에서 차 한잔하자고 권했다. 김은 그가 진보적인 이 학교의 다른 교사와는 조금 다르다는 것은 느꼈다.

"사회가 잘못되어 있으면 교육도 사회에 맞추어서 잘못되어야 한다는 건 아니시겠죠. 남궁 선생님, 세상은 나날이 발전해나가는데 교육은 십 년 전이나 다를 바가 없다면 뭔가 잘못된 것 아닙니까? 우리가 다니던 때와 같은 내용의 교과서, 교과 중심의 반복학습을 대물림하고 있다면요? 우리 학교의 장점은 바로 자율에 있어요. 스스로 선택하고 스스로 책임지는 것을 학습장에서나 생활 속에서 익혀가는 것이죠. 학생들이 처음엔 버릇없어 보일지 몰라도 좀 계셔보면 그 애들이 솔직한 것을 좋은 점으로 받아들일 수 있을 겁니다. 그 아이들은 자라는 과정에 있어요. 밥이 뜸도 들지 않았는데 퍼먹으려면 설익은 밥을 먹을 수밖에 없지 않겠습니까? 아이들이 무엇이 될지는 기다려봐야 안다니까요."

김은 천천히 말했다. 하지만 남궁의 경직된 생활을 말 한 마디로 바꿀 수 없다는 것을 감지하는 데 그리 오래 걸리지 않았다.

"그건 이론에 불과합니다. 게다가 알량하고 막돼먹은 서양식 사탕발림 같은 궤변 말입니다. 우리가 누굽니까? 우리는 노랑머리 파랑 눈이 아닙니다. 조상 대대로 동방예의지국의 혈통을 잇는 한국사람 아닙니까? 외국에서 통했다 해서 우리나라에도 될 거라 생각하는 모양입니다마는 천만의 말씀입니다. 우리나라는 우리나라식이 따로 있는 것입니다."

김이 생각하는 한국식이란 변질된 것뿐이었다. 진보적인 문교부장관을 만나면 교복을 벗을 수 있던 아이들이 하루 아침에 바뀐 장관 때문에 다시 모양만 바뀐 교복을 입어야 하는 이 땅의 정책 속에서 혼란스러움만 남질 않았는가. 자유란 떡을 손에 쥐고도 어릴 적 할 수 없이 먹었던 강압이란 밀죽에 대한 향수를 갖는 이상한 감정에서 놓여나지 못한 것이 순 한국식인가요? 라고 말하려다 그만두었다. 그것은 누워서 침 뱉기였다.

"자유로운 서양 문화가 우리 문화에 많이 스며 있는데도 한국적이 아니라고 해서 우리가 아이들에게 새로운 것을 가르쳐주지 않는다면 대원군식 쇄국정책과 다를 바 없지 않겠습니까?"

"아무리 그러셔두요, 실제로 수업할 때 애들을 제멋대로 놔두면 그게 수업이 됩니까? 그렇게 자유로우려면 차라리 애들더러 나와서 가르치라고 하시죠. 전 다음 시간 교과 준비 때문에 먼저 가봐야겠습니다."

김은 나가는 남궁의 뒷모습을 보면서 이 학교로 오기 전 근무했던 학교가 떠올랐다. 그곳에선 남궁과 같은 교사들이 많아서 김이 별종 취급을 당했었다. 그는 수업 중 현대 심리학자 에리히 프롬에 대해 말하면서 그의 저서 『불복종에 관하여』 내용 중의 일부를 말했다. 아담과 이브는 신에게 불복종하는 순간 독립과 자유를 향한 첫발을 내디딘 것이다. 만일 신에게 영원히 복종하고 살았다면 신을 두려워하고 자아를 찾지도 않았을 것이며 벌거벗은 채로 시킨 대로만 하고 살았을 것이다. 그것은 태어나지 않은 어머니 뱃속에 있는 태아와 마찬가지며 아직 인간이 아닌 것이다. 인간은 불복종의 행위에 의해 발전했다고 쓰여 있다고 말하자, 학생들은 환호성을 질렀다. 때마침 순시 중이던 교감이 의아하게 생각했고 수업이 끝난 후 교감은 교활하게 웃으면서 무슨 내용이었기에 아이들이 그렇게 좋아하느냐고 물었다. 그는 그 책에 관해 말했고, 그것이 문제가 되었다. 교장은 반항하는 아이들을 다루기도 힘든데 반항을 수업 중에 가르치는 것은 단계를 무시한 수업이 아니냐고 추궁했다. 동료 교사들까지도 입시에는 중요하지도 않은 윤리 과목을 가르치면서 아이들의 인기에만 눈이 어두운 교사라며 질시의 눈길을 주었다. 그는 담임을 박탈당했으며 결국 사표를 쓰게 되었다. 거기에 비하면 이 학교는 천국이라 할 것이다. 고기가 물을 만난 듯 신이 나서 학생들을 가르쳤고 그의 실험적인 안건은 거의 수렴되었다. 그는 식은 커피를 남겨둔 채 일어섰다.

휴식 시간을 알리는 음악코드였다. 드디어 해방이었다. 그런데 요즘은 쉬는 시간도 그리 끌리지 않았다. 무엇 때문일까? 세진에게는 모든 것이 다 시들했다. 겉늙어버린 것 같기도 하고 들떠 있는 것 같기도 했다. 한 마디로 마음이 안정이 되지 않았다. 그는 주위를 둘러보았다. 복도에선 옆반 말썽꾸러기 승제가 대걸레를 어깨에 메고 마구 뛰어다녔다. 지나가는 여학생들이 으악 하며 비명을 질렀다. 저 아이는 저러는 재미로 사는 것 같았다. 복도에 시선을 두고 있을 때 갑자기 와장창 소리가 났다. 전학 온 지 얼마 되지 않은 동규였다. 의자를 유리창으로 던져서 유리창과 의자를 한꺼번에 때려 부쉈다. 유리 파편이 창턱에 깔렸다. 반 아이들은 재미있다는 듯 박수를 쳤다. 동규는 아무 일도 없었다는 듯 아이들 틈에 끼어서 히죽 웃고 있었다. 동규는 어떤 외국어고등학교라는 지옥 같은 학교에서 전학 왔는데 폭발적인 것으로 스트레스를 풀지 않으면 머리가 돌 지경이라며 벌써 두 번째로 유리창을 깼다. 동규도 몇 번 깨보지 않아 이 학교에선 그것을 대수롭지 않게 여긴다는 것을 알 것이고 그 짓을 그만하게 될 것이었다. 이 학교에서 시선을 끌려면 머리를 써야 했다. 참신한 방법으로. 이번 시간은 수학이었다. 그 새로 온 수학 선생의 괴팍함은 소문의 꼬리에 꼬리를 달고 벌써 온 학교에 번졌다. 어떤 애들은 프랑켄슈타인 운운하면서 괴물이라고 말하기도 했다. 세진은 공중전화 부스 앞에서 보았던 그 눈빛이 선명하게 되살아났다. 그에게도 약점은 있겠지. 세진은 오른쪽 집게손가락으로 코 언저리를 문질렀다. 그가 긴장하면 나오는 버릇이다.

키가 껑충하게 큰 수학 선생이 들어왔다. 자세히 보니 눈썹이 위로 치켜 올라갔고 뾰족한 코가 신경질적으로 보였다. 마치 폭력 액션영화에 나옴직한 냉혈인간은, 게다가 그 눈빛은 눈앞의 먹이를 절대로 놓치지 않는 고양이의 그것처럼 정확하고 잔인해 보였다. 그는 인사를 받은 후 칠판에 자신의 이름을 휘갈겨 썼다. 반 아이들도 모두 긴장하여 조용했다.

"내 수업 시간엔 여러분이 꼭 지켜줘야 할 것이 몇 가지 있다. 첫째, 내가 설명하는 사항엔 절대 집중한다. 그것은 쓸데없는 질문으로 수업 진행에 방해를 한다든가, 움직이거나 자세를 흩뜨려 내 신경을 거슬리게 하는 것들을 주의하라는 뜻이다. 다음, 필기 시간에 필기 안 하는 사람은 필기하는 것보다 더 힘든 일을 각오해야 할 것이다. 알겠나?"

그는 칠판 앞을 천천히 오가면서 말했다. 필기라니, 세진은 우스웠다. 수학이 무슨 필기를 해? 암기과목인가? 그 자리에서 한 번만 들으면 완전히 이해하는데 보고 그대로 베끼는 것은 정말 질색이었다. 그런 일은 대충 짝이 해주었다. 그 애는 머리는 좋지 않지만 노트 정리는 정말 잘했다. 짝은 쓰는 속도도 빨라서 딴 애들 쓰는 시간이면 자신의 것과 세진의 노트까지 말끔히 써낼 줄 알았다. 이 학교에서는 노트 필기 같은 것에 신경을 쓰는 선생은 아무도 없었다. 창의성이 성적보다 우선으로 평가되는 것이다. 추리력과 창의력이 뛰어난 세진은 좋은 평가를 받았다.

"오늘은 수열의 극한에 대해서 공부해보겠다. 교과서 87페이지를 펼 것. 일반으로 무한수열 A_n에서 n이 한없이 커질 때, 그 값이 어떤 일정한 값에 한없이 가까워지면 그 무한수열의 값은 수렴한다고 하며, 그 일정한 값을 극한이라고 한다. 기호로는 Lim으로 쓰고 리밋으로 읽는다. 그 무한수열의 값이 한없이 커지면 무한대로 발산한다고 한다."

설명은 '이렇고 이렇다는 것이다'로 끝났다. 과정도 이유도 전혀 설명되지 않았다. 질문을 금지 당했음에도 불구하고 세진은 질문을 하고 싶어서 몸이 근질근질하기 시작했다. 그건 어렸을 적부터 생긴 버릇인지도 모른다. 어머니가 이건 하면 안 된다, 저건 하면 안 된다로 정해놓았을 때부터 그것을 하고 싶은 욕구가 치밀어 오르는 것과 비슷했다. 무엇보다도 무한대라는 개념이 매력적으로 잡아끌었다. 무한대는 실제로 존재하는 것일까? 존재하지도 않는 수치로 계산을 할 수 있다니, 그리고 계산 결과가 나오는 것은 무엇을 의미하는 것일까? 무한은 결국 유한이 이루어놓은 결정체가 아닌가. 그러면 유한에서 출발된 것이 무한으로 끝날 수도 있는 것일까? 무한의 끝은 있을까? 도대체 알 수가 없었다. 짝 봉서는 벌써 필기를 다 하고 세진의 것을 하고 있는 중이었다. 세진은 드디어 참지 못하고 손을 들었다.

"뭔가?"

그의 예리한 눈초리가 빛났다.

"질문이 있는데요, 해도 될까요?"

"수업에 방해가 되지 않는다면."

그의 목소리는 살벌할 정도로 단호했다. 하지만 세진은 용기를 냈다. 급우들의 시선이 일시에 그에게 쏠렸다.

"무한대는 실제로 존재합니까?"

수학 선생의 얼굴이 일순 굳어졌다. 묶어놓은 호스의 얇은 틈에서 수돗물이 터져 나오듯 조금씩 웃음이 번지더니 급기야는 반 전체로 퍼졌다.

"조용히 못 하나."

그는 호흡을 가다듬었다. 그리곤 천천히 말했다.

"이 문제에 관해 설명을 들으려면, 수학이란 학문의 초월적인 면을 이해해야 된다구. 수학의 학문적인 전제에 대해서 학생이 이해할 수 있겠나? 지금 고등학생 수준으론 그저 그런 것이 있다면 있나 보다 하고 믿어두는 것뿐이야. 알겠나? 계산이나 잘해. 그 어쭙잖은 실력으로 따지지 말라구."

예상은 했었지만 그의 대답은 세진의 궁금증을 전혀 해결해주지 못했다. 세진은 가슴 깊숙한 곳에서 분노가 치밀었다. 하지만 그것이 그 수학 선생에 대한 것이었는지 자신에 대한 것이었는지 알 수는 없었다. 세진이 자신 나름대로의 생각을 가리려고 시도한 것도 불과 얼마 되지 않았다. 그것이 깃도 펴지 못하고 꺾이는 기분이었다.

집에서 학교를 다니던 때는 그만의 생각 같은 것은 존재할 수도 없었다. 그저 어머니가 시키는 대로 해야 했다. 그 사슬에서 헤어나지 못해서 시킨 대로 하거나 그것에서 벗어나기 위해 반항했다. 이제 겨우 벗어날 즈음이었는데 막

막하기만 한 자신이 한심스러울 뿐이었다. 어머니의 계획
표대로 조여놓은 시간의 틈바구니에 끼어서 살 때에는 이
런 막연함은 없었다. 답답하고 분노로 가득 차서 혼란스러
울 여지도 없었고, 스스로 이런 생각을 할 기회조차 없었다.
늘 턱에 닿아 있는 어머니의 주문을 해결하기도 힘에 벅찼
다. 한 가지 일을 끝내기가 무섭게 또 다른 과목이 줄지어 기
다리고 있었다. 어머니는 세진이 쉬는 것을 불안해했다. 잠
시 쉬려고 하면 "자, 이건 교양으로 꼭 알아두어야 하는 것
이야. 이건 꼭 읽어야 하는 책이야. 이것도 배워야 해. 저것
도 모르면 안 돼." 만일 세진이 거부라도 하면 온화하던 얼
굴이 무섭게 변했다. 그리고 공포 분위기로 해결이 나지 않
을 때 무자비한 폭언세례였고, 그래도 되지 않을 땐 무장 공
격이 있었다. 무차별 난사였다. 마지막엔 자신의 신세한탄
으로 울면서 싸구려 동정을 끌어내는 것이다. 그쯤 되면 세
진도 할 수 없는 척 들어주곤 해왔던 것이다. 세진은 사고를
넓히는 연습이 전혀 되지 않은 상태였다. 세진의 모든 생각
과 정서까지 일일이 어머니에 의해 체크가 되었으며 아버
지에게 보고되었다. 세진은 점점 제품화되어 갔다. Q마크
를 받아야만 어머니는 흡족해했다. 하지만 세진의 마음속
에는 미움과 분노의 싹만 자라나고 있었다. 미움의 싹을 키
우느라 자신의 내부의 진정한 소리에는 귀를 닫고 있었다.

이제 귀를 열어 들으려 해도 통로는 막힌 채였다.

갑자기 눈앞에 수학 선생이 와 있었다. 세진은 잡다한 생각으로 그가 다가오는 것도 눈치채지 못했다. 그는 뱀처럼 발자국 소리도 없이 스르륵 기어온 것이다. 그는 세진의 앞에 있는 노트를 들쳐 필기한 상태를 점검해보고 고개를 갸우뚱했다. 노트 정리에서 허점을 찾지 못한 그는 노트 뒤편의 이름을 보고는 혼잣말처럼 중얼거렸다.

"오봉서, 흠."

급우들은 필기하느라 다들 조용했다. 세진의 노트에 필기를 해주고 있던 봉서의 손이 떨렸다. 그는 세진의 책상 위에 놓인 책을 집어들고는 들쳐보았다. 그는 마치 범인을 잡으려는 형사 같았다. 그리곤 드디어 책 뒤의 이름을 보고야 말았다.

"학생 이름이 뭔가?"

"윤세진입니다."

"뭐야? 너 노트는 어딨어?"

현행범으로 잡힌 격이었다. 그는 '그럼 그렇지, 이런 애들은 늘 말썽을 부린다구' 하는 선입견으로 가득 차 있는 것 같았다.

"오봉서, 네가 지금 쓰고 있는 노트 이리 내. 너 세진이 비서냐? 둘 다 수업 끝나고 날 따라와."

그는 노트 둘을 가지고 교탁으로 갔다.

"오늘 수업 끝."

그의 말이 끝나고 세진은 봉서에게 미안한 눈길을 주면서 복도로 나왔다. 봉서도 세진을 따라 비실비실 나오고 있었다. 수학 선생은 어느새 복도에 나와 있었다. 그는 봉서에게 다가가 군밤을 한 대 먹이며 말했다.

"넌 오지 말고, 윤세진만 따라와."

세진은 수학 선생의 뒤를 따라가면서도 당당했다. 잘못한 것은 없지 않았는가. 세진은 뭔가 명료하고 확실한 세계를 알고 싶었다. 무한이라는 막연함을 극복할 수 있는 것을, 그것은 비단 수학에 관한 것만은 아니다. 자신의 내부에서 몸을 도사리고 있던 혼란스러움의 정체를 밝힐 수만 있다면. 상담실 앞에서 수학 선생의 걸음이 멈추었다. 그는 상담실의 문을 열었다.

"들어와."

세진이 상담실에 들어오기가 무섭게 난데없이 따귀가 날아들었다. 세진은 어처구니가 없었다.

"선생님, 전……."

"무슨 말이 많지? 내가 수업 방해하는 질문은 하지 말라고 했지? 그리고 필기에 대해서도 말한 줄로 아는데?"

"학생이 몰라서 물어보는 것도 그렇게 잘못입니까? 이 학교에선 선생님같이 폭력을 쓰는 선생님은 아무도 없어요."

"뭐 폭력? 그래 난 폭력 선생이다. 진짜 폭력 맛을 보여 주지."

선생의 주먹이 턱으로 날아왔다. 세진은 어쩔해서 바닥으로 쓰러졌다. 일어서려던 세진에게 문득 작년 일이 떠올랐다. 폭력 서클에서 탈퇴를 하려고 그 아이들을 피해 다니던 시절이었다. 붙들려서 린치를 당했었다. 그때도 아픔보다는 응어리가 터진 것 같은 쾌감이 전신을 파고들었다. 세진은 입술의 피를 손으로 훔치며 피식 웃었다.

"못 말리는 자식이로군. 가봐."

수학 선생은 전문가였다. 상담실 문을 닫는 순간, 수업 시작 음악이 귀에 들렸다. 세진은 슬프지도 분하지도 않았다. 오히려 기다렸던 일이 이뤄진 것같이 가슴이 시원해졌다. 턱 언저리가 욱신거렸지만 못 견딜 정도는 아니었다. 세진을 때릴 때의 수학 선생의 눈빛이 떠올랐다. 분명히 흔들리고 있었다. 오히려 맞는 세진이 더 당당할 정도로 불안해 보였던 것이다. 세진은 그 눈빛을 오래도록 생각하며 교실로 향했다.

아이들의 표정에 긴장이 감돌았다. 김인수는 담임 반 학생들에 대해서만큼은 확실히 알고 있었다. 더구나 김이 수업하는 한, 윤리 시간은 자유롭게 발표하는 시간으로 아이들은 지나치리만큼 풀어져 있곤 했다. 여느 때와는 다른 분위기에 무슨 일이 있음을 직감했다. 반 대표인 세진을 불러 세웠다. 세진의 턱이 부어 있었다. 간혹 싸움질하는 학생이 있긴 했지만 세진은 그런 아이는 아니었다. 수업 시간에 터트리는 것보단 끝나고 조용히 알아보는 것이 나으리란 판단이 섰다. 섣불리 문제를 말하게 했다간 수업이고 뭐고 아이들의 소용돌이에 선생이 빠져나오기 힘들게 되는 것을 겪었던 터였다.

"윤세진, 점심시간에 등나무 벤치로 좀 나와, 알겠지?"

김은 수업을 시작했다. 학생들에게 바른 가치관을 갖게 해주는 것은 생각보다 무척 힘들었다. 고등학생의 독서량이란 것이 고작 초등학교 수준에 불과한 학생들이 태반이었던 것이다.

"오늘은 가치갈등에 대해서 생각해봅시다. 먼저 선생님이 하는 얘기를 듣고 누가 가장 나쁜지 그룹별로 토의해보도록 하세요. 어느 마을에 바우라는 남자와 그를 좋아하는 이쁜이가 강 건너편에 살고 있었다. 두 연인을 갈라놓은 강에는 무서운 식인 악어가 많이 있었다. 불행하게도 다리가 빗물에 떠내려갔다. 그래서 그녀는 나룻배의 주인인 꺽쇠에게 강을 건너게 해달라고 부탁하였다. 그런데 꺽쇠는 앞

214

으로 자기와 사귄다면 건네주겠다고 말했다. 그녀는 그의 청을 거절했으나 어쩔 방도가 없어, 꺽쇠의 제안을 받아들이기로 하였다……."

분위기가 잡혀가기 시작했다. 줄거리 이야기가 끝나자 아이들은 웅성거리며 토론했다. 토론하는 과정은 그들에게 무척 중요하다. 김인수는 일주일에 한 단위로는 가치관 정립에 아무런 도움도 되지 못하는 것이 아닐까 하는 생각을 늘 하고 있었다. 결과가 없다면 시도 자체도 의미가 없어지는 것이다. 김은 교육에 대한 자신이 없을 때 교생 때 느꼈던 것을 되새김질하곤 한다.

그는 모교로 실습을 나갔다. 자신이 공부했던 교실에서 수업 참관을 했던 날이었다. 학교 바로 앞 로터리에는 차들이 줄지어 쌩쌩 지나고 있었다. 하지만 이 교실에 있는 아이들은 그가 배우던 것과 똑같은 내용을 같은 분위기 속에서 배우고 있었다. 세상의 변화에는 아랑곳없이 발이 묶인 아이들이 그날처럼 불쌍해 보인 적은 없었다. 결과야 어떠하든 그로서는 노력해보아야 했다.

세진은 동규가 떠드는 것을 가만히 보고만 있었다. 점심시간 종이 울리자 제일 흥분하는 쪽은 동규였다. 이 학교는 학생 중심이다. 우리가 때려서 말 듣는 소나 말로 취급하는 것은 참을 수 없다. 우리가 나서서 그 선생을 쫓아내야 한다. 동규는 마치 자신이 맞은 것 이상으로 분개하고 있었다. 세진은 급우들을 진정시키려 했지만 벌써 튀어나간 총알이었다. '프랑켄슈타인 추방위원회'로 이름을 정해놓고 몇몇 아이들이 묘안을 짜기 시작했다. 어디서 배웠는지 본보기라는 단어를 쓰는 아이가 있는가 하면 교장실에 가서 이 사실을 직접 고해바치자는 아이도 있었다. 담임에게 먼저 의논을 해야 한다는 조심스러운 의견도 있었지만 아이들의 반응을 얻지 못했다. 교실은 아수라장이 되었다. 서로 의견을 내느라 고래고래 소리를 질러댔고 분에 못 이겨 얼굴들이 시뻘게졌다. 그중 한 아이가 그냥 쫓아내는 것만으론 부족하다. 만일 다른 학교에 가게 되면 거기에서 다른 아이들이 당하게 된다. 수학 선생 스스로가 견디지 못하게 괴롭혀주는 것이 어떤가 라고 말하자 모두들 우우 소리를 냈다. 아이들의 야성이 드러나기 시작했다. 어떤 여자애는 흥분하여 울면서 책상을 두들겨댔다. 모두들 열에 들뜬 것처럼 정신을 차리지 못했다. 세진은 더 보고 있을 수가 없었다. 그는 살그머니 교실을 빠져나왔다.

수업이 끝날 즈음 누가 쓴 건지 모를 유인물이 교실마다 나돌았다. 문자도 여기저기서 전해졌다. 내일부터 수학 수업 거부를 시작하자는 것이다. 유인물에는 우리들의 친구

윤세진이 정신없이 린치를 당했다고 쓰여 있었다. 적나라한 폭행이 교사의 손으로 자행되었을 때 온 힘을 다해 저항해야 한다는 선동적 문구도 함께였다. 세진은 자신의 일이 도화선이 되었다는 것이 어쩐지 개운치 않았다. 아이들을 진정시키라는 담임의 부탁이 아니더라도 이런 방식으로 확대하고 싶진 않았다. 그는 동규를 휴게실로 조용히 불러냈다. 세진은 유인물을 동규의 얼굴에 들이대며 화를 냈다.

"이거 네가 만들었니? 당한 건 나야. 내가 가만있는데 너네들이 왜 그래?"

"이 자식이, 너 땜에 모두들 이 난리를 꾸민 건데. 이제 와서 일이 커지니 보따리 내놔라 그거냐?"

동규는 얼굴을 일그러뜨렸다. 기가 막힌다는 듯 천장을 향해 콧방귀를 뀌었다. 세진은 무안한 생각이 들기도 했다.

"야, 동규야. 생각해봐. 교사가 학생을 때린다는 것, 그것도 사랑의 매가 아닌 주먹으로 말이다. 그건 분명히 그 선생의 실수야. 하지만 실수를 좀 하는 선생이 우리한텐 더 편하다구. 우리 담임 선생 같은 완벽주의자들이 더 무서운 걸 알아야 해. 우리 담임이 겉으론 우릴 이해하는 것처럼 하면서 알게 모르게 우리를 조종하는 거 너 못 느꼈어?"

동규는 순간 당황했다. 그는 세진의 말재주엔 당할 재간이 없었다. 못 느꼈다고 하면 머리 나쁜 애가 되어버릴 것이

고, 안다고 하면 일을 꾸민 자신이 우습게 되는 것이다. 동규
의 목소리는 어느새 가늘게 떨리고 있었다.

"하지만 우린 정당한 우리의 권리를 위해서 투쟁하는 것
뿐이야. 너 아닌 딴 애가 당할 수도 있는 문제야. 이 학교가
다른 학교와 같다면 난 애초 전학 오지도 않았어. 그건 너도
마찬가지 아냐?"

"아무튼 이쯤에서 그만둬줬으면 좋겠어. 알겠어? 실은
나대로의 계획이 있단 말이야. 그 선생의 힘을 조금씩 빼주
겠어."

담임 선생을 팔기는 했지만 동규가 일을 확대시키는 것
만은 막을 수 있을 것 같았다. 갑자기 휴게실 안이 썰렁하게
느껴졌다. 세진은 동규의 어깨에 손을 얹었다.

"아무튼 날 생각해준 건 고맙다."

세진은 동규를 보내고 생각해보았지만 어떤 방식으로 남
궁 선생의 힘을 뺄 수 있을지에 대해선 아무런 생각도 나지
않았다. 세진은 과학실 문 앞으로 터덜터덜 걸어갔다. 갑자
기 과학실 문 앞에 남궁 선생이 서 있는 것이 보였다.

"윤세진! 너 이런 거 돌렸니?"

남궁 선생의 손에 들린 것은 교실에 나돌던 유인물이었
다. 세진의 눈에 유인물이 보이는 것과 거의 동시에 남궁 선
생의 주먹이 날아왔다. 정신이 어찔해지면서 세진은 앞으

로 꼬꾸라졌다. 그리고 얼마나 더 구타당했는지 세진은 정신을 잃었다. 잠시 후 눈을 떠보니 몰려와 웅성거리는 사람들 틈으로 담임 선생이 남궁 선생의 팔을 잡고 있는 것이 보였다. 아이들의 함성이 귀를 울렸다. 갑자기 하늘이 빙빙 돌면서 가깝게 다가왔다. 그리고 정신을 다시 잃었다. 어디선가 어머니 목소리가 들리는 것도 같았다. '세진아, 뭐하고 있는 거야. 빨리 그 학교에서 나오라니까. 거기도 다른 곳과 다를 것 없어……. 빨리 학교에서 나와…….' 몽롱한 정신 상태에서도 세진은 '아니야, 아니야'를 되뇌고 있었다.

정신을 차리고 눈을 떠보니 세진은 양호실 한쪽 침대에 누워 있었다. 마침 양호실에는 아무도 없었다. 세진은 마치 무엇엔가 홀린 듯 일어났다. 그리고 천천히 양호실 건물 옥상 계단으로 올라갔다. 마음이 갑갑할 때 가끔 올라왔던 곳이다. 숲으로 둘러싸인 리트머스 학교의 청량한 공기가 콧속으로 밀려들어왔다. 멀리 하늘 끝에는 석양으로 물든 구름이 아름다워 보였다. 세진은 갑자기 옥상 난간으로 올라섰다. 10층 건물 아래 화단이 가깝게 다가왔다. 갑자기 세진은 모든 구속에서 자유로워지고 있었다.

김인수 선생은 경찰의 조사를 받았다. 기자들이 학교까지 찾아와 김에게 사건의 경위를 집요하게 캐물어갔다. 리트머스 학교가 있는 지역 신문에만 조그맣게 실리기는 했지만, 교장은 자신만의 교육 철학으로 세운 대안 학교가 일반 고등학교보다 더 심한 물의를 빚어 언론의 주목을 받게되는 것에 대해서만 무척 힘들어했다. 그 모습을 보면서 교장을 진정한 교육자로서 멘토로 여기며 그의 앞에 서면 교육적 의지가 불탔던 김의 순진한 마음이 부끄러워졌다.

물론 남궁 선생이 학교를 그만두게 된 것은 당연한 일이지만, 남궁 선생의 조부가 교육계에서 상당히 알려진 인물이라는 것을 고려해보면 그가 다른 사립 학교에 교사로 임용되기는 식은 죽 먹기라는 생각이 들었다.

한편으로 김은 반장 세진의 마음조차 세세하게 헤아리지못한 것에 깊은 죄책감을 느꼈다. 사실 20명 남짓한 반 학생들의 신상 내용조차 완전히 파악하고 있지 못한 자신이 담임 자격이 있는지 회의가 들었다. 다른 학교에서 어떤 일로든 상처받은 아이들인데, 왜 좀 더 그들 곁에 서 있지 못했는지 후회가 됐다. 앞으로 교사로서 학생들 앞에 떳떳하게 얼굴을 들고 가르칠 수 있을까 마음이 무거웠다. 해맑게 웃고있는 세진의 영정 사진을 그는 바라볼 수가 없었다. 세진의죽음은 김에게 깊은 그림자를 드리웠다.

구보 씨의 더블린 산책

던스터 집 창 밖은

아침 10시가 됐는데도 해는 뜰 생각도 하지 않고 어둑했다. 아일랜드의 겨울밤은 여우꼬리처럼 길었다. 눈은 떴지만 구보는 어제 일이 파노라마처럼 떠올라 침대에 가만히 누워 있었다. 한번은 꼭 가보리라 바라던 유럽행 배표가 일본 유학 시절 친구였던 던스터에게서 우편으로 도착하자마자 구보는 바로 짐을 쌌다. 어머니는 그 먼 길을 어찌 가려누 하면서 걱정이 많았지만, 구보에게는 꿈에도 그리던 곳이었기에 일말의 망설임도 없었고, 생각지도 못한 던스터의 호의가 고맙기만 했다. 멀리 바다 건너는 못 가더라도 조그만 슈트 케이스라도 들고 어디론가 떠났으면 응당 행복할 것이라고 꿈꾸었던 때였기에 반가운 마음은 더했다.

일본에서 귀국한 지 일 년이 넘도록 고작 단편 소설 한두 편 발표한 것이 전부일 뿐, 장편 소설은 시작도 못하고 지지부진하고 있었기에 글에 대한 압박이 나날이 구보의 가슴을 옥죄고 있던 터였다. 이렇다 할 직업을 가지지는 못했지만, 집에서는 글도 안 써지니 매일 전차를 타고 이리 저리 경성 시내를 돌아다니거나, 다방 한구석에서 자리 잡고 앉아 노트에 글을 좀 끼적거리다가 밤늦게나 집에 들어오는 생활이 거의 일 년이 지났다. 이제는 좀 달라져야 한다는 마음이 들기는 했지만, 그렇다고 글 쓰는 일 외엔 다른 직업을 가지고 싶지는 않았다. 아침에 출근하여 하루 종일 상관에게 굽신거리며, 언제든 대체될 수 있는 인력이라는 자존심 구기는 취급을 받다가 저녁에는 축 늘어진 어깨를 해서는 집으로 돌아오는 봉급생활자들이 안쓰러울 뿐, 부러웠던 적은 한번도 없었다. 더구나 높은 지위는 일본 사람들이 모두 차지하고 있어 조선 사람들은 어느 정도 이상은 승진도 불가능했고, 일본 사람들에게 아부를 하지 않으면 그나마도 버티기 어려운 지경이었으므로 구보는 그렇게는 살지 않으리라 결심한 바 있다.

　원고 게재할 지면도 많지 않아 글을 쓴다고 해도 경제적으로 넉넉할 만큼 벌이가 되지도 않았지만, 무엇보다 어려운 것은 조선 최고의 고보를 졸업하고 유학까지 다녀와서도 별반 돈을 벌지 못하는 구보에 대한 주변의 곱지 않은 시선이었다. 동창회라도 나가볼라치면 학교 다닐 때는 구보 발밑에 돌던 녀석들이 이름 좀 났다고 거들먹대며, 구보는 요새 뭐하고 있냐며 비아냥거리는 꼴도 보기 싫었다. 테이프로 저 녀석의 입부터 얼굴 전체를 돌돌 싸서 쓰레기통에 처박아버렸으면 싶다. 한편으로 잘된 동창들을 볼 때면 구보 스스로도 내세울 게 없음에 자존심이 상해, 잘되고 난 다음에 연락하리라며 친구들과의 연락도 끊고 있는 판이었다. 마음을 굳게 먹고 자신에 대한 편견을 불식시킬 만한 멋진 작품을 오늘은 쓰리라 다짐을 하곤 했다. 그렇다고 눈은 한껏 높은데 자신의 마음에도 들지 않는 시시한 문장을 쓸 수도 없어 작품구상 노트는 며칠째 빈 채로 남겨두고 있던 차였다. 글 쓰는 능력에 대한 부끄러움이 목까지 차올라 벽에 머리를 박기도 하고, 주먹으로 벽도 쳐보았지만 해결될 리 없고, 파우스트처럼 악마에게 영혼이라도 팔 지경에 먼 길을 떠나오게 된 것이다.

제물포 항에서 시모노세키로 가서 배를 갈아타고 밤인지 낮인지도 모르고 배에서 거의 3주 가까이 멀미를 해가며 어제 오후 늦게나 겨우 더블린 항에 도착했던 것이다. 선착장으로 마중 나온 던스터를 동경에서 본 지 거의 1년여 만에 다시 만나게 됐다. 이산가족 만나듯 던스터와 반갑게 포옹

하며 인사를 했다. 앞서가는 던스터를 따라 전차를 타고 30분 즈음 가서 내리자마자 던스터 아버지가 검은색 승용차로 전차 역 길에서 대기하고 있었다. 은회색 코트를 입고 승용차 앞에 서 있는 던스터 아버지의 모습은 큰 키에 하얀 얼굴을 지닌 아일랜드 귀족의 풍미를 한껏 보여주는 듯했다. 승용차는 경성이나 동경에서 타봤던 승차감보다 상당히 매끄러웠다. 온화한 미소와 다정스러운 눈빛을 전해주는 던스터 아버지는 우리를 아이리시 펍으로 안내했다. 테이블마다 아일랜드식 운치가 나는 장식들이 은은한 스탠드 불빛 아래 화려함을 뽐내고 있었다. 흰 살 생선튀김에 감자튀김과 샐러드였지만, 아일랜드에서의 첫 식사여서 구보에게는 색다른 감흥을 주었다. 아들 친구랍시고 이런 대접을 그냥 받아도 되는지 조금 민망했지만, 항구도시답게 생선이 신선했고 갓 튀긴 바삭한 식감은 이런 생각과는 상관없이 염치없이 좋기만 했다.

던스터의 집에 도착하니 주변은 이미 어두웠다. 대문에서부터 한참을 길을 따라 돌아 들어가 주차를 한 후 차에서 내리자 잘 가꾸어진 넓은 정원 위쪽에 저택이 있었다. 현관 앞에는 사자상도 있었다. 포인터 같은 커다란 사냥개가 주인을 반갑게 맞아주는가 했더니, 뒤따라오는 구보에게는 험상궂게 으르렁거렸다. 던스터가 머리를 쓰다듬어준 후에야 구보도 집 안으로 들어올 수 있었다. 현관에서부터 반갑게 맞아주는 던스터의 어머니와 남동생에게 인사를 한 구보는 일단 던스터가 안내하는 대로 트렁크를 들고 집 안 쪽의 별채로 향했다. 크리스마스를 앞두고 실내에는 곳곳에 화려한 장식품이 달려 있는 크리스마스트리가 놓여 있었다. 트리 옆에는 예쁜 스탠드 불빛이 은은하게 비춰주고 있어서 구보는 영화에서나 보던 장면 같기만 할 뿐 이런 분위기에 쉽사리 익숙해지지 않았다. 붉은 갈색 털을 지닌 강아지가 던스터의 뒤를 졸졸 따라다녔다. 던스터는 강아지가 아이리시 세터 종이라고 일러줬다. 털이 반지르르 하며 귀여웠다. 바깥에서 만난 큰 개와는 거리감이 느껴졌지만, 세터 종 강아지와는 어쩐지 친해지고 싶었다.

동경유학 시절 영어만은 남달리 자신이 있던 구보는 아일랜드에서 온 유학생 던스터와 어떻게 하면 말을 나눠볼까 기회를 노렸고, 그가 필요한 게 무엇일지 미리 생각해보고, 일본어가 능숙하지 않은 던스터의 과제나 여러 활동을 미리미리 찾아서 도와주었다. 수업에서 잘 알아듣지 못할 것 같은 것뿐만 아니라, 구보가 애써 찾은 자료도 그에게 주면서까지 어떻게든 그와 대화를 하는 게 구보에겐 무척 재미났다. 구보는 법정대학 수업이 별반 자신과 맞지도 않아 세계문학 읽는 재미로 살아가고 있었다. 오스카 와일드나

제임스 조이스 작품에 대해 토론할 수 있는 던스터는 구보에게는 그야말로 자신만의 비밀병기로 여겨졌다. 공부에는 생각이 없고 젊은 기분에 최신식 백화점이 즐비했던 화려한 긴자 거리를 쏘다닐 때도 구보는 던스터를 대동하여 동경의 신문물을 설명해주느라 여념이 없었다.

이런저런 생각을 하던 구보는 시차에 아직 적응하지도 못한 오늘 하루쯤은 침대에서 늦게까지 쉬고도 싶었다. 그런데 갑자기 별채 부엌에서 던스터가 구보가 있는 방 쪽으로 외치는 소리가 났다.

"구보 군! 아침 일찍 제임스 조이스의 『율리시스』 첫 부분에 나오는 마텔로 탑이 있는 샌디코브로 가는 기차를 타려고 해. 어서 와서 오븐에 구운 감자라도 따뜻할 때 먹으라고."

'율리시스'라는 던스터의 말에 구보는 정신이 번쩍 들었다. 구보는 그 두꺼운 제임스 조이스의 『율리시스』를 마치 경전이라도 되듯 껴안고 읽었고, 잘 모르는 단어나 맥락은 백과사전을 찾아보며 모든 문장을 다 외우기라도 하듯 읽었던 것이다. 제목과 소설의 씨줄이 된 호메로스의 『오디세이아』도 다시 읽으며 제임스 조이스의 『율리시스』와 절마다 비교도 해보았다. 그리스어로 호메로스의 '오디세이아'가 로마글자 울릭세스Ulixes를 바탕으로 영어에 들어간 이름이 '율리시즈Ulysses'라는 것도 알게 되었다. "모든 문학은 호메로스의 각주다"라는 말이 있듯, 구보가 작가로서도 당연히 문학의 원류인 호메로스의 『율리시스』를 읽어야겠지만, 무엇보다 제임스 조이스의 『율리시스』를 이해하기 위해서는 필수적인 작업이기도 했다. 그뿐이랴! 『율리시스』 안에 인용되는 셰익스피어 작품은 『햄릿』을 비롯하여 다시 다 읽기도 했다. 뛰어넘어야 할 큰 산맥인 『율리시스』의 산실인 더블린에 왔다는 것이 구보는 비로소 실감이 났다.

던스터는 일본에서 구보를 부를 때 구보 군이라고 군을 붙여서 불렀다. 구보는 가겠다는 대답과 함께 슬리퍼를 꿰어 신고 부엌 쪽으로 갔다. 가족들이 기거하는 본채와 오른편 회랑으로 연결된 별채에도 조그만 부엌과 테이블이 있었다. 던스터는 빨간색 테이블보 위에 흰색 레이스가 겹으로 휘둘러진 테이블 위에 놓인, 꽃무늬가 화려한 접시를 구보 쪽으로 내밀었다. 포크와 나이프도 장식이 범상치 않았다. 일본에 있을 때도 평소 양식을 좋아하던 구보로서는 버터가 발린 감자가 입에 착 감기는 듯 맛이 있었다. 우유를 넣은 아이리시 모닝 티도 독특한 풍미가 느껴졌다.

던스터 가족은 원래 조상 대대로 지방귀족 가문이었다고 한다. 자세히 보니 그릇과 여러 부엌 장식도 기품이 있어 보이고 커튼과 레이스 등이 새것으로 보이지는 않았지만, 품

격을 엿볼 수 있었다. 사실 아일랜드인이 왜 동경으로 유학을 왔나 궁금하기도 했지만, 그의 행동이나 씀씀이가 아일랜드 귀족처럼 보이지는 않아 던스터의 집이 이처럼 멋질 것이라고는 생각하지 못했다. 그는 무척 검소했던 것이다. 아일랜드행 배편을 우편으로 받았을 때도 구보는 내심 놀랐다. 아무리 일본에 있을 때 좀 잘해줬기로서니, 유럽행 배편까지 보내주기는 쉽지 않은 일인 것이다. 부드러운 미소가 일품인 던스터는 언제나 그랬듯이 다정다감했다. 영국산 강아지처럼 큰 눈에 갸름한 얼굴, 큰 키 때문에 어깨가 다소 구부정해 보이는 던스터는 구보를 초대해 더블린의 여기저기를 보여주고 싶은 열망으로 가득 찬 것처럼 보였다.

던스터는 구보를 힐끗 보며 넘어가는 말을 하듯 물었다.

"소설은 잘되고 있나?"

던스터의 말이 구보의 목에 감자가 덜컥 걸리게 만들었다. 차를 한 모금 마신 후에야 감자가 목젖을 타고 내려가는 것 같았다.

"으응. 쓰다가 완성 못한 소설이 있는데, 제임스 조이스 기를 좀 받으면 금방 써지지 않을까 기대하며 왔네."

구보가 차와 감자를 먹는 사이 던스터는 이미 옷을 차려입고 갈색 체크무늬 베레모까지 눌러썼다. 동경에서부터 '모던 보이'라 불렸던 구보 또한 옷차림새만큼은 유럽사람

에 뒤지지 않게 더블재킷으로 맵시를 낸 후, 던스터를 따라
나섰다.

마텔로 탑을 찾아

샌디코브로 향하는 기차역사는 거무튀튀한 색의 돌담으
로 둘러쳐져 조금 음산해 보였다. 제임스 조이스의『율리시
스』첫 에피소드에 등장하는 장소 방문이라는 사실에 던스
터의 뒤를 따라가는 구보의 발걸음마저 다소 흥분되는 듯
했다. 메이지 유신 이후 일본은 서구문물을 스펀지가 물을
흡수하듯 빨아들여 재생산해냈고, 특히나 서양의 신사조는
여느 나라보다 재빨리 번역되었다. 제임스 조이스의『율리
시스』도 바로 작년인 1932년 해외 언어로서는 처음으로 일
본에서 가장 먼저 번역이 돼 대학생들이 앞다퉈 읽고 토론
하기도 했다. 던스터는 제임스 조이스 작품에 대해 친구들
과 토론할 수 있게 된 것을 무척이나 기뻐했다. 다 읽기에는
인생이 너무 짧다는 친구가 있는가 하면, 무슨 말을 하려는
건지 몰라 읽는 내내 계속 읽을 것인지를 갈등했다는 친구
도 있었다. 구보도 처음 접했을 때 책의 두께부터 그를 압도
했으나, 뭔가 새로워 보이는 지식의 향연에 도전하고 싶은
욕심이 끝까지 읽게 만들었다. 무엇보다도 구보에게는 눈

썼고 보려야 볼 수 없는 조이스의 광기가 부러웠다. 이는 마치 살리에리가 모차르트에게 느끼는 질투 같은 것이었다. 적어도 예술가라면 랭보가 가진 미친 듯한 열정, 규범에 도전하는 자유의지, 사회모순에 대한 비판의식이 있어야 하는 것이다. 구보는 갑자기 자신도 모르는 사이 한숨을 쉬었다. 던스터는 깜짝 놀라 구보를 보며 말했다.

"구보 군, 왜 그래? 고민쯤은 좀 털어버리고 여기서는 일단 구경하고, 나중에 조선에 가서 고민해보라고. 안 그래?"

"맞아, 미안. 습관이 됐나 보네."

던스터 말대로 글에 대한 고민은 접어두고 이곳 여행에 집중하자고 생각하자, 구보는 문득 제임스 조이스가 그의 반려자인 노라 바나클을 더블린 시내에서 만난 날인 1904년 6월 16일을 『율리시스』에서의 사건이 진행되는 하루로 정했다는 것이 생각이 났다.

"조이스가 노라를 만나자마자 한눈에 반했다는데, 던스터도 그게 가능할 거라 생각해?"

"글쎄, 가능하긴 하겠지. 근데 그런 여자는 어쩐지 위험할 것 같아. 너무 매력적이라 말이야. 구보 군, 자네는 어떨 것 같나?"

"나는 그런 치명적인 매력을 지닌 여자를 만나기를 내심 기대하고 있네. 흐흐."

"여기서?"

"어디든."

"오호! 구보 군이 그렇게 개방적인 줄은 예전에는 몰랐는데."

"던스터는 요즘 만나는 여자 친구가 있나?"

구보의 질문에 던스터의 얼굴이 금세 어두워졌다. 구보는 그제야 질문을 잘못했다는 생각이 들었다. 6개월 전 던스터의 편지에는 여자 친구가 먼저 헤어지자고 해서 무척 상처를 입었다는 내용이 있었는데, 구보는 무심결에 그런 말을 해버렸던 것이다. 구보는 얼른 화제를 돌렸다.

"던스터, 노라가 호텔 메이드였다는데 지적인 조이스와 어떤 대화를 했을까 좀 궁금하더군."

던스터는 예전 여자 친구 생각을 잠깐 한 듯 잠시 가만히 있다가 다시 말을 이어갔다.

"꼭 남녀 간에 지적인 대화만 하나? 둘이 통하는 뭔가가 있겠지. 흐흐. 노라를 처음 만났을 때는 조이스가 초등학교 교사였잖아. 둘이 만나서 몇 달 되지 않아서 함께 살기로 했고, 결혼은 관습에 불과하다고 결혼식도 안 올리고 아일랜드를 떠났다는군. 해외에서도 여러 가지 이유로 안정을 못하고, 지금도 파리, 이탈리아, 스위스로 떠돌아다닌대. 그런데 노라가 조이스의 글쓰기를 엄청 격려해준다고 들었어.

조이스가 집을 나가서 들어오지 않는 날이 많아도 아이들 키우며 노라가 가정을 지킨다는군."

던스터에게서 듣는 제임스 조이스 관련 내용은 구보에게는 모두 새로웠다. 책으로만 만났던 제임스 조이스가 살아서 곁에 있는 것처럼 느껴지는 것이다. 던스터와 기차 안에서 이런저런 얘기를 하는 사이 어느새 샌디코브에 도착했다. 역에 내리자마자 보이는 골목길에는 부촌이라는 느낌이 확 들 정도로 멋진 집들이 즐비했다. 형형색색으로 페인트가 칠해진 집들을 구경하는 것만도 구보에게는 새로운 체험이었다. 골목길을 지나 해변으로 이어진 길가로 나오니 탁 트인 시야도 시원했다. 해변에 놓인 벤치도 무척 예뻤고 조형물도 아기자기해서 가까이 가게 만들었다. 더블린에서 좀 떨어진 곳인데도 더블린 못지않게 멋진 집이 있는 것을 보니 부자들의 별장이 있는 곳인가 하는 생각도 들었다.

"그렇군, 노라 바너클이라는 여자가 궁금해지네. 어떤 여잘까? 『율리시스』의 몰리 같으려나?"

"몰리는 편집자인 보일런과 불륜을 저지르지만, 결혼 후의 노라는 그렇지는 않을 걸. 구보 자네는 못 봤겠지만, 조이스가 노라한테 보낸 연애편지 보면 너무나 섹시하다 못해 대놓고 음탕해. 그런 편지질은 아무나 못 하지. 같이 살을 맞대고 사는 아내한테 하는 짓이 아니야, 아마도 조이스 감각의 끝을 노라가 받아준 것 같아. 천재한테는 그런 아내가 필요한지도 모르지."

"맞아. 그런지도 몰라. 내 친구 중에도 그런 천재가 있네. 이상이라는 필명으로 글을 쓰는 김해경이라는 작자인데, 폐병으로 요양지에 갔다가 금홍이라는 기생과 사랑에 빠져 경성에까지 데려와서 다방을 하면서 그녀와 같이 사는 기이한 친구야."

던스터는 고개를 끄덕이며 말했다.

"음……. 아무튼 천재들은 연애 문제에서도 특별난 것 같아."

겨울인데도 해양성 기후 때문인지 그리 춥지는 않았다. 한참을 길을 따라 걷다 보니 둥근 더블린만 끝자락 멀리 둥근 탑이 보였다.

"저기 보이는 저 탑이 마텔로 탑이야. 나폴레옹 전쟁 때 영국이 아일랜드 해안을 방어하기 위해 세운 여러 개의 탑 중 하나라고 해. 적이 침입하면 봉화를 올리곤 했다고 하지. 나중에는 시민들에게 집으로 나눠줬다고 하더군."

구보는 둥근 저 탑 속에 어떻게 사람이 거주할까 잠시 궁금해졌다. 던스터는 자신이 알고 있는 탑의 역사를 설명하기 바빴다.

"제임스 조이스가『율리시스』를 집필할 당시인 1904년에 마텔로 탑 주인인 친구 올리버 고가티의 초대로 일주일간 저기서 머물렀다고 해. 고가티 조상이 귀족이라 물려받은 것이라더군.『율리시스』처음에 나오는 인물 벅 멀리간이 바로 고가티를 모델로 한 것이라고 하지. 그런데 조이스는 일주일 만에 고가티와 싸우고 짐 싸서 나간 뒤로 서로 만나지 않는다는 얘기도 전해져. 흐흐. 그래도 나중에 작품 쓸 때는 첫 공간으로 등장하고 말이야."

읽기는 만만치 않은 작품인『율리시스』에 대한 던스터의 애정이 묻어나는 것 같았다. 구보 또한 오랜만에 던스터를 만나러 온다는 것, 아일랜드를 구경하러 온다는 것도 기대됐지만, 무엇보다『율리시스』에 나오는 곳을 볼 수 있다는 것에 적잖게 기대를 했던 것이다. 의식의 흐름이라는 모더니즘 기법도 흥미로웠지만 10개국 언어를 사용해가며 갖은 해박한 지식을 바탕으로 쓴 작품이라 아직 장편다운 장편을 하나도 완성하지 못한 구보로서는 부러울 따름인 작가가 조이스였던 것이다.

"던스터, 제임스 조이스가 호메로스의『율리시스』를 바탕으로 씨줄로 깔고 날줄로는 블룸과 스티븐의 행적을 그리고 있잖아. 근데 호메로스가『율리시스』에서 말하려는 게 그리스의 영웅 오디세우스가 결국 영웅보다는 한 여성의 남편, 아들인 텔레마코스의 아버지라는 평범한 가장이 되려고 모든 영화를 다 버리고 죽자고 집에 가고 싶었다는 것 아닐까? 그 길고 다채로운 서사시에서도 인생이라는 것이 뭔가 거창한 것이 아니라 평범한 행복이 더 중요하다는 것을 말한다, 이 말씀이야."

"평범한 행복? 하긴 『율리시스』의 블룸이나 스티븐도 특별난 천재가 아니라 더블린에 사는 평범한 시민이긴 하지."

구보는 던스터와의 대화가 참 재미났다. 주거니 받거니 마치 탁구를 치는 듯 막힘없이 진행되는 대화가 정말 오랜만이었다. 경성에서 이런 대화로 만날 수 있는 사람들은 극히 드물었다. 던스터와 바다를 보며 해변을 걷다 보니 사람들이 웅성거리며 모여 있었다. 가만히 보니 한겨울에 바다로 다이빙하는 사람이 있었다. 구보는 눈앞의 광경이 놀라워 던스터에게 물었다.

"이 추위에 바닷물에 다이빙을 하네?"

"더블린 사람들은 계절에 상관없이 늘 다이빙을 하며 건강을 찾곤 해. 겨울엔 특히 냉수욕하는 것처럼 건강을 자랑하며 다이빙을 한다지."

던스터는 늘 봐왔다는 듯이 대수롭지 않은 투로 답했다. 사람들의 박수를 받으며 바닷물에서 나오는 사람을 보니 60대는 족히 넘어 보이는 머리가 희끗한 노인이었다. 구보는 아일랜드 사람들 속성이 조이스의 작품에 나오는 것과는 사뭇 다른 게 아닌가 하는 생각이 들었다. 『젊은 예술가의 초상』이나 『더블린 사람들』에 나오는 인물들은 대부분 예민하고 소극적이며 변화를 두려워하는, 마비된 사람들로 여겨졌는데, 한겨울에 바다에 뛰어드는 열정, 그리고 그에게 열렬히 환호하며 박수치는 사람들의 모습은 사뭇 다르게 느껴졌던 것이다.

걷다 보니 구보 일행은 어느새 마텔로 탑 앞에 도착했다. 가까이 와보니 상당히 큰 탑이었다.

"구보 군, 그런데 탑이 개인 소유여서 안에는 들어갈 수 없어. 바깥에서만 봐야 해."

갑자기 던스터가 힘없이 말을 이었다.

"안에도 들어가 보고 싶군. 특히 소설 처음에 나오는 나선형 층계와 포상 꼭대기는 꼭 가보고 싶었는데……."

"이쪽으로 와서 봐봐."

구보는 던스터가 잡아끄는 대로 탑에서 조금 멀어져서 바라보니, 포상 꼭대기에 깃발이 펄럭이는 것은 보였다.

구보는 아쉬움을 표시했다. 그러나 탑 가까이 와본 것만으로도 실상 감동은 컸다. 자신이 좋아하는 작품이 시작되는 역사적인 공간을 밟고 있다는 것만으로도 꿈도 꾸지 못한 일인 것만은 분명했으니까. 탑 안이 어찌 되어 있기에 사람이 살 수 있는 공간이 되었을까? 나선형 층계 옆쪽으로 침대가 있나? 이런 저런 상상을 하다 보니 갑자기 갈매기 소리가 더욱 가까이 들려왔다. 갈매기 떼가 지나갔다. 바다 쪽을 보니 펼쳐진 해변이 무척 아름다웠다.

"『율리시스』가 처음 발표됐을 때는 아일랜드에서도 외설적이라고 하며 평이 안 좋았었어. 그런데 몇 년이 지나 세계적으로 이 작품이 알려지게 된 후로는 이 작품이 시작되는 1904년 6월 16일에 맞춰 매년 사람들이 더블린 여기저기에서 『율리시스』를 낭독하기도 해. 이 탑 앞에서도 사람들이 모여 조이스 작품을 읽는 것을 본 적이 있어. 그만큼 더블린 사람들이 조이스를 사랑하는 거지. 내가 구보 군을 초대한 것도 바로 작품 속 배경지를 체험하라고 부른 거야. 일본 있을 때 자네가 『율리시스』를 읽는 것을 봤거든."

"그래? 신기하군. 사람들이 『율리시스』 속에 담긴 뜻을 정말 이해하고 읽는 걸까? 조이스가 '나는 『율리시스』 속에 굉장히 많은 수수께끼와 퀴즈를 감춰두었기에, 앞으로 수 세기 동안 대학교수들은 내가 뜻하는 바를 거론하기에 분주할 것이다. 이것이 자신의 불멸을 보장하는 유일한 길이다'라고 했잖아. 사실 작가인 나도 잘 이해되지 않는 부분이 많은데."

"다 이해하기는 어렵겠지만, 더블린 사람들이 더블린을 배경으로 한 『율리시스』를 자랑스럽게 여기는 것은 분명

해. 어떤 사람들은 소설 속에서 블룸이 아침에 먹었던 냄새
나는 돼지 콩팥 요리를 실제로 해먹기도 한다니까."

"그렇구나. 돼지 콩팥 요리야 뭐, 조선에는 원래 돼지 내
장에 당면 같은 거 넣어서 서양 소시지 모양으로 먹는 순대
라는 음식이 있어. 순대 먹을 때 돼지 콩팥이나 허파를 삶아
서 같이 먹기도 하는데. 몸에 좋다고들 많이 먹는다구."

던스터는 놀랍다는 표정으로 손바닥을 위로 올리면서 어
깨를 한번 으쓱해보인다.

"이제 더블린 시내로 가자."

구보도 던스터의 뒤를 따라 다시 역을 향해 되돌아 걸었
다. 기차에 자리가 있어 던스터와 나란히 앉은 구보는 노트
를 꺼내 마텔로 탑에 대한 기억을 잊지 않으려고 몇 줄 적었
다. 뭔가 막막한 느낌에서 벗어나는 듯했다.

리피 강은

강폭은 한강만큼 넓지 않았으나, 강 위쪽 건물이 그대로 되
비칠 정도로 맑아서인지 차분하게 흘러가는 것 같았다. 구
보는 『율리시스』에서 블룸이 리피 강을 지나는 오코넬 다
리 위에서 수출용 흑맥주를 실은 배가 지나가는 것을 보며,
맥주 회사에 구경 가서 즐비한 맥주 통을 보면 근사하겠다

고 했던 문장이 문득 떠올랐다.

"던스터! 더블린에서 유명하다는 흑맥주 공장 가봤어?"

"당연히 가봤지. 맥주가 만들어져 숙성하는 과정도 다 볼수 있고, 숙성도에 따라 맛이 달라지는 것도 맛볼 수도 있지. 맥주 통들이 셀 수 없이 많아서 입이 딱 벌어져. 입장할 때 티켓으로 공장 구경도 하고, 흑맥주도 마실 수 있어. 공장에서 바로 마시는 맥주 맛은 향도 진하고 정말 신선해."

던스터는 입맛을 다시면서까지 맥주 공장 얘기에 열중했다. 구보는 자신도 일본식으로 삐루라고 입속으로 중얼거렸다. 던스터의 얘기를 듣는 사이 강에는 갈매기들이 끼룩끼룩 날아다녔다.

"구보 군, 우리도 블룸처럼 밴버리 케이크라도 사서 리피강에 던져줄까?"

던스터는 갈매기들에게 던져줄 모이 거리가 뭐 있을까해서 주변을 두리번거렸다. 마침 오코넬 다리 입구 횡단보도 신호등 앞에 있는 조그만 케이크 가게를 발견한 던스터는 큰 키에 어울리지도 않게 그리로 쪼르르 달려갔다. 던스터는 구보에게 손짓을 하며 자신을 따라오라고 하는 것이다. 구보도 던스터를 따라 가게에 들어갔다. 손님용 의자는 딱 두 개뿐인 케이크 가게에는 조그만 쿠키들이 유리문 선반에 전시돼 있었고, 갓 구운 쿠키와 케이크 냄새가 진동했다. 버터와 치즈, 초콜릿 냄새가 뒤섞인 향기는 구보의 군침을 돌게 했다. 느닷없이 시장기까지 느껴졌다. 던스터는 쿠키 두어 개와 당근 컵케이크를 사고는 구보에게 오트밀 쿠키를 건네줬다. 쿠키 하나가 구보의 긴장감을 한번에 녹여버렸다. 일상의 작은 것이 이리도 행복감을 준단 말인가. 구보는 쿠키를 입에 넣으며 이역만리 타국에 와서 알량한 쿠키 하나에 자존심을 다 팔아버린 듯 자조했다.

오코넬 다리 위에서 구보와 던스터는 블룸처럼 쿠키와 컵케이크를 부스러뜨려 던져주었다. 그러자 갈매기들이 과자 부스러기가 떨어진 곳으로 몰려왔다. 용감한 것들은 구보와 던스터가 먹이를 던져주는 다리 난간까지 가까이 다가왔다. 가까이 다가온 갈매기는 팔뚝보다 컸다. 갑자기 구보가 들고 있는 쿠키를 쪼아 먹으려고 부리를 손에 대는 바람에 구보는 놀라 소리를 지를 뻔했다.

"이 녀석, 생존 본능이 상당하네."

동물도 각자 생명 의지가 달라서 이처럼 적극적으로 달려드는 놈이 있는가 하면, 하늘 위에서 빙빙 돌며 겨누기만 하는 놈도 있다. 구보는 자신은 하늘 위에서 빙빙 돌며 겨누기만 하는 축이 아닌가 하는 생각도 해본다. 시시한 쿠키 부스러기는 있어도 안 먹고, 물속에 살아있는 물고기만 먹으려는 축 말이다.

국립도서관은

킬더버 가 9번지에 있었다. 내부 열람실은 상당히 넓었고, 책을 가져다 읽을 수 있는 테이블도 많았다. 2인용으로 된 테이블 위에 책을 세워놓고 읽을 수 있는 받침대가 있는 것이 신기했다. 구보는 던스터와 도서관 구경을 하다 밖으로 나왔다.

"『율리시스』 9장이 국립도서관에서 스티븐이 사람들과 『햄릿』에 대해 토론하는 내용이잖아. 특히 '햄릿의 말은 우리들의 마음을 영원한 지혜, 플라톤의 관념의 세계와 접촉하게 하는 것'이라는 러셀의 말의 의미를 어떻게 생각해?"

던스터는 뭔가 생각하는 듯 손으로 턱 끝을 잡더니 답했다.

"음, 모든 철학적 내용은 플라톤이 바탕이니까 『햄릿』 안에 담겨 있는 인생의 본질이 바로 철학과 만난다는 말이라고 생각하네."

수긍은 하면서도 구보는 평소 궁금한 것을 던스터에게 질문했다.

"근데 난 늘 궁금한 게, 셰익스피어가 중인 계급인데, 왕족이나 귀족들의 이야기를 어떻게 그리 잘 알아서 쓴 것인가? 작품을 쓴 사람이 스트랫퍼드어폰에이번 출신의 셰익스피어가 쓴 것이 맞냐는 의심을 학자들도 한다는 점이네. 셰익스피어 작품으로 이미 통용되고 있는 것과 의심 사이

엔 뭐가 있지? 그러면서도 『햄릿』에서 거트루드 왕비가 햄
릿 선왕이 죽기 전에 이미 시동생 클로디어스와 관계가 있
었다는 것이 의심되기도 하고, 장례식 얼마 후 이어진 대관
식에서부터 클로디어스와 갑자기 그토록 다정한 것 등이
모두 셰익스피어의 아내인 앤 해서웨이가 친척과 불륜 관
계였던 셰익스피어의 내면의 상처가 드러난 것으로 분석하
는 것은 또 뭐냐는 거지. 그 셰익스피어가 쓴 게 아니라면 그
런 분석이 다 잘못됐다는 거 아닌가?"

　구보의 말이 채 끝나기도 전에 거리 앞쪽에서 첼로 연주
소리가 들려왔다. 던스터는 사람들이 몰려 있는 버스킹하
는 곳으로 먼저 달려가버렸다. 구보가 그곳으로 따라가보
니 대학생으로 보이는 두 사람의 첼리스트가 바흐의 〈무반
주 첼로 조곡〉을 연주하고 있었다. 바로 가까이서 듣는 첼
로 연주는 구보에게 가슴 터질 듯한 감동을 주었다. 더블린
에서 평소 구보가 가장 좋아했던 음악을 이처럼 가까이에
서 들을 수 있다니, 음악은 신이 우리에게 직접 내려준 선물
이라고 구보는 생각했다. 연주가 끝나고 박수 소리와 함께
사람들이 첼로 케이스에 돈을 던졌다. 구보도 지갑에서 돈
을 꺼내 던져주고 눈으로 던스터를 찾았다. 연주를 듣느라
한눈을 파는 사이 던스터의 움직임을 놓쳤다. 다음에 어디
로 가자고 했는데, 당황한 탓인지 갑자기 아무것도 생각이

나지 않았다. 더구나 던스터를 따라만 다닐 예정으로 아무 것도 준비하지 못했다. 음악을 들으며 천상에 갔다가 갑자기 지옥으로 떨어진 느낌이었다. 던스터는 갑자기 혼자 어디로 가버린 걸까? 왜 되돌아와서 나를 찾지 않는 것일까? 구보는 이국 땅에서 미아가 된 자신이 한심해졌다. 그때 구보는 아일랜드에 자신이 왜 왔는가를 생각해보기 시작했다. 던스터에게서 배표가 오자마자 마치 기다렸다는 듯이 아무런 생각도 없이 떠나온 도피행이었던 것이다. 생활이 달라지고 환경이 달라지면 글이 써지려나 하는 것은 핑계였을 뿐, 정작 글을 쓰기 위해 어떤 대가를 치렀나 반성조차 하지 않았던 자신이 부끄러워졌다. 결국 그 모든 것은 스스로 견디고 극복해야 하는 것이라는 생각이 들었다. 혼자 있음, 바로 고독이 구보가 글을 쓰게 만드는 원동력이라는 생각에 이르렀을 때, 구보의 현실 감각이 되돌아왔다.

일행과 헤어졌을 때 그 자리에 가만히 있는 것이 찾기가 가장 쉽다는 말이 생각난 구보는 버스킹하던 연주자가 짐을 챙겨 가버린 뒤에도 그 자리에 있었다. 갑자기 옆 골목에서 던스터가 달려 나와 헉헉거리며 말했다.

"구보 군, 깜짝 놀라 되돌아왔네. 블룸이 갔던 데이비 번 레스토랑에 가자고 말했기에 따라오는 줄 알고 식당으로 나 혼자 가버리게 됐네. 미안하네."

"잘 따라가지 못한 내가 더 미안하지. 자네를 오늘 하루 무척 귀찮게 한 것 같네. 내일은 나 혼자 구경함세."

구보가 미아가 된 해프닝은 잠깐 동안이었지만 구보에게는 참으로 길게 느껴졌다.

던스터집 방에서

구보는 이제 혼자가 됐다는 것을 실감했다. 처음 더블린을 구경하게 된 기대와 흥분, 미아가 된 경험까지, "우여곡절이 많았던 하루였군" 하고 구보는 혼자 중얼거렸다. 창작노트가 침대 옆 스탠드가 놓여 있는 탁자 위에서 구보를 빤히 처다보는 것 같았다. 이번에는 장편은 아니더라도 중편으로는 꼭 완성해야지. 제목은 '소설가 구보 씨의 일일'로 하자. 그리고 경성 시내를 하루 동안 배회하는 구보를 주인공으로 쓰자. 시작은 집을 나서는 구보로 해야지. 구보는 소설을 쓰기 시작했다.

—어머니는 아들이 제 방에서 나와, 마루 끝에 놓인 구두를 신고, 기둥 못에 걸린 단장을 떼어 들고, 그리고 문간으로 나가는 소리를 들었다.

작가의 말

글빚만 진 채 시간이라는 독재자에게 휘둘려왔다. 제임스 조이스 『율리시스』의 산실인 더블린을 여행하며 석·박사 논문을 썼던 박태원 작가 관련 소설의 모티프를 구상한 지도 삼 년이 지나버렸다. 상호 텍스트성, 패러디 등을 생각하면서 시작했지만 「소설가 구보 씨의 일일」의 프리퀄(前史)로서의 소설을 쓴다는 것이 녹록한 작업은 아니었다. 더 깊은 우물 속에서 들여다봐야 할 소설인데도 불구하고 이 소설을 표제로 삼고 싶었다. 앞으로 내가 써야 할 소설의 신호탄이 될 것 같아서이다.

등단하기 전에는 '내 이름으로 소설을 발표하는 날이 언제나 올까? 소설을 좋아하는 영원한 아마추어로 남게 될 수도 있지 않을까?' 이러한 불안이 가슴을 갑갑하게 만들어 힘이 빠지기도 했다. 긍정의 화신이라 자처하는 나는 당선 소감을 미리 씀으로써 그 불안에서 놓여났다. 이후로도 글이 잘 안 써질 때면 당선 소감을 다시 읽어보고 마음을 다잡곤 했다. 1992년 어느 날 문학사상사에서 전화가 왔다. 다음 날까지 바로 신인상 당선 소감을 보내달라는 것이었다. 마르고 닳도록 들여다본 당선 소감은 그제서야 빛을 발했다.

등단 후 소설을 좀 더 잘 쓰고자 시작한 대학원 공부는 아이러니하게도 소설 쓰기와 멀어지게 했고, 영화를 가까이하게 했다. 2000년부터 시작한 영화 평론은 지금까지 『세계일보』에 '황영미의 영화산책'을 연재하는 등 영화 평론 외의 다른 글을 쓸 엄두를 못 내게 했다. 그러다 어느 날 문득 그동안 발표한 소설을 모아 소설집을 묶어야 한다는 해묵은 숙제가 떠올랐다. 등단할 때 김원일 선생님과 故 박완서 선생님께서 심사위원이셨는데, 故 박완서 선생님께서 등단 이후 작품을 못 쓴 여성작가도 꽤 있으니 꼭 오래도록 작품을 쓰는 작가가 되라고 하신 말씀이 가슴에 남아 있었다. 이제는 더 미룰 수 없었다. 등단한 지 사반세기가 훌쩍 지나버린 것이다. 쑥스럽지만 하나의 매듭을 묶는다는 심정으로 세상에 내보낸다.

출판을 결심해주신 임양묵 대표와 오래된 작품의 먼지

를 털어내준 편집부 직원들께 먼저 감사드린다. 바쁜 시간을 쪼개 해설을 써주신 우찬제 평론가께도 가슴 깊이 감사한 마음이다. 소설 창작의 첫 스승 역할을 하시느라 추천사를 써주신 전상국 선생님께도 고개 숙여 감사의 말씀을 전한다.

영국에서 영화평론가로 활약했던 쿠바 출신 소설가 기예르모 카브레라 인판테처럼 영화평론가로도 소설가로도 남을 수 있기를 바라는 것은 과욕일지도 모르겠다.

2018년 11월
청파동에서 황영미

무한의 끝을 응시하는 산문적 성찰

—황영미의 소설

우찬제(문학평론가)

1. 질문이 봉쇄된 '수레바퀴 아래서'

삶에서 가장 예민한 시절이 있다. 십 대 무렵이다. 영혼의 자유를 추구하고자 하는 열정이 극대로 나타나는 시기이고, 동시에 억압의 굴레를 가장 수치스럽게 느끼는 때다. 순수 영혼의 자유로움을 마음껏 구가할 수 있는 어린 시절에서 불가피하게 삶의 굴레를 감당할 수밖에 없게 되는 성인기로 넘어가는 전환기이기 때문에 십 대의 촉수는 그만큼 예민하다. 한스 기벤라트는 그 전환기의 터널을 빠져나갈 수 없었다. 순수 영혼의 자유를 갈망하는 그에게 억압의 굴레는 너무나 가혹한 것이었다. 가중되는 억압의 수레바퀴 아래서 가련한 영혼 한스는 그만 질식하고 말았다. 이 상처받은 어린 영혼의 삶과 죽음에 관한 이야기가 여전히 수레바퀴 아래서 살고 있는 우리의 가슴을 울린다. 바로 독일의 신낭만주의 작가 헤르만 헤세의 소설 『수레바퀴 아래서』 이야기다. 영혼의 순결성을 지키고 삶에 대한 성실성을 잃지 않고자 했던 작가 헤르만 헤세. 그는 자기 자신에게로 향하는 하나의 길, 그 길을 찾으려는 각고의 시도, 그리고 그 작은 길을 위한 암시를 예민하게 탐문하고자 했던 작가였다. 『수레바퀴 아래서』 역시 그런 길 찾기 혹은 길 암시를 위해 고뇌했던 독일적 교양소설이다.

재능이 뛰어났던 소년 한스 기벤라트는 신학교에 진학하기 위해 모든 놀이를 금지당한 채 시험 준비를 하여 2등으로 합격한다. 신학교에서도 수석을 지향하는 모범생이었으나, 기성 권위와 제도적 억압을 기질적으로 거부하는 하일너를 친구로 사귀게 되면서, 한스는 고민하고 갈등에 빠져 든다. 마치 "금단의 정원에서 나타난 영웅" 같은 하일너의 영향을 받아 "성적이나 시험이나 성공에 의해서가 아니라, 양심의 순결이나 오욕汚辱에 의하여 인간이 평가되는 그러한 세계"로 건너가 살고 싶어 한다. 그러다가 하일너가 신학교 탈출 사건에 이어 퇴학 처분을 받고 학교를 떠나자 한스의 번뇌는 더욱 깊어진다. 성적도 추락하고 신경쇠약 증세까지 겹쳐 결국 학교를 중퇴하고 귀향한다. 아버지의 권유로 기계 공장에서 일하게 된 한스는 온종일 작은 톱니바

퀴를 죽도록 처참한 심정으로 갈아야 하는 현실에 절망한
다. 또 공장 사람들의 비루한 삶과 영혼에 그는 실망한다. 그
러던 어느 일요일에 한스는 공장 동료들과 함께 놀러 갔다
가 술을 과하게 마신다. 그 끝에서 그는 "온갖 불쾌한 감정
과 고통스러운 불안감, 혼돈에 싸인 상념", "자신이 더럽혀
지고, 모욕을 당한 듯한 느낌"에 어쩌지 못한다. 결국 한스
는 강에 빠져 익사하고 만다. 자살인지 사고사인지 그것은
아무도 모른다. 다만 추락하는 것에는 날개가 없다는 사실
만 확인할 수 있을 뿐이다.

　한스는 학교와 사회라는 두 개의 큰 수레바퀴 아래 깔려
절망하다가 안타깝게 죽어간 슬픈 영혼의 초상이다. 그가
자유로운 영혼의 비상을 꿈꾸기 시작한 순간부터 그에게
고통스런 번민이 찾아왔다는 것은 매우 슬픈 역설이다. 금
단의 정원, 비좁은 새장 안에서는 잠시도 영혼의 위안을 받
을 수 없었던 한스, 그래서 결국 영원히 자유로운 안식의 세
계로 서둘러 떠나버린 한스 기벤라트. 세상에 드리워진 억
압의 굴레가 조금만 더 느슨하고, 자유로운 영혼의 지평이
좀 더 넓게 펼쳐져 있었더라면, 한스라는 젊은 영혼은 결코
그렇게 살다가 죽어가지 않았을 것이다.

　황영미의 「리트머스 교실」을 읽으면서 불현듯 『수레바
퀴 아래서』의 한스 기벤라트를 떠올렸다. 「리트머스 교실」

의 주인공 세진은 경쟁이 심한 외국어고등학교를 다니다가 그곳을 어렵사리 벗어난다. 심한 불안과 우울에 시달리던 그는 부모의 반대를 무릅쓰고 대안학교인 리트머스 학교로 전학한다. 변호사인 아버지는 승부욕으로 평생을 살아온 인물이기에, 대안학교에서는 잠시 경쟁을 피할 수 있을지 모르지만, 사회에 나오면 어쩔 수 없이 경쟁해야 한다며 반대했었다. 그럼에도 세진은 "감정이 있고, 피가 살아 움직이는 인간임을 인정하는 학교"(195쪽)에 이끌려 그곳으로 간다. 그는 타인이 정해놓은 프로그램에 의해 조정되기만 하는 삶에는 의미가 없다고 생각하는 비판적 인물이다. "누군가의 계획에 의해 조정될 수 있는 삶이란 무슨 의미가 있을까?"(201쪽) 타율적 삶을 거부하고 "자신이 스스로 노를 잡고 젓고 싶"은 자율적 삶을 욕망하지만, 그 길을 제대로 열어나가기가 쉽지 않다. "모든 것이 불확실하고 모호"한 상황에서 갈등하는 소년이다.

세진의 담임인 윤리 교사 김인수는 대안학교의 이념에 걸맞은 가치지향적인 교육을 실천하고자 한다. 그가 일반학교에서 이곳으로 옮겨오게 된 것도 그런 가치지향과 관련 있다. 전적 학교 수업 시간 중에 에리히 프롬의 『불복종에 대하여』를 언급한 게 화근이었다. "아담과 이브는 신에게 불복종하는 순간 독립과 자유를 향한 첫발을 내디딘 것이다. 만일 신에게 영원히 복종하고 살았다면 신을 두려워하고 자아를 찾지도 않았을 것이며 벌거벗은 채로 시킨 대로만 하고 살았을 것이다. 그것은 태어나지 않은 어머니 뱃속에 있는 태아와 마찬가지며 아직 인간이 아닌 것이다. 인간은 불복종의 행위에 의해 발전했다고 쓰여 있다고 말하자, 학생들은 환호성을 질렀다"(204쪽)는 것인데 이 장면이 문제가 되어 사직하게 된 교사다. 그런 교사이기에 세진과 소통이 잘 되는 것 같았다. 그러나 새로운 수학 교사가 부임하면서 문제가 발단된다. 그는 이 학교 학생들이 예의 없고, 학습에 열의가 없는 것을 용납하지 않는다. 이른바 주입식 교육의 전형처럼 보이는 그의 교수 학습 분위기를 세진은 감당하기 어려워한다. 수업 시간에 노트 필기를 강조하고, 질문을 제한한다. 받아 적고 받아들이기만 하라는 것, 질문을 하지 말라는 것, 그것은 스스로 자기 항해를 위해 노를 잡고 저어나가려는 세진의 가치와 충돌한다. 가령 이런 식이다.

설명은 '이렇고 이렇다는 것이다'로 끝났다. 과정도 이유도 전혀 설명되지 않았다. 질문을 금지 당했음에도 불구하고 세진은 질문을 하고 싶어서 몸이 근질근질하기 시작했다. 그건 어렸을 적부터 생긴 버릇인지도 모른다. 어머니가 이건 하면 안 된다, 저건 하면 안 된다로 정해놓았을 때부터 그것을 하고 싶은 욕구가 치밀어 오르는 것과 비슷했다. 무엇보다도 무한대라는 개념이 매력적으로 잡아끌었다. 무한대는 실제로 존재하는 것일까? 존재하지도 않는 수치로 계산을 할 수 있다니, 그리고 계산 결과가 나오는 것은 무엇을 의미하는 것일까? 무한은 결국 유한이 이루어놓은 결정체가 아닌가. 그러면 유한에서 출발된 것이 무한으로 끝날 수도 있는 것일까? 무한의 끝은 있을까?(「리트머스 교실」, 208쪽)

세진은 이른바 암기 과목을 싫어했지만 수학 과목은 관심도 많았고 능력도 출중했다. 수를 통해 세상의 원리를 발견해나가는 과정이 흥미로웠기 때문이다. 그런데 수학 교사는 그저 풀이 과정만을 설명하고 답만 구하는 것을 가르친다. 그런 수업은 그에게 갈증을 불러일으킨다. 특히 무한대라는 개념은 매력적으로 다가왔다. 이런저런 질문이 꼬리를 문다. 무한과 유한의 관계부터 "무한의 끝은 있을까?"에 이르기까지 그의 관심은 깊어간다. 교사가 질문을 금지한 터라 질문하고 싶은 욕망을 더해진다. 하여 금기를 어기고 질문을 한다. 무한대가 실제로 존재하는지 물었는데, 교사는 그걸 설명하려면 시간이 걸린다며 질문을 끊어버린다. 이 질문 때문에 세진은 수학 교사로부터 폭력적으로 체벌을 당한다. 그러자 동규를 비롯한 급우들은 수학 교사를 규탄하는 전단을 배포하는데, 이를 세진의 행위로 오해한 수학 교사는 거듭 세진에게 폭력을 가한다. 경쟁을 강조하는 억압적인 가정환경으로 인해 내면에 "미움과 분노의 싹만 자라나고 있었"(210쪽)고, 그 와중에 "내부의 진정한 소리에는 귀를 닫고 있었"(210쪽)던 세진이었다. 그래서 더더욱 "무한이라는 막연함을 극복할 수 있"(212쪽)기를 갈망했는지도 모른다. 그것이 "자신의 내부에서 몸을 도사리고 있던 혼란스러움의 정체를 밝"히는 것과 관련된다고 생각했었다. 그러나 안타깝게도 갈증 나는 질문은 폭력으로 답해졌고, 세진은 더 이상 삶의 길을 알지 못하게 된다. 결국 세진은 학교 옥상에서 몸을 던지는 것으로 질문 막는 세상에 역설적인 질문을 한다. 개인적으로는 세진을 죽음으로 그린 것이 무척 안타깝고 유감스럽다. 학교 폭력으로 인한 자살 사건이 여럿 있는 것이 사실이지만, 청소년의 죽음은 매우 신중하게 다루어야하는 사안이기 때문이다. 헤르만 헤세의 한스 기벤라트의 경우도 마찬가지지만, 황영미의 세진도 그토록 억압적인 상황이 아니었더라면 그렇게 살다가 안타깝게 죽어가지는 않았을 터이다. 결국 세진은 "무한의 끝"을 향해 몸소 떠날 수밖에 없었는데, 그것이 "무한의 끝"을 학문적으로 질문하고 토의할 수 없었던 상황에서 벌어졌다는 사실이 우리네 교육 문제에 일침을 가한다.

2. 갈등의 상황, 타자에게 다가서기

「리트머스 교실」에서 세진은 가정에서는 부모와 갈등했고, 학교에서는 수학 교사와 불화했다. 이 갈등 상황이 그로 하여금 "무한의 끝"을 향한 안타까운 선택을 하게 한 것인데, 황영미 소설은 이렇듯 사람과 사람 사이의 갈등 문제에 관심을 많이 보인다. 가령 등단작 「모래바람」은 나름대로 철저한 의사이고자 했지만 의료 사고를 내어 의료 소송에 휘말린 의사와 유족과의 갈등 이야기고, 「전람회의 그림」은 예술의 현실 참여 문제와 관련한 화가의 갈등이 초점화된 작품이다. 「바다로 가는 막차」에서 교사 출신의 주부는 남성중심적인 남편과 시어머니와 갈등으로 인해 삶의 길을 잃는다. 「강이 없는 들녘」에서는 땅을 사이에 두고 갈등을 벌이는 드라마이고, 「암해」에서 선장은 윤진호 선원들과의 갈등으로 인해 심하게 갈증을 일으키며 고독해 하는 인물이다. 사실 어떤 소설이든 갈등을 다루기 때문에 인물 사이의 갈등을 다루었다고 해서 그 자체로 특징적일 수는 없다. 황영미의 경우, 갈등을 다루면서 가능하면 타자에게 다가서려는 모습에 공을 들이는 모습이 인상적이다. 그리고 타자를 통해 주체를 새롭게 발견해나가는 계기를 탐문한다는 점이 특징적이다.

「모래바람」의 주인공은 "매사에 완벽해야 마음이 놓이는"(10쪽) 의사다. 완벽하게 일 처리를 하기 위해 그는 늘 최선을 다해야 했고, 그랬기에 늘 바쁘게 살아야 했다. 그러면서 나름대로 성취감도 있었고, 인생의 자부심도 있었다. 그런데 의료 사고로 환자가 죽고 그로 인해 유족들과 민사소송을 하면서 자신을 되짚어보게 된다. 비록 법정 판결에서는 승소했지만, 그 후에도 환자의 가족은 병원을 찾아와 계속 원망을 퍼붓는다. 의료사고로 숨진 환자의 아버지가 그에게 침을 뱉으며, "이 병원 망하지 않으면 내 손에 장을 지져. 장을"(31쪽)이라고 저주를 퍼붓자 그는 이내 '모래바람'에 갇힌 형상이 된다.

눈앞에 보이는 소파에 쓰러져버렸어. 천장이 빙빙 돌기 시작하더군. 방 안에 있는 모든 것들이 꺼져가는 것 같아. 난 눈을 감아버렸지. 온몸이 하나하나 떨어져나가는 느낌이야. 어디선가 가느다랗게 흐느끼는 소리가 들려왔어. 아이의 우는 소리 같았어. 모래 언덕이 끝없이 펼쳐졌어. 뭔가가 내 의식의 밑바닥으로부터 올라와 내 눈앞에 넘실대고 있었어. 난 조그맣고 발가벗은 아이였지. 태양이 머리 위에서 이글거리고 있었어. 낯선 얼굴들이 날 에워싸고 빙글빙글 돌고 있었어. 안

간힘을 다해 그들을 뚫고 나가려 했지. 발이 모래 속으로 푹 푹 빠져 들어갔어. 난 꺼억꺼억 울먹였어. '도망가야 해. 엄마……' 목소리가 나오질 않았어.(「모래바람」, 32쪽)

모래 속으로의 침잠은 고통스러운 경험이었지만 그로 하여금 새로운 발견의 계기를 마련하게 한다. 『의미의 논리』에서 질 들뢰즈는 어떤 대상에서 내가 보지 못하는 부분을 타자를 통해 볼 수 있음을 설명한 바 있다. 내가 있는 자리에서 보이지 않는 대상의 뒷면을 보기 위해 그리로 돌아가면, 그 대상 뒤에서 타자를 만나게 되고, "타자의 봄과 나의 봄이 합쳐질 때 대상의 총체적 봄"이 달성된다는 것이다. 내가 볼 수 없는 것을 타자를 통해 볼 수 있음으로 인하여 하나의 세계를 형성할 수 있고 그것을 감지할 수 있다는 얘기다. 그렇다는 것은 타자가 세계 안에서의 '여백과 전이'들을 확보해주기 때문이다. 들뢰즈에 따르면 나의 의식 중심으로 대상과의 관계를 설정하여 그것을 안정적인 것으로 인식하는 경향이 있는데, 그것은 부분적이고 제한적일 수밖에 없다. 그런 가운데 타자의 출현은 이런 과거의 세계에 균열을 일으키면서 새로운 가능 세계를 가늠하고 시도하게 한다. 그의 논리에서 타자는 가능 세계이고, 나는 과거의 어떤 세계일 따름이다. 그러므로 계속 나에게만 머물러 있다면, 새로

운 가능 세계를 포기한 채 과거의 부분 세계에 머무는 형국
이 될 수도 있다.

「모래바람」에서 주인공은 이제껏 제대로 보지 못했던 타
자의 모습을 새롭게 발견한다. 지금까지 최선을 다했고 잘
해왔다고 생각했던 자신의 모습은 과거의 세계에 의해서
형성된 것일 뿐이었다. 과거의 세계에서는 '나의 봄'만 있었
을 따름이고 '타자의 봄'은 없었다. 그러니 '총체적 봄'에로
이르지 못했던 것이 사실이다. 그것을 이전에는 몰랐다. '총
체적 봄'을 위해서는 새로운 가능세계인 '타자의 봄'과 마주
쳐야 한다. 이와 관련하여 특히 환자 대기용 의자에 앉아 성
찰하는 장면이 인상적이다.

> 엑스레이실 문 옆 복도에 있는 환자 대기용 나무의자에 철퍼
> 덕 앉았네. (중략) 의자는 군데군데 흠집이 나 있었어. 개업할
> 때 제약 회사에서 기증해준 것이지. 개업한 지 십 년이나 되었
> 지만 한 번도 이 의자에 앉지 않았다는 생각이 들더군. 이 복
> 도는 엑스레이실에 오거나 입원실 회진을 갈 때 외엔 지나다
> 니지 않았었거든. 더구나 여기에 앉아서 뭔가를 기다릴 필요
> 가 없었지. 이 의자에 앉아보지도 않은 사람이 어떻게 환자의
> 고통을 내 것으로 할 수 있겠나.(「모래바람」, 33~34쪽)

늘 진료실 의사의 의자에만 앉았던 그였다. 그런데 사건이 발생한 후에 환자 대기용 의자에 앉아보니 보이지 않던 것이 보인다. 새로운 성찰이 깃든다. "이 의자에 앉아보지도 않은 사람이 어떻게 환자의 고통을 내 것으로 할 수 있겠나"라는 반성적 질문, 이 질문을 통해 그는 타자에게 다가서게 되고 '총체적 봄'을 향한, 그러니까 자신에게 갇힌 과거 세계가 아니라 새로운 가능세계를 향한 새로운 인식 도정을 열어나갈 계기를 마련할 수 있게 된다.

3. 산문적 상황에서 '예술가의 고해기도'

'나의 봄'과 '타자의 봄'을 가로질러 '총체적 봄'에 이르는 길은, 그러나 결코 단순하지 않다. 특히 현실에서는 매우 어려운 일이기도 하다. 현실에서 난제이기에 수많은 예술가들이 예술 세계에서나마 그곳에 이르기 위한 가없는 노력을 경주했던 것이다. 그러나 예술의 세계에서도 역시 쉬운 일이 아니다. 「강이 없는 들녘」에 "인생은 짧고 예술은 길다"의 번역은 잘못되었다는 옛 은사님의 가르침을 떠올리는 장면이 나온다. "예술의 길이 너무 멀기 때문에 짧은 인생으로서는 다 갈 수 없다는 뜻임"(129쪽)을 일깨워주셨다는 것이다. 일리 있는 말이다. 작가 황영미 역시 그런 생각으로 예술적 탐문을 계속해온 작가이고, 그런 점에서 이 소설

집에 수록된 「강이 없는 들녘」과 「전람회의 그림」, 「구보 씨의 더블린 산책」 등 일련의 예술가 소설들이 주목된다.

예술가란 어떤 존재인가? 『악의 꽃』 등으로 널리 알려진 보들레르는 그의 시 「예술가의 고해기도」에서 이렇게 절규한 바 있다. "아! 영원히 괴로워해야 하나, 아니면 영원히 미를 피해야 하나? 매정스런 마술사, 항상 승리하는 맞수인 자연이여, 나를 내버려다오! 나의 욕망과 긍지를 유혹하지 말아다오! 미의 탐구는 하나의 결투, 예술가가 패배하기 전에 공포로 울부짖는 하나의 결투이다." 실제의 삶에서 자신이 예술가 혹은 시인으로 살아간다는 것에 대한 자의식이 매우 강했던 보들레르는, 그 때문에 무척 고통스러운 나날을 보내기도 했다. 영혼은 창천을 비상하는데 육신은 지상에 유폐된 채 날개 꺾인 삶을 살아간다는 생각이 그의 몸과 마음을 끊임없이 괴롭혔다. 현재의 삶에 대한 만족을 느끼며 사는 사람들이 그리 많지 않은 것은 사실이지만, 특히 예술가들이 느끼는 불만족의 정도는 매우 큰 것이 보통이다. 스스로 설정한 예술적 이상과 현실 사이에서 그들은 매우 큰 거리를 발견하게 마련이다. 그 거리 발견이란 곧 이루지 못하는 현재의 상태에 대한 불만의 정도라고 고쳐 말해도 좋겠다. 그러나 그 불만은 또한 예술적 도전의 크나큰 에너지가 되기도 한다. 모두는 아니라 하더라도 많은 예술가들이 상처의 아픔 속에서 예술혼을 일구어낸다는 짐작 또한 그렇다.

헤겔에 기댄다면 예술가와 현실의 모순 관계는 "마음의 시와 이와 상반되는 상황적인 산문 간의 갈등"에 다름 아 니다. 다시 말해 예술가의 영혼은 시처럼 아름다운 골짜기 를 꿈꾸는데, 그의 육신이 서 있는 현실은 아름답지만은 않 은 고통과 모순으로 얼룩져 있는 바, 그 사이에는 갈등이 필연적으로 뒤따른다는 소리다. 이런 세계 질서에 대해 예 술가들은 저항하거나, 산문적인 세계를 아름다움과 예술 의 세계로 대치시켜 보편적인 세계 질서를 찾아낼 길을 열 어가면서 그 갈등을 해결하기도 한다. 아무튼 모순적인 갈 등을 해결하는 방법은 인간이 세계의 산문적 상황 속에서 투쟁하며 참된 세계의 의미를 체험하는 것이다.(졸고,「세계 를 불지피는 예술혼의 대장간」,『욕망의 시학』, 문학과지성사, 1993, 311~314쪽 참조.)

황영미의 소설에서도 예술가 주인공은 산문적 상황에서 갈등하며 참된 세계의 의미를 추구하기 위해 예술혼을 응 축한다.「강이 없는 들녘」에서 조각가인 주인공은 북한 출 신인 시아버지와 시댁에서 일하던 덕만과의 갈등을 중재하 고자 했으나 실패한 다음, 고통 속에서 자기 작품에 몰입한 다. 현실에서의 실패를 예술에서의 형상화로 전복하고자 하는 그녀의 예술 의지가 눈길을 끈다.

가슴이 두근댔다. 내 눈은 저절로 감겼다. 나의 고뇌가 과연 나타날 수 있을까? 유난히 완성이 어려웠던 작품이었다. 나는 눈을 뜸으로써 세상이 열리기라도 하듯 살며시 눈까풀을 들어올렸다. 창으로 밀려들어온 햇살 속에 두 땅덩어리가 만났다. 거대하고 단순한 대지만이 거기 있었다. 나는 작품 속에서 대지의 숨결을 들을 수 있었다. 들숨과 날숨의 리듬을 터치로 표현하고 싶은 욕구가 그 동안의 허기를 딛고 비누 거품처럼 부풀고 있었다. 나는 조각도를 들고 마치 처음 본 작품이라도 되는 듯이 거친 부분들을 수정하기 시작했다. 부스러지는 석고 가루는 허물이 벗겨지듯 아래로 떨어졌다. 입김으로 후후 불어가며 석고 가루들을 벗겨내곤 두 손을 모았다. 나누어진 두 덩어리의 위치를 고정시키고 작품을 음미했다. '대지'는 조화를 이루고 살아 있었다. 석고로는 주물로 뜬 후의 완성된 이미지와 다르긴 하지만 오랜만에 얻는 자신감이었다. 어느새 내 머리 속엔 다음 할 작품의 이미지가 떠올랐다. 태초의 대자연의 모습이 눈앞에 흐르고 있었다.(「강이 없는 들녘」, 130~131쪽)

"들숨과 날숨의 리듬"을 살려 조화를 이룬 "태초의 대자

262

연의 모습"을 형상화하는 과정이 인상적으로 점묘되어 있다. 분단 상황을 큰 그림으로 하고 있는 이 소설에서, 비록 현실에서는 만나기 어려운 두 땅덩어리가 만나 있는 것으로 예술화한 것은, 현실에서의 패배와 고뇌를 바탕으로 한 작가의 예술혼 덕분이다. 「전람회의 그림」에서도 사정은 비슷하다. "고통 후에 이르는 끝없는 생성이 존재하는 곳이 창조의 원천"(44쪽)이라고 했던 독일 화가 파울 클레의 전언을 생각하며 현실과 예술의 미학적 승화를 꿈꾸었던 화가 민기는, 종종 참여지향적인 운동권 동료들과 갈등을 겪기도 했다. 그 나름대로 미학적 진정성을 추구하고 싶었던 것이다. "시대와 역사의 흐름에 무관하지 않으면서도 좀더 자유롭고 예술적인 표현"(48쪽)을 하고 싶었던 그는, 그럼에도 '나의 봄'을 우선시했던 것인데, 화재로 인해 검은 폐허가 된 봉제공장을 다시 보면서 '타자의 봄'을 다시 보고, '총체적 봄'으로 다가서 화폭을 구성하게 된다.

음악은 '사무엘 골덴베르크와 쉬뮐레' 부분으로 점점 웅장해지고 있었다. 그는 음악 속에 빨려들어가기 시작했다. 그를 한계에서 번번이 끌어내리던 악령을 불태우고 싶은 심정으로 그의 눈빛이 타오르기 시작했다. 이제야말로 그림에 힘을 쏟아부어야 할 순간이었다. 그는 그리다 만 작품을 가만히 들여다본다. 화면이 불안정하게 분할되어 불안한 이미지가 느껴졌다. 근경 오른쪽엔 찢어진 돛대만 펄럭이는 폐선이 바람에 흔들리고 있었다. 원경으로는 어둑한 바다가 침침한 분위기를 자아내고 있을 뿐이었다. '아냐, 더 짙은 푸른색을 써야겠어.' 그는 팔레트를 왼손에 그러잡고 더욱 축축하게 젖어드는 색을 만들기 시작했다. '더 강렬한 터치로 바람을 나타내야겠어.' 그는 미친 듯이 이미지 속으로 빠져 들어간다. 잿빛 이미지, 밤을 맞는 폐선, 달빛마저 숨죽이는 고요……. 그는 붓을 잡은 손을 늦추지 않았다. 칙칙한 잿빛 하늘을 깊은 보라색 톤으로 정리한 다음 그는 심호흡을 했다. 그가 붓을 놓은 것은 이마에 한 줄기 땀이 흐르는 것을 느꼈을 때였다. 그때 '키예프의 대문'이 힘차고 당당한 금속성 굉음으로 들려왔다. 음악은 사원의 종소리가 울려 퍼지면서 장려한 클라이맥스를 향해 전진해가고 있었다.(「전람회의 그림」, 64~65쪽)

이렇게 황영미 소설 속 예술가들은 산문적 상황과의 갈등 속에서 '나의 봄'과 '타자의 봄'을 가로지르며 나름대로 세계의 참된 의미를 발견하고, 그 발견된 의미를 나름의 예술적 질료를 통해 표현해나가는 과정을 보여준다. 표제작 「구보 씨의 더블린 산책」은 박태원의 「소설가 구보씨의 일일」(『조선중앙일보』, 1934.8.1.~9.19. 연재)의 형성 밑그림을 허구적으로 상상하여 상호 텍스트적으로 구축한 소설이다. 두루 알다시피 박태원의 주인공 구보 씨는 정상적이 아닌 파행적인 근대로 치닫고 있던 식민지 치하에서 소외된 예술가(혹은 지식인) 의식의 단애斷崖를 보여주고 있는 인물이다. 주인공 구보 씨는 직업과 아내를 갖지 않은 스물여섯 살의 소설가이다. 그는 직업을 갖지 않고 룸펜 생활을 하고 있었지만 그 자신이 생활을 걱정할 정도의 형편은 아니었다. 그에게 경성의 공간이란 생활의 공간이 아니었고, 다만 노동이나 생활과는 무관한 산책 여행 또는 카페 체험을 위한 공간이었을 따름이다. 소설은 이 같은 성격의 주인공 구보 씨가 정오에 집을 나와 경성 거리를 산책하듯 이리저리 배회하다가 새벽 2시에 집으로 돌아오는 원점회귀의 구조로 되어 있다. 그 과정에서 그가 관찰한 경성 거리의 외면 풍경과 그와 관련한 주인공의 내면 정경이 겹쳐지면서, 즉 외적 풍경과 내적 의식이 미묘한 고리로 연결되면서, 현상과 의식이 포개어진다. 이날의 산책을 통해 구보 씨는 생활을 가진 창작자로 거듭나겠다는 결심을 한다. 박태원 전공자인 황영미는 박태원이 좋아했던 작가 제임스 조이스의 『율리시스』의 공간인 더블린에서 하루 동안 산책하는 이야기를 꾸며, 박태원 문학의 또다른 원천을 상상한다. 「소설가 구보씨의 일일」의 플롯을 패러디하여 구성한 「구보 씨의 더블린 산책」은 현실에서 소외된 국외자인 예술가가 어떻게 세계의 의미를 생성하기 위해 대상을 체험하고 인식하고 상상하고 추론하는가, 하는 문제와 관련하여 여러 가지 생각거리를 제공하는 작품이다.

작가 황영미는 1992년 등단했지만, 교수와 영화 평론가 등을 겸업하다보니 첫 창작집을 내기까지 무려 26년이라는 시간이 걸렸다. 장기간에 걸쳐 쓴 소설들이다보니 문제의식이나 스타일이 다채롭다. 그럼에도 이 첫 작품집에 일관된 주제는 끊임없이 방황하고 탐구하고 추구하는 존재에 대한 성찰이다. 그 과정에서 '나의 봄'과 '타자의 봄'을 넘나들며 '총체적 봄'을 지향하기 위한 예술적 의지를 초점화한 것이 인상적이다. 부단히 무한의 끝을 응시하는 산문적 고뇌가 어지간하다. 박태원의 「소설가 구보씨의 일일」의 끝부분에서 구보는 벗에게 이제 창작을 하겠다고 한다. 그러자 벗은 "좋은 소설을 쓰시오"라고 진정으로 말한다. 그러자 구보는 "참말 좋은 소설을 쓰리라"고 다짐한다. 글을 마치면서 구보의 벗처럼, 「구보 씨의 더블린 산책」의 작가 황영미에게 말해주고 싶어진다. "좋은 소설을 쓰시오."

작품 출처

「모래바람」, 『문학사상』(문학사상사, 1992.12.)

「전람회의 그림」, 『현대문학』(현대문학, 1993.4.)

「바다로 가는 막차」, 『문학사상』(문학사상사, 1993.9.)

「강이 없는 들녘」, 민족통일중앙위원회 주최 '96 통일문학작품
현상공모' 최우수상 수상작, 『시대문학』(시대문학사, 1996.12.)

「암해暗海」, 『소설과 사상』 2000. 봄.(고려원, 2000.)

「끝없는 아리아」, 한국작가교수회 소설집 『가로사람 세로인간』
(푸른사상, 2013.)

「리트머스 교실」, 『소설시대』 21호(푸른사상, 2018.11.)

구보 씨의 더블린 산책

1판 1쇄 발행	2018년 11월 30일
1판 2쇄 발행	2019년 5월 20일
지은이	황영미
펴낸이	임양묵
펴낸곳	솔출판사
편집	이신아 최찬미
디자인	오주희
경영 및 마케팅	조인선 박진슬
재무관리	송선심 김용렬
주소	서울시 마포구 와우산로29가길 80(서교동)
전화	02-332-1526
팩시밀리	02-332-1529
홈페이지	www.solbook.co.kr
이메일	solbook@solbook.co.kr
출판등록	1990년 9월 15일 제10-420호

© 황영미, 2018

ISBN	979-11-6020-065-2 03810

- 이 도서는 한국출판문화산업진흥원 2018년 우수출판콘텐츠 제작 지원 사업 선정작입니다.
- 이 도서의 국립중앙도서관 출판예정도서목록(CIP)은 서지정보유통지원시스템 홈페이지(http://seoji.nl.go.kr)와 국가자료공동목록시스템(http://www.nl.go.kr/kolisnet)에서 이용하실 수 있습니다. (CIP제어번호:CIP2018035879)
- 잘못된 책은 구입한 곳에서 바꿔드립니다.
- 책값은 뒤표지에 표시되어 있습니다.